4週完全征服

# 新韓檢 TOPIK I

玄柄勳 著

聽力・閱讀，一本搞定！

（原書名：新韓檢初級TOPIK I 4週完全征服：聽力・閱讀高效拆解！）

# 作者序

## 본 교재의 특징

한국어능력시험(토픽)이 시작된 이후 수많은 교재가 쏟아져 나와서 시험을 준비하는 수험생들은 무슨 책을 골라야 할지 고민이 많습니다. 게다가 2014년 7월 20일(35회)부터 한국어능력시험의 체제가 대대적으로 바뀜으로써 그 전에 출판되었던 책은 새로운 체제에서 큰 도움이 되지 못 하게 되었습니다.

다양한 종류의 교재가 시중에 나와 시험을 준비하는 수험생들의 선택을 받고 있지만 원하는 성적을 얻을 수 있도록 실질적 도움을 주는 교재는 드물다고 할 수 있습니다. 이는 교재의 내용이 부실하여 실제 시험과 동떨어지거나, 저자가 시험의 핵심을 제대로 파악하지 못해 분석 능력이 떨어지기 때문입니다.

이 책은 처음부터 끝까지 새로운 체제의 토픽I에 맞추어서 설계된 교재입니다. 이전 교재에서 볼 수 없었던 구성을 가지고, 예상문제를 철저히 분석하여 처음 토픽I를 준비하는 수험생도 쉽게 접근할 수 있도록 만들었습니다.

이 책이 다른 교재와 다른 다섯 가지 특징은 다음과 같습니다 :

첫째, 저자는 토픽 I 의 모든 문제를 완벽하게 파악하고 있으므로 철저한 예상문제 분석을 통하여 수험생이 단지 이 책 한 권만 보아도 토픽I을 쉽게 준비할 수 있도록 하였습니다.

둘째, 예상문제는 유형 분석과 문제 분석 두 부분으로 나누어서 정리한 바, 이는 전문성 강화와 함께 모든 문제를 일목요연하게 보여줌으로써 수험생들을 돕고자 하였습니다.

셋째, 듣기 영역과 읽기 영역별로 출제 목적과 문제 유형을 분석하여 수험생들로 하여금 모든 문제에 대해서 충분히 이해할 수 있도록 하였습니다.

넷째, 부록에서는 이 책에 나오는 초급의 1급, 2급 어휘와 문법을 제공하여 수험생들이 사전을 찾는 시간과 수고를 덜어주었고, 어휘나 문법에 관련된 다른 책을 구입 비용을 절감할 수 있게 하였습니다.

다섯째, 국립국제교육원 홈페이지에서 제공하는 신체제 토픽 I의 기출문제는 겨우 35, 36, 37, 41, 47, 52, 60, 64회밖에 없습니다. 참고할 수 있는 자료가 많이 부족합니다. 따라서 본 교재에서는 35회 이전의 기출문제와 비교하여 같은 유형의 문제를 표시해 놓았습니다. 이로써 수험생들이 참고할 수 있는 기출문제의 분량이 몇 배나 늘어나는 효과가 있습니다.

처음 토픽I을 접하는 수험생들은 시험 유형이 익숙하지 못하여 당혹감을 느낄 수도 있습니다. 저자는 이런 수험생들을 위하여 책 전체 내용을 실제 토픽I 체계와 똑같이 구성함으로써 시험 문제에 적응성을 높이는 것을 가장 큰 목표로 삼았습니다. 따라서 이 책을 처음부터 끝까지 완독한 후 모의고사로 자신의 실력을 검증하게 되면 실제 토픽I 시험을 볼 때 듣기와 읽기 각 영역에 대해 부담 없이 대응할 수 있을 것입니다.

**현 병 훈**
2025년 04월

## 作者序

### 本教材的特色

自從臺灣開始舉辦韓國語文能力測驗（TOPIK）後，備考教材如雨後春筍般出現在書店，讓不知如何挑選備考書籍的考生們感到極度苦悶。加上從2014年7月20日（35回）起，韓國語文能力測驗的制度大幅改變，過去所出版的備考教材對新制測驗皆無法有所幫助。

雖然市面上有各式各樣的備考教材可供考生們選擇，但對考生在成績上真正有幫助的教材實在罕見，這是因為教材的內容不充實，而且和實際考試有差距，或者是因為作者無法掌握考試的核心因而缺乏分析能力所造成。

本書是專為新制的TOPIK I 所設計的教材。書中具備了有別於以往備考教材中絕對看不到的結構，且徹底解析由筆者精心撰寫的模擬試題，相信就連初次準備TOPIK I 的考生也能夠輕易上手。

本書與其他教材不同的五大特色如下：

第一、作者完全完整掌握TOPIK I 的所有題目，透過徹底的模擬試題分析，讓考生們只需本書，就能輕鬆準備TOPIK I。

第二、本書將模擬試題分類整理為「題型分析」和「實戰演練」兩個部分，這是為了幫助考生在加強實力的同時，所有題目都能一目了然。

第三、在聽力・閱讀各領域分別分析了「出題目的」和「題目類型」，目的是讓考生們能夠充分理解所有題目。

第四、附錄更提供本書出現的1級、2級詞彙與文法，讓考生減少查找辭典的時間，並節省另外購買單字及文法相關書籍的費用。

第五、由於國立國際教育院官網上所提供的新制TOPIK I 的考古題僅有35、36、37、41、47、52、60、64回，可供參考的資料十分不足，因此本教材特別與35回以前的考古題做比較，把同一個題型的題目歸類出來。如此一來，考生們可參考的考古題分量有倍增的效果。

初次接觸TOPIK I 的考生們，可能會因為對考試類型不熟悉而不知所措，作者為了這些考生們，將本書的內容與實際TOPIK I 系統做相同的編排，最大的目的是讓考生們能夠提高對考題的適應能力。因此，只要將本書第一、二週聽力、閱讀的「實戰演練」及「題型分析」從頭到尾讀完後，用第三週「模擬考試」檢測自己的實力，及第四週「綜合診斷」了解對題目的理解程度，相信在實際面對TOPK I 測驗時，就能更得心應手地應對聽力及閱讀各領域。

玄柄勳
2025年04月

## 如何使用本書

《4週完全征服 新韓檢TOPIK I 聽力・閱讀,一本搞定!》依照「韓國語文能力測驗」TOPIK I 公布內容,完全模擬「聽力」、「閱讀」2個領域的題型與題數,除了高效拆解,讓讀者完全掌握考題趨勢外,並附上完整2回「模擬考試」及模擬考題「綜合診斷」,就是要您一次過關,高分取得資格!

### 第一週:聽力

新韓檢TOPIK I 的「聽力」測驗,共分為8個題型,總共有30題,針對每個題型,均有詳細解說。

**作戰策略**
仔細聆聽題目,掌握核心單字。

**實戰練習**
掌握題目關鍵,自我實力測試。

**題型分析**
精闢題型解析,充實備考實力。

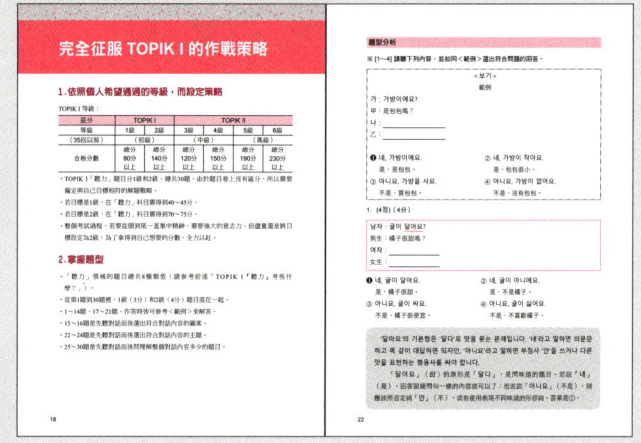

### 第二週:閱讀

新韓檢TOPIK I 的「閱讀」測驗,共分為11個題型,總共有40題。所有試題面面俱到的說明,讓閱讀絕不再是難題。

**作戰策略**
了解文章目的,充實詞彙字庫。

**實戰練習**
讀懂單字句型,掌握中心思想。

**題型分析**
經常閱讀文章,理解其中核心。

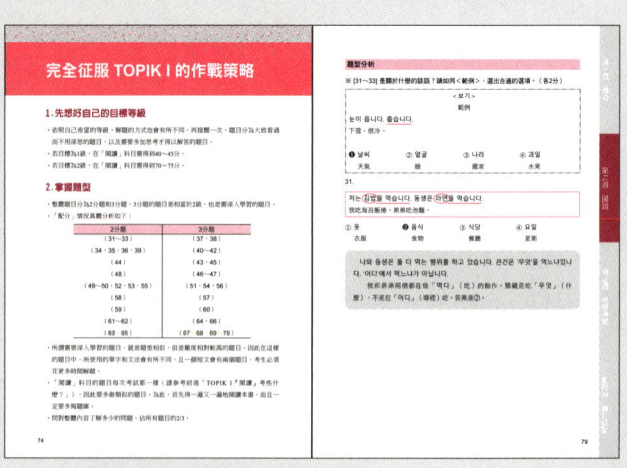

## 第三週：模擬考試

「模擬考試」收錄完整2回模擬試題，完全模擬實際考試時的題型、題數，讓考生檢測實力。

**模擬考試**
模擬實際考試，做好試前熱身。

**實戰練習**
再次測試實力，驗收備考成果。

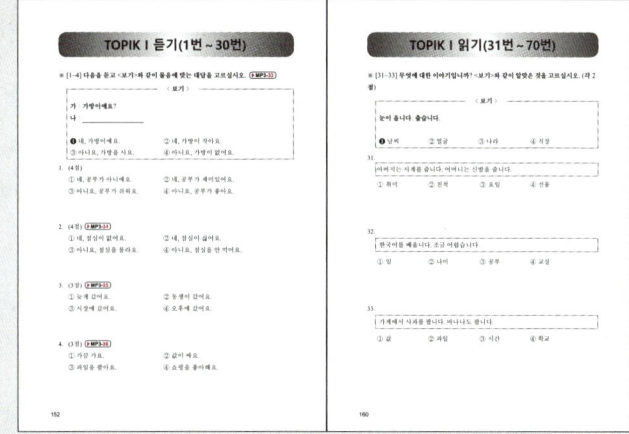

## 第四週：綜合診斷

針對2回模擬考試的所有試題內容、選項，均有中譯與解析，提升備考能力！

**題型分析**
掌握答題盲點，複習答題要點，加強備考信心。

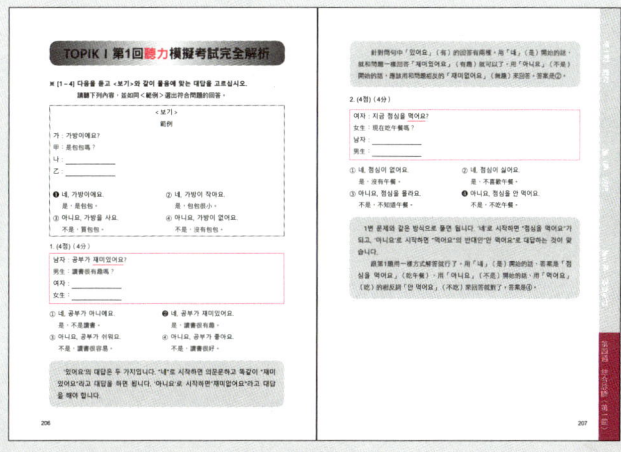

## 附錄

彙整1級必考單字，並分別整理出本書內文中出現的1、2級重要詞彙及文法，方便查找。

**詞彙**
彙整全書詞彙，充實應考實力。

**文法**
統整內文文法，增加理解能力。

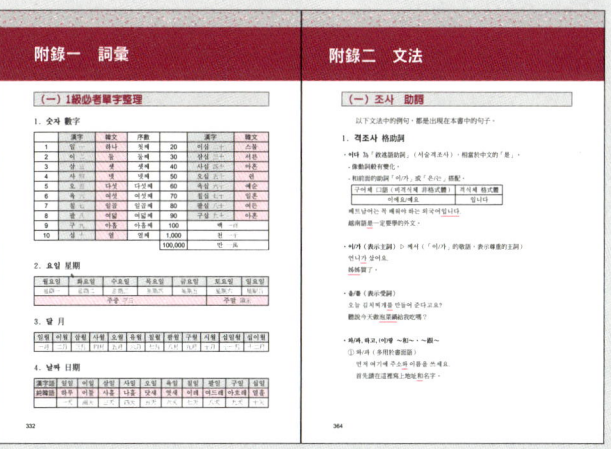

# 新韓檢TOPIK應考準備

## 戰勝新韓檢，掌握韓語關鍵能力

　　韓國語文能力測驗（한국어능력시험，Test of Proficiency in Korean, TOPIK）是由「韓國國立國際教育院」（국립국제교육원）在韓國及世界各地為韓語學習者測試其韓語能力而舉辦的測驗。自1997年起開辦，中間幾經變革，於2011年由韓國教育部國立國際教育院接手辦理，歷經實行長達3年多的初、中、高級3種考試分類後，於2014年7月20日（第35回測驗開始）考試體制再次改革，新韓檢正式上路。新的考試分類由原來的3種改為2種，分別是TOPIK I（初級）及TOPIK II（中、高級）。以下資料整理自「韓國語文能力測驗─TOPIK臺灣官方網站」（http://www.topik.com.tw/），期盼讀者看完此篇介紹，對新韓檢有更進一步的認識，勇敢跨出應試TOPIK的第一步。

## 新韓檢 TOPIK 考試介紹

### 考試目的
◎為母語非韓國語之韓語學習者、韓國僑民、外國人提供學習方向；並祈達到普及韓語之效
◎測驗和評價韓國語使用能力，並以此為留學韓國或就業的依據

### 考試實施對象
◎無報考資格限制

### 考試成績效期
◎ 本測驗成績之有效期限為2年（自結果發佈日起計）

### 臺灣地區新韓檢相關考試訊息
測驗日期：每年4月及10月
測驗級數及時間：TOPIK I在上午舉行；TOPIK II在下午舉行
測驗地點：臺北、高雄
報名時間：第1回約1月底，第2回約8月初
主管單位：韓國國立國際教育院、駐臺北韓國代表部
承辦單位：財團法人語言訓練測驗中心（LTTC）

# 新韓檢 TOPIK 考試內容

◎測驗等級：TOPIK I、TOPIK II
◎依據測驗成績又可分為六等級（1～6級）
◎TOPIK I 為舊制初級、TOPIK II 為舊制中、高級
◎TOPIK I 測驗費NT$ 1,100、TOPIK II 測驗費NT$1,400

| 分類 | TOPIK I ||  TOPIK II ||||
|---|---|---|---|---|---|---|
|  | 1級 | 2級 | 3級 | 4級 | 5級 | 6級 |
| 等級判定 | 80分以上 | 140分以上 | 120分以上 | 150分以上 | 190分以上 | 230分以上 |
| 難易度 | 易 →→→→→→→→→→→→→→→→→→→→→→→→→→ 難 ||||||

# 考試題型及配分

## TOPIK I

◎選擇題：為4選1（無寫作題）

| 考試等級 | 節數 | 領域（時間） | 題型 | 題數 | 配分 | 總分 |
|---|---|---|---|---|---|---|
| TOPIK I（1～2級） | 第一節（只有一節） | 聽力（40分鐘） | 選擇 | 30 | 100 | 200 |
|  |  | 閱讀（60分鐘） | 選擇 | 40 | 100 |  |

## TOPIK II

◎選擇題：為4選1
◎寫作題：造句2題、寫作2題（200～300字的說明文1篇，600～700字論說文1篇）

| 考試等級 | 節數 | 領域（時間） | 題型 | 題數 | 配分 | 總分 |
|---|---|---|---|---|---|---|
| TOPIK II（3～6級） | 第一節 | 聽力（60分鐘） | 選擇 | 50 | 100 | 300 |
|  |  | 寫作（50分鐘） | 作文 | 4 | 100 |  |
|  | 第二節 | 閱讀（70分鐘） | 選擇 | 50 | 100 |  |

## 考試出題基本方針

◎足以測驗考生現代韓語運用能力之試題內容
◎切合各領域（聽力、寫作、閱讀）特性之評分目標與評分內容
◎在各領域及內容上均衡選題

◎促進考生理解韓國傳統與現代之社會、文化
◎廣泛參考韓國國內外韓語教育機構之韓語課程
◎避免偏重或不利於特定語言圈考生之試題
◎避免與過去試題重覆之內容

## 各等級程度標準

| 等級 | | 程度標準 |
| --- | --- | --- |
| TOPIK I | 1級 | ・可以完成「自我介紹、購物、點菜」等日常生活上必須的基礎會話，並且可以理解和表達「個人、家庭、興趣、天氣」等一般私人話題。<br>・掌握約800個常用單字，認識基本語法並能造出簡單句子。<br>・能製造和理解簡單的生活文章和實用文章。 |
| | 2級 | ・能在「打電話、求助」等日常生活機能與利用「郵局、銀行」等公共設施上使用韓語。<br>・掌握約1,500～2,000個單字，能理解個人熟知的話題，並以段落表達。<br>・可區分使用正式或非正式場合的語言。 |
| TOPIK II | 3級 | ・在日常生活溝通上沒有困難，並具有能使用各種公共設施及進行社交活動之基礎語言能力。<br>・明白自己熟識的話題和社會上熱門的話題，並能以段落表達出來。<br>・能區分及使用口語和書面語。 |
| | 4級 | ・能使用公共設施，並進行社交活動。還能執行某部分的一般職場業務。<br>・能理解電視新聞和報紙中較淺顯的內容，並能流暢表達一般社會性和抽象的話題。<br>・能理解常用的慣用語和韓國代表文化，並藉此了解和表達社會和文化方面的內容。 |
| | 5級 | ・具備在專業領域上進行研究或擔任業務的語言能力。<br>・可理解並談論不熟識的主題，如政治、經濟、社會、文化等。<br>・可正確使用正式、非正式和口語、書面語。 |
| | 6級 | ・具備正確和流暢地在專業領域上進行研究或擔任業務的語言能力。<br>・可理解並談論不熟悉的主題，如政治、經濟、社會、文化等。<br>・雖未能達到母語使用者的水平，但在執行任務和表達能力上沒有困難。 |

瑞蘭國際出版　外語學習編輯小組

# 目次

作者序：本教材的特色 ............................................................................. 002

如何使用本書 ............................................................................................. 004

新韓檢 TOPIK 應考準備：戰勝新韓檢・掌握韓語關鍵能力 ................ 006

新韓檢 TOPIK I 應考準備：TOPIK I 整體題型分析 ............................... 012

## 第一週　聽力

◎ TOPIK I「聽力」考些什麼？ ............................................................. 017

◎ 完全征服 TOPIK I 的作戰策略 ............................................................ 018

◎ TOPIK I 聽力完全解析

題型（一）仔細聽，並正確地回答〔題號 1～4〕 .......................... 020

題型（二）推測下列狀況〔題號 5～6〕 .......................................... 025

題型（三）猜地點〔題號 7～10〕 .................................................... 031

題型（四）聽完對話內容，並尋找相關的單字〔題號 11～14〕 ... 036

題型（五）尋找與對話內容合適的圖案〔題號 15～16〕 ............... 042

題型（六）掌握對話內容的前後文脈〔題號 17～21〕 ................... 046

題型（七）選擇主題句〔題號 22～24〕 .......................................... 054

題型（八）掌握前後文脈以及理解內容①〔題號 25～26〕 ........... 059

題型（八）掌握前後文脈以及理解內容②〔題號 27～28〕 ........... 063

題型（八）掌握前後文脈以及理解內容③〔題號 29～30〕 ........... 067

## 第二週　閱讀

◎ TOPIK I「閱讀」考些什麼？ ............................................................. 073

◎ 完全征服 TOPIK I 的作戰策略 ............................................................ 074

◎ TOPIK I 閱讀完全解析

題型（一）尋找名詞〔題號 31～33〕 .............................................. 076

題型（二）尋找名詞、助詞、副詞、動詞、形容詞〔題號 34～39〕 ..... 081

題型（三）理解廣告、指南、訊息等關鍵內容〔題號 40～42〕 ... 088

題型（四）掌握簡單句子的內容〔題號 43～45〕......094
題型（五）掌握主題〔題號 46～48〕......098
題型（六）掌握前後文脈及理解全部內容①〔題號 49～50〕......102
題型（六）掌握前後文脈及理解全部內容②〔題號 53～54〕......107
題型（六）掌握前後文脈及理解全部內容③〔題號 55～56〕......112
題型（六）掌握前後文脈及理解全部內容④〔題號 61～62〕......116
題型（六）掌握前後文脈及理解全部內容⑤〔題號 65～66〕......120
題型（六）掌握前後文脈及理解全部內容⑥〔題號 67～68〕......124
題型（七）掌握前後文脈及邏輯推論〔題號 69～70〕......128
題型（八）掌握前後文脈及寫文章的目的〔題號 51～52〕......132
題型（九）掌握目的及理解全部內容〔題號 63～64〕......137
題型（十）邏輯連接及理解全部內容〔題號 59～60〕......141
題型（十一）文章的邏輯排列〔題號 57～58〕......145

## 第三週　模擬考試

◎ **TOPIK I 第 1 回模擬考試** ......**150**
　聽力 ......152
　閱讀 ......160
◎ **TOPIK I 第 2 回模擬考試** ......**177**
　聽力 ......179
　閱讀 ......187

## 第四週　綜合診斷

◎ **TOPIK I 第 1 回聽力模擬考試完全解析** ......**206**
◎ **TOPIK I 第 1 回閱讀模擬考試完全解析** ......**232**
◎ **TOPIK I 第 2 回聽力模擬考試完全解析** ......**268**
◎ **TOPIK I 第 2 回閱讀模擬考試完全解析** ......**294**

# 附錄

## 附錄一　詞彙
- （一）1級必考單字整理 .................................................... 332
- （二）1級重要單字索引 .................................................... 339
- （三）2級重要單字索引 .................................................... 358

## 附錄二　文法
- （一）조사　助詞 ............................................................... 364
- （二）동사와 결합하는 문형　與動詞結合的句型 ............. 368
- （三）형용사와 결합하는 문형　與形容詞結合的句型 ...... 374
- （四）동사 / 형용사와 결합하는 문형　與動詞 / 形容詞結合的句型 ................ 375
- （五）명사와 관계되는 문형　與名詞有關的句型 ............. 377
- （六）동사 / 형용사 / 명사와 관계되는 문형　與動詞 / 形容詞 / 名詞有關的句型 .... 379

## 附錄三　第三週模擬考試解答
- ◎ TOPIK I 第 1 回聽力模擬考試解答 ............................. 383
- ◎ TOPIK I 第 1 回閱讀模擬考試解答 ............................. 383
- ◎ TOPIK I 第 2 回聽力模擬考試解答 ............................. 383
- ◎ TOPIK I 第 2 回閱讀模擬考試解答 ............................. 383

# TOPIK I 整體題型分析

　　從2014年7月20號（35回）起改制的TOPIK I，在這裡將其特點整理如下：

第一、在TOPIK I 中，取消以往的「寫作」考科，但「閱讀」考科的重要性變高。35回以前，初級的「聽力」考科有30題、「寫作」考科有3題、「閱讀」考科有30題。而在新制TOPIK I，「聽力」考科維持30題、「閱讀」考科有40題，共70題，增加了10題「閱讀」考科題目，取代過往的3題「寫作」考科題目，配分則依照難度有2～4分三種分數。

第二、在TOPIK I，詞彙的重要性變得更高，但文法的占比明顯地變低。到34回為止，在第一節考試中「聽力」考科和「寫作」考科測驗是一起進行，但35回起的新制取消「寫作」考科以後，「聽力」考科與「閱讀」考科測驗在同一節進行。整體來說，舊制的「聽力」考科題型與新制的題型大同小異。「閱讀」考科從以往的30題增加為40題，新增過去所沒有的題型。題目中沒有特別艱深的文法，但若沒有基礎的詞彙能力，就難以理解「閱讀」考科的題目。因此，考取TOPIK I 的關鍵在於必須要有充足的詞彙能力。

第三、TOPIK I 的題目不分1級和2級，但光從配分就可以得知題目的難度。例如，在「聽力」考科，1級的題目相當於是3分題（20題：$3 \times 20 = 60$），2級的題目相當於是4分題（10題：$4 \times 10 = 40$）。在「閱讀」考科，1級是2分題（20題：$2 \times 20 = 40$），2級則是3分題（20題：$3 \times 20 = 60$分）。因此，若考生的目標是1級，只要能好好解答「聽力」考科的3分題和「閱讀」考科的2分題，就能輕鬆拿得到1級。但若目標是2級，在「聽力」考科的4分題和「閱讀」考科的3分題也必須要獲得高分才能拿到2級。

第四、TOPIK I 兩個領域的題目數，分別是30題和40題。答案的選項有①②③④共4個，而正確答案也均勻分布為①～④。因此「聽力」考科為$30 \div 4 = 7.5$，即每個選項為答案的題數是7.5題；「閱讀」考科為$40 \div 4 = 10$，即每個選項為答案的題數是10題。選定答案後，針對還沒解題（或不知道答案）的題目，此時應該依靠機率來選擇答案。換句話說，算一算所選擇的答案中①②③④分別有多少個，那麼選擇選項不足的號碼，答對的機率就會變高。

**第一階段：聽力**

| 題數 | 題號 | 配分 | 出題目的 | 題目類型 |
|---|---|---|---|---|
| 1~4 | 1 | 4 | 尋找與符合問題的回答 | 請聽下列內容，並如同＜範例＞選出符合問題的回答。 |
| | 2 | 4 | | |
| | 3 | 3 | | |
| | 4 | 3 | | |
| 5~6 | 5 | 4 | 對對方談話的適當應對 | 請聽下列內容，並如同＜範例＞選出銜接的話。 |
| | 6 | 3 | | |
| 7~10 | 7 | 3 | 尋找符合狀況的地點 | 這裡是哪裡？請如同＜範例＞選出合適的選項。 |
| | 8 | 3 | | |
| | 9 | 3 | | |
| | 10 | 4 | | |
| 11~14 | 11 | 3 | 尋找與對話相關的詞 | 以下是說關於什麼的話題？請如同＜範例＞選出合適的選項。 |
| | 12 | 3 | | |
| | 13 | 4 | | |
| | 14 | 3 | | |
| 15~16 | 15 | 4 | 尋找符合對話內容的圖案 | 請聽完下面對話，並選出合適的圖案。 |
| | 16 | 4 | | |
| 17~21 | 17 | 3 | 理解對話內容 | 請聽下列內容，並如同＜範例＞選出與對話內容相同的選項。 |
| | 18 | 3 | | |
| | 19 | 3 | | |
| | 20 | 3 | | |
| | 21 | 3 | | |
| 22~24 | 22 | 3 | 尋找主題句 | 請聽下列內容，並選出女生的中心思想。 |
| | 23 | 3 | | |
| | 24 | 3 | | |
| 25~26 | 25 | 3 | 掌握整體內容（公告事項） | 請聽下列內容，並回答問題。 |
| | 26 | 4 | | |
| 27~28 | 27 | 3 | 掌握對話內容 | 請聽下列內容，並回答問題。 |
| | 28 | 4 | | |
| 29~30 | 29 | 3 | 掌握對話內容（對談） | 請聽下列內容，並回答問題。 |
| | 30 | 4 | | |

## 第二階段：閱讀

| 題數 | 題號 | 配分 | 出題目的 | 題目類型 |
|---|---|---|---|---|
| 31～33 | 31 | 2 | 尋找與句子相關的名詞 | 是關於什麼的談話？請如同＜範例＞，選出合適的選項。 |
|  | 32 | 2 |  |  |
|  | 33 | 2 |  |  |
| 34～39 | 34 | 2 | 尋找句子裡需要的名詞、助詞、副詞、動詞、形容詞 | 請如同＜範例＞，選出最合適填入（　）的選項。 |
|  | 35 | 2 |  |  |
|  | 36 | 2 |  |  |
|  | 37 | 3 |  |  |
|  | 38 | 3 |  |  |
|  | 39 | 2 |  |  |
| 40～42 | 40 | 3 | 理解廣告、訊息、公告 | 請閱讀以下內容，並選出不對的選項。 |
|  | 41 | 3 |  |  |
|  | 42 | 3 |  |  |
| 43～45 | 43 | 3 | 理解短文的內容 | 請選出與下列內容相同的選項。 |
|  | 44 | 2 |  |  |
|  | 45 | 3 |  |  |
| 46～48 | 46 | 3 | 尋找主題句 | 請閱讀下面文章，並選出中心思想。 |
|  | 47 | 3 |  |  |
|  | 48 | 2 |  |  |
| 49～50 | 49 | 2 | 理解長文內容 | 請閱讀下面文章，並回答問題。 |
|  | 50 | 2 |  |  |
| 51～52 | 51 | 3 | 理解長文內容 | 請閱讀下面文章，並回答問題。 |
|  | 52 | 2 |  |  |
| 53～54 | 53 | 2 | 理解長文內容 | 請閱讀下面文章，並回答問題。 |
|  | 54 | 3 |  |  |
| 55～56 | 55 | 2 | 理解長文內容 | 請閱讀下面文章，並回答問題。 |
|  | 56 | 3 |  |  |
| 57～58 | 57 | 3 | 依邏輯排列句子 | 請選出下列排列順序正確的選項。 |
|  | 58 | 2 |  |  |
| 59～60 | 59 | 2 | 邏輯＋理解內容 | 請閱讀下面文章，並回答問題。 |
|  | 60 | 3 |  |  |
| 61～62 | 61 | 2 | 理解長文內容 | 請閱讀下面文章，並回答問題。 |
|  | 62 | 2 |  |  |

| | | | | |
|---|---|---|---|---|
| 63～64 | 63 | 2 | 理解網路廣告、電子郵件 | 請閱讀下面文章,並回答問題。 |
| | 64 | 3 | | |
| 65～66 | 65 | 2 | 理解長文內容 | 請閱讀下面文章,並回答問題。 |
| | 66 | 3 | | |
| 67～68 | 67 | 3 | 理解長文內容 | 請閱讀下面文章,並回答問題。 |
| | 68 | 3 | | |
| 69～70 | 69 | 3 | 理解長文內容 | 請閱讀下面文章,並回答問題。 |
| | 70 | 3 | | |

# 第一週

## 聽力

### ◎TOPIK I 「聽力」考些什麼？

新韓檢TOPIK I 的「聽力」測驗，共分為8個題型，總共有30題，主要考試「內容」以及「提問方式」如下。

| 題型 | 題號 | 考試內容 | 提問方式 |
|---|---|---|---|
| （一） | 1～4 | 仔細聽，並正確地回答 | 請聽下列內容，並如同＜範例＞選出符合問題的回答。 |
| （二） | 5～6 | 推測下列狀況 | 請聽下列內容，並如同＜範例＞選出銜接的話。 |
| （三） | 7～10 | 猜地點 | 這裡是哪裡？請如同＜範例＞選出合適的選項。 |
| （四） | 11～14 | 聽完對話內容，並尋找相關的單字 | 以下是說關於什麼的話題？請如同＜範例＞選出合適的選項。 |
| （五） | 15～16 | 尋找與對話內容合適的圖案 | 請聽完下面對話，並選出合適的圖案。 |
| （六） | 17～21 | 掌握對話內容的前後文脈 | 請聽下列內容，並如同＜範例＞選出與對話內容相同的選項。 |
| （七） | 22～24 | 選擇主題句 | 請聽下列內容，並選出女生的中心思想。 |
| （八） | 25～26<br>27～28<br>29～30 | 掌握前後文脈以及理解內容 | 請聽下列內容，並回答問題。 |

# 完全征服 TOPIK I 的作戰策略

## 1. 依照個人希望通過的等級，而設定策略

TOPIK I 等級：

| 區分 | TOPIK I | | TOPIK II | | | |
|---|---|---|---|---|---|---|
| 等級 | 1級 | 2級 | 3級 | 4級 | 5級 | 6級 |
| （35回以前） | （初級） | | （中級） | | （高級） | |
| 合格分數 | 總分80分以上 | 總分140分以上 | 總分120分以上 | 總分150分以上 | 總分190分以上 | 總分230分以上 |

- TOPIK I「聽力」題目分1級和2級，總共30題。由於題目卷上沒有區分，所以需要擬定與自己目標相符的解題戰略。
- 若目標是1級，在「聽力」科目需得到40～45分。
- 若目標是2級，在「聽力」科目需得到70～75分。
- 整個考試過程，若要從頭到尾一直集中精神，需要強大的意志力，但儘量還是將目標設定為2級，為了拿得到自己想要的分數，全力以赴。

## 2. 掌握題型

- 「聽力」領域的題目總共8種類型（請參考前述「TOPIK I『聽力』考些什麼？」）。
- 從第1題到30題裡，1級（3分）和2級（4分）題目混在一起。
- 1～14題，17～21題，作答時皆可參考＜範例＞來解答。
- 15～16題是先聽對話而後選出符合對話內容的圖案。
- 22～24題是先聽對話而後選出符合對話內容的主題。
- 25～30題是先聽對話而後問理解整個對話內容多少的題目。

## 3.邊聽題目，邊掌握選項

- 要選擇4個選項中句子最長的選項。
- 察看選項當中是否有對話裡出現過的單字和句子。
- 選項當中若出現陌生或不熟悉的單字，那些選項就不是正確的答案。

## 4.拿到高分的祕訣

- 一定要注意關鍵詞，尤其是動詞。
- 韓語的結構，敘述語（動詞或形容詞）一定在句子的最後面，所以即使聽不清楚前面的名詞或助詞，只要聽清楚敘述語，對於解題將會十分有幫助。

---

**TIP**

「聽力」題目有三種類型：

1. 1～14，17～21題有可以與題目同時參考的＜範例＞提示。
   15～16題沒有＜範例＞，而是參考圖案而解題的題目。
2. 22～24題也沒有＜範例＞，而是聽題目後再解答的題目。
3. 25～30題是一個短文有兩個題目。其中26、28、30題是4分題，相當於2級。

# TOPIK I 聽力完全解析

## 題型（一）仔細聽，並正確地回答［題號1～4］

☞ 35回以前是出現在［3～6］的題目。

〔1～2〕針對提問，以「是」、「不是」回答問題
- 兩個題目都是4分題，相當於2級程度的題目。
- 回答「네」（是）就是肯定的回答，回答「아니요」（不是）就是與提問相反的回答。

〔3～4〕正確理解問題
- 3分題，相當於1級程度的題目。
- 這兩題是有疑問詞的疑問句。
- 邊聆聽題目，邊在題目卷上寫下關鍵詞，或者看選項中有沒有該單字，將其標示出來。

---

**TIP**
1. 用「아니요」回答時需要接續否定詞。
2. 可能出現的疑問詞有「누구」（誰）、「무엇」（什麼）、「언제」（什麼時候）、「어디」（哪裡）、「얼마」（多少）。

## 實戰演練

※ [1~4] 다음을 듣고 <보기>와 같이 물음에 알맞은 대답을 고르십시오. ▶MP3-02

〈 보기 〉

가 : 가방이에요?
나 : _____

❶ 네, 가방이에요.　　② 네, 가방이 작아요.
③ 아니요, 가방을 사요.　④ 아니요, 가방이 없어요.

1. (4점)
① 네, 귤이 달아요.　　② 네, 귤이 아니에요.
③ 아니요, 귤이 싸요.　④ 아니요, 귤이 싫어요.

2. (4점) ▶MP3-03
① 네, 회사에 가요.　　② 네, 회사에 있어요.
③ 아니요, 회사가 가까워요　④ 아니요, 회사가 안 쉬어요.

3. (3점) ▶MP3-04
① 많이 샀어요.　　② 어제 샀어요.
③ 동생이 샀어요.　　④ 학교에서 샀어요.

4. (3점) ▶MP3-05
① 아주 비싸요.　　② 내일 오세요.
③ 가게에서 팔아요.　④ 만 오천 원이에요.

## 題型分析

※ [1~4] 請聽下列內容，並如同＜範例＞選出符合問題的回答。

---
＜보기＞
範例

가 : 가방이에요?
甲：是包包嗎？
나 : _____
乙 : _____

❶ 네, 가방이에요.
　是，是包包。
③ 아니요. 가방을 사요.
　不是。買包包。
② 네, 가방이 작아요.
　是，包包很小。
④ 아니요. 가방이 없어요.
　不是。沒有包包。

---

1. (4점)（4分）

남자 : 귤이 달아요?
男生：橘子很甜嗎？
여자 : _____
女生 : _____

❶ 네, 귤이 달아요.
　是，橘子很甜。
③ 아니요. 귤이 싸요.
　不是。橘子很便宜。
② 네, 귤이 아니에요.
　是，不是橘子。
④ 아니요. 귤이 싫어요.
　不是。不喜歡橘子。

---

'달아요'의 기본형은 '달다'로 맛을 묻는 문제입니다. '네'라고 말하면 의문문하고 똑 같이 대답하면 되지만, '아니요'라고 말하면 부정사 '안'을 쓰거나 다른 맛을 표현하는 형용사를 써야 합니다.

「달아요」（甜）的原形是「달다」，是問味道的題目。若說「네」（是），回答跟疑問句一樣的內容就可以了；但若說「아니요」（不是），則應該用否定詞「안」（不），或者使用表現不同味道的形容詞。答案是①。

2. (4점)（4分）

> 남자 : 오늘 회사가 쉬어요?
> 男生：今天公司休息嗎？
> 여자 : _____
> 女生：_____

① 네, 회사에 가요.
　 是，去公司。

② 네, 회사에 있어요.
　 是，在公司。

③ 아니요. 회사가 가까워요.
　 不。公司很近。

❹ 아니요. 회사가 안 쉬어요.
　 不。公司沒有休息。

> 1번과 똑 같은 유형의 문제입니다. '네'라고 말하면 의문문과 똑같이 대답하면 되고, '아니요'라고 말하면 부정형을 사용해서 대답해야 합니다.
> 和第1題是一樣題型的題目。說「네」（是）的話，回答跟疑問句一樣的內容就可以了；若說「아니요」（不是），則應該用否定詞來回答。答案是④。

3. (3점)（3分）

> 남자 : 누가 샀어요?　　의문사(사람)
> 男生：誰買的？
> 여자 : _____
> 女生：_____

① 많이 샀어요.
　 買了很多。

② 어제 샀어요.
　 昨天買了。

❸ 동생이 샀어요.
　 弟弟買的。

④ 학교에서 샀어요.
　 在學校買的。

> 누가 무엇을 했는지 묻는 문제입니다. '누가'라고 물었으므로 당연히 사람이 나와야 정답입니다.
> 是問「誰做了什麼」的題目。因為是問「누구」（誰），所以當然要有人出現才是正確答案。答案是③。

4. (3점) (3分)

> 여자 : 이 바지는 얼마예요?  의문사(가격)
> 女生：這件褲子多少錢？
> 남자 : _____
> 男生 : _____

① 아주 비싸요.
　　非常貴。

② 내일 오세요.
　　明天來喔。

③ 가게에서 팔아요.
　　店裡賣。

❹ 만 오천 원이에요.
　　一萬五千塊錢。

'얼마'는 가격을 묻는 의문사입니다. 그러므로 당연히 숫자가 나와야 정답입니다.
「얼마」（多少）是問價格的疑問詞。所以當然要有數字出現才是正確答案。答案是④。

# 題型（二）推測下列狀況［題號5～6］

☞ 35回以前是出現在［7～8］的題目。

**就對方的話表現出正確的反應**
- 都是比較簡單的對話，所以只要注意聽，就能輕鬆答對。
- 以下的表格是考古題中出現過的問答內容。大部分的題目離不開此範圍，請一定要背起來。

**考古題中「問候語」和「正確的應對方式」**

|  | 인사말 問候語 | 정확한 응대 正確的應對 |
|---|---|---|
| 첫 만남<br>初次見面 | 처음 뵙겠습니다.<br>幸會/初次見面。 | 만나서 반갑습니다.<br>很高興見到您。 |
|  | 안녕하세요, ○○○입니다.<br>您好，我是○○○。 | 네, 반갑습니다.<br>是，很高興見到您。 |
|  | 안녕하세요.<br>您好。 | 네, 처음 뵙겠습니다.<br>是，初次見面。 |
| 만남<br>見面 | 여기 앉으세요.<br>請坐這裡。 | 고맙습니다.<br>謝謝。 |
|  | 늦어서 미안해요.<br>對不起，來晚了。 | 아니에요.<br>不會/沒關係。 |
|  | 만나서 반갑습니다.<br>很高興見到您。 | 잘 부탁합니다.<br>請多多指教。 |
|  | 오랜만이에요.<br>好久不見。 | 네, 잘 지냈어요?<br>是，您過得好嗎？ |
| 방문<br>訪問 | 실례합니다. ○○○ 씨 있어요? 잠깐 만나러 왔는데요.<br>不好意思，○○○在嗎？我來見他一下。 | 네, 들어오세요.<br>是，請進。 |
|  | 실례합니다. 여기 김 선생님 계세요?<br>不好意思。請問金老師在這裡嗎？ | 네, 잠깐만 기다리세요.<br>是，請稍等。 |
| 부탁<br>請求 | 저, 부탁이 있는데요.<br>有件事要拜託您。 | 네, 말씀하세요.<br>是，請說。 |
|  | 실례지만 말씀 좀 묻겠습니다.<br>不好意思，想請問一下。 | 네, 말씀하세요.<br>是，請說。 |
|  | ○○ 씨, 연필 좀 빌려 주세요.<br>○○，請借我一下鉛筆。 | 여기 있어요.<br>在這裡。 |

|  | 인사말 問候語 | 정확한 응대 正確的應對 |
|---|---|---|
| 감사<br>感謝 | 정말 고마워요.<br>真的很謝謝。 | 아니에요.<br>不會。 |
|  | 오늘 도와줘서 고마웠어요.<br>謝謝你今天的幫忙。 | 아니에요.<br>不會。 |
| 사과<br>道歉 | 정말 미안합니다.<br>真的很對不起。 | 괜찮습니다.<br>沒關係。 |
| 도움<br>幫助 | 제가 도와 드리겠습니다.<br>我來幫助您。 | 감사합니다.<br>謝謝。 |
|  | 도와주지 못해서 미안해요.<br>很抱歉沒幫到忙。 | 괜찮아요.<br>沒關係。 |
| 식사<br>用餐 | 맛있게 드세요.<br>請慢用。 | 잘 먹겠습니다.<br>開動了。 |
|  | 저기요, 메뉴 좀 보여 주세요.<br>先生/小姐, 請讓我看一下菜單。 | 여기 있습니다.<br>在這裡。 |
| 수면<br>睡眠 | 먼저 잘게. 잘 자.<br>我先睡了。晚安。 | 안녕히 주무세요.<br>晚安。 |
| 헤어짐<br>告別 | 주말 잘 보내세요.<br>週末愉快。 | 네, 다음 주에 뵙겠습니다.<br>是, 下星期見。 |
|  | 안녕히 계세요.<br>請留步。 | 안녕히 가세요.<br>請慢走。 |
|  | 다음에 또 오세요.<br>下次再來。 | 안녕히 계세요.<br>請留步。 |
|  | 안녕히 가세요.<br>請慢走。 | 안녕히 계세요.<br>請留步。 |
|  | 안녕히 가세요.<br>請慢走。 | 네, 다음에 봐요.<br>是, 下次見。 |
|  | 안녕히 가세요. 다음에 또 오세요.<br>請慢走。下次再來。 | 안녕히 계세요.<br>請留步。 |
|  | ○○ 씨, 잘 가요.<br>○○, 慢走。 | 네, 안녕히 계세요.<br>是, 請留步。 |
|  | 저 먼저 갈게요.<br>我先走了。 | 잘 가요.<br>慢走。 |
|  | 다녀오겠습니다.<br>我去去就回。 | 잘 다녀오세요.<br>路上小心。 |
| 여행<br>旅行 | 저 주말에 부산으로 여행 가요.<br>我週末去釜山旅行。 | 잘 다녀오세요.<br>一路順風。 |
| 휴가<br>休假 | 휴가 잘 다녀오세요.<br>休假愉快。 | 고맙습니다.<br>謝謝。 |

|  | 인사말 問候語 | 정확한 응대 正確的應對 |
|---|---|---|
| 전화<br>電話 | ○○○ 씨에게 말씀 좀 전해 주세요.<br>請幫我轉達○○○。 | 네, 알겠습니다.<br>好的，我知道了。 |
| | 여보세요, 거기 ○○○ 씨 집이지요?<br>喂，那裡是○○○先生/小姐家嗎？ | 네, 그런데요.<br>是，請問什麼事。 |
| | 여보세요, ○○○ 씨 좀 부탁합니다.<br>喂，麻煩請找○○○先生/小姐。 | 네, 전데요.<br>是，我就是。 |
| | 여보세요, ○○○ 씨 좀 부탁합니다.<br>喂，麻煩請找○○○先生/小姐。 | 지금 안 계시는데요.<br>現在不在。 |
| | ○○○ 씨 좀 바꿔 주세요.<br>喂，麻煩請找○○○先生/小姐。 | 잠깐만 기다리세요.<br>請稍等。 |
| | 전화 잘못 거셨습니다.<br>打錯電話了。 | 죄송합니다.<br>很抱歉。 |
| | 내일 전화해 주세요.<br>明天請打電話給我。 | 알겠습니다.<br>好的。 |
| 생일<br>生日 | 생일 축하해요.<br>生日快樂。 | 고마워요.<br>謝謝。 |
| | 생일 축하합니다.<br>生日快樂。 | 감사합니다.<br>謝謝。 |
| | 오늘 저 생일이에요.<br>今天是我生日。 | 축하해요.<br>生日快樂。 |
| 결혼<br>結婚 | 결혼을 축하합니다.<br>恭喜結婚。 | 고맙습니다.<br>謝謝。 |

## [ 5 ]

- 4分題，相當於2級程度的題目。
- 考針對某個特定名詞的反應。

## [ 6 ]

- 3分題，相當於1級程度的題目。

> **TIP**
> 　　如同上面為大家整理的表格，考題內容都不會脫離這些固定的框架。所以若是題目中說「감사합니다」（謝謝），回答「천만에요」（不客氣）即可。

**實戰練習**

※ [5~6] 다음을 듣고 <보기>와 같이 이어지는 말을 고르십시오. ▶MP3-06

―――――〈 보기 〉―――――

가 : 많이 파세요.
나 : _____

① 좋습니다.　　　　　　② 맛있습니다.
❸ 고맙습니다.　　　　　　④ 잘 먹겠습니다.

5. (4점)
　① 아니에요.　　　　　　② 죄송해요.
　③ 축하해요.　　　　　　④ 반가워요.

6. (3점) ▶MP3-07
　① 잘 오셨어요.　　　　　② 어서 오세요.
　③ 네, 안녕하세요.　　　　④ 네, 안녕히 가세요.

## 題型分析

※ [5～6] 請聽下列內容，並如同＜範例＞選出銜接的話。

---
< 보기 >
範例

가 : 많이 파세요.
甲：祝生意興隆。
나 : ＿＿＿＿＿＿
乙 : ＿＿＿＿＿＿

① 좋습니다.　　　　　　　　② 맛있습니다.
　好。　　　　　　　　　　　好吃。
❸ 고맙습니다.　　　　　　　④ 잘 먹겠습니다.
　謝謝。　　　　　　　　　　開動了。

---

5. (4점)（4分）

남자 : 저 다음 달에 결혼해요.
男生：我下個月要結婚。
여자 : ＿＿＿＿＿＿
女生 : ＿＿＿＿＿＿

① 아니에요.　　　　　　　　② 죄송해요.
　不會。　　　　　　　　　　抱歉。
❸ 축하해요.　　　　　　　　④ 반가워요.
　恭喜。　　　　　　　　　　幸會。

> 누군가 결혼한다고 했을 때 당연히 축하한다는 말을 해야 합니다.
> 　某人說要「**결혼**」（結婚）時，當然要說「**축하**」（祝賀）的話。答案是 ③。

6. (3점)（3分）

> 여자 : 영수 씨, 내일 만나요.
> 女生：英修先生，明天見。
> 남자 : _____
> 男生：_____

① 잘 오셨어요.
　來得正好。

② 어서 오세요.
　歡迎光臨。

③ 네, 안녕하세요.
　是，你好。

❹ 네, 안녕히 가세요.
　是，慢走。

> '내일 만나요'는 헤어질 때 쓰는 말이므로 그에 맞는 대답을 해야 합니다.
> 「내일 만나요」（明天見）是離開的時候用的句子，應該說出相應的回答。答案是④。

# 題型（三）猜地點［題號7～10］

☞ 35回以前是出現在［9～11］的題目。

**歷屆考古題正確答案**

| 題號 | 35회 | 36회 | 37회 | 41회 | 47회 | 52회 | 60회 | 64회 |
|---|---|---|---|---|---|---|---|---|
| 7 | 약국<br>藥局 | 가게<br>商店 | 호텔<br>飯店 | 극장<br>電影院 | 식당<br>餐廳 | 택시<br>計程車 | 백화점<br>百貨公司 | 꽃집<br>花店 |
| 8 | 교실<br>教室 | 극장<br>電影院 | 박물관<br>博物館 | 옷 가게<br>服飾店 | 은행<br>銀行 | 빵집<br>麵包店 | 도서관<br>圖書館 | 택시<br>計程車 |
| 9 | 도서관<br>圖書館 | 우체국<br>郵局 | 병원<br>醫院 | 미용실<br>美容院 | 회사<br>公司 | 우체국<br>郵局 | 은행<br>銀行 | 택시<br>計程車 |
| 10 | 운동장<br>運動場 | 빵집<br>麵包店 | 공항<br>機場 | 사진관<br>照相館 | 서점<br>書店 | 서점<br>書店 | 정류장<br>停車場 | 공원<br>公園 |

［7～9］

・都是3分題，相當於1級程度的題目。
・問「어디」（哪裡）的題目，便應該尋找對應提問的合適地點。

［10］

・4分題，相當於2級程度的題目。
・這個題目的選項大部分是三個字的單字。多出現的是初級程度不常用的單字。

> **TIP**
> 　　這題同樣必須掌握關鍵詞。一邊聆聽對話，一邊把選項中的名詞、動詞（形容詞）標示出來。

**實戰練習**

※ [7~10] 여기는 어디입니까? <보기>와 같이 알맞은 것을 고르십시오. ▶MP3-08

〈 보기 〉

가 : 우표 한 장 주세요.
나 : 여기 있습니다.

① 공원　　　② 병원　　　③ 학교　　　❹ 우체국

7. (3점)
① 교실　　　② 식당　　　③ 여행사　　　④ 도서관

8. (3점) ▶MP3-09
① 교실　　　② 극장　　　③ 은행　　　④ 백화점

9. (3점) ▶MP3-10
① 회사　　　② 서점　　　③ 미용실　　　④ 사진관

10. (4점) ▶MP3-11
① 화장실　　② 박물관　　③ 미술관　　④ 사무실

## 題型分析

※ [7～10] 這裡是哪裡？請如同＜範例＞選出合適的選項。

---
＜보기＞
範例

가 : 우표 한 장 주세요.
甲：請給我一張郵票。
나 : 여기 있습니다.
乙：在這裡。

① 공원　　　② 병원　　　③ 학교　　　❹ 우체국
　公園　　　　醫院　　　　學校　　　　郵局

---

7. (3점)（3分）

여자 : 오늘은 뭘 먹을까요?
女生：今天要吃什麼？
남자 : 김치찌개 먹어요.
男生：我要吃泡菜鍋。

① 교실　　　❷ 식당　　　③ 여행사　　　④ 도서관
　教室　　　　餐廳　　　　旅行社　　　　圖書館

'먹다'라는 동사와 '김치찌개'라는 명사가 나왔으므로 음식을 먹는 곳, 즉 식당이 정답입니다.

因為出現動詞「먹다」（吃）和名詞「김치찌개」（泡菜鍋），所以答案一定是吃東西的地方，「식당」（餐廳）就是正確答案。答案是②

8. (3점)（3分）

> 남자 : 저 질문 있는데요?
> 男生：我有疑問。
> 여자 : 모르는 게 있으면 물어 보세요.
> 女生：如果有不知道的，請問我。

❶ 교실　　　　　② 극장　　　　　③ 은행　　　　　④ 백화점
　教室　　　　　　電影院　　　　　銀行　　　　　　百貨公司

> 　질문은 하고 그 물음에 대해 대답해주는 곳은 수업을 하는 교실입니다.
> 　「질문」（提問）後，有可能會回答提問的地方，是上課的「교실」（教室）。答案是①。

9. (3점)（3分）

> 여자 : 머리 색깔을 바꾸고 싶어요.
> 女生：我想換頭髮的顏色。
> 남자 : 무슨 색을 좋아하세요?
> 男生：妳喜歡什麼顏色呢？

① 회사　　　　　② 서점　　　　　❸ 미용실　　　　④ 사진관
　公司　　　　　　書店　　　　　　美容院　　　　　照相館

> 　머리의 모양이나 색깔을 바꿀 수 있는 곳은 미용실입니다. 머리 색깔을 바꾸는 것을 '염색'이라고 합니다.
> 　可以改變髮型或顏色的地方是「미용실」（美容院）。改變頭髮的顏色叫做「염색」（染色）。答案是③。

10. (4점)（4分）

> 남자 : 수지 씨, 저 퇴근합니다.
> 男生：秀智小姐，我要下班了。
> 여자 : 저도 곧 퇴근할 거예요.
> 女生：我也快要下班了。

① 화장실　　　② 박물관　　　③ 미술관　　　❹ 사무실
　化妝室　　　　博物館　　　　美術館　　　　辦公室

> '퇴근하다'라는 동사에 주의해야 합니다. 일상생활에서 퇴근을 하는 곳은 일을 하는 곳, 즉 사무실이 정답입니다.
> 　　應該注意「퇴근하다」（下班）這個動詞。日常生活中，上、下班的地方就是做事的地方，所以「사무실」（辦公室）是正確答案。答案是④。

# 題型（四）聽完對話內容，並尋找相關單字
# [ 題號11～14 ]

☞ 35回以前是在出現在 [ 12～14 ] 的題目。

**歷屆考古題正確答案**

|    | 35회 | 36회 | 37회 | 41회 | 47회 | 52회 | 60회 | 64회 |
|----|------|------|------|------|------|------|------|------|
| 11 | 값<br>價格 | 옷<br>衣服 | 식사<br>用餐 | 이름<br>名字 | 가족<br>家庭 | 시간<br>時間 | 집<br>家 | 맛<br>味道 |
| 12 | 시간<br>時間 | 나이<br>年齡 | 선물<br>禮物 | 과일<br>水果 | 신발<br>鞋子 | 운동<br>運動 | 취미<br>興趣 | 운동<br>運動 |
| 13 | 취미<br>興趣 | 사진<br>相片 | 날씨<br>天氣 | 나이<br>年齡 | 약속<br>約會 | 계절<br>季節 | 휴일<br>公休日 | 계획<br>計畫 |
| 14 | 휴일<br>公休日 | 가구<br>家具 | 교통<br>交通 | 고향<br>故鄉 | 날씨<br>天氣 | 위치<br>位置 | 고향<br>故鄉 | 위치<br>位置 |

[ 11 ]

・3分題的題目。
・必須要注意看「量詞」。

[ 12 ]

・3分題的題目。
・必須要注意看「動詞」。

[ 13 ]

・<u>4分題</u>，相當於<u>2級</u>程度的題目。
・必須要注意看「名詞」。

[ 14 ]

・3分題的題目。

・必須要注意看「助詞」。

> **TIP**
> 最重要的是深入了解「關鍵詞」。對於「關鍵詞」部分，請參考本書附錄。

**實戰練習**

※ [11~14] 다음은 무엇에 대해 말하고 있습니까? <보기>와 같이 알맞은 것을 고르십시오. ▶MP3-12

〈 보기 〉

가 : 몇 권이에요?
나 : 모두 세 권이에요.

❶ 책　　　② 사람　　　③ 주소　　　④ 음식

11. (3점)
　① 집　　　② 일　　　③ 수업　　　④ 날짜

12. (3점) ▶MP3-13
　① 여행　　　② 야채　　　③ 취미　　　④ 휴일

13. (4점) ▶MP3-14
　① 위치　　　② 요일　　　③ 날씨　　　④ 나이

14. (3점) ▶MP3-15
　① 기분　　　② 교통　　　③ 가구　　　④ 건물

## 題型分析

※ [11～14] 以下是說關於什麼的話題？請如同＜範例＞選出合適的選項。

---
＜보기＞
範例

가 : 몇 권이에요?
甲：有幾本？
나 : 모두 세 권이에요.
乙：總共三本。

❶ 책　　　　② 사람　　　　③ 주소　　　　④ 음식
　書　　　　　　人　　　　　　地址　　　　　食物

---

**11. (3점)（3分）**

여자 : 하루에 몇 시간 배워요?
女生：一天學習幾個小時？
남자 : 오전에 네 시간이요.
男生：上午四個小時。

① 집　　　　② 일　　　　❸ 수업　　　　④ 날짜
　家　　　　　工作　　　　　上課　　　　　日期

> 　하루에 배우는 시간이 몇 시간인가를 묻는 문제입니다. '배우는 시간'은 즉 '수업'을 말합니다.
>
> 　是問「하루에 배우는 시간이 몇 시간」（一天學習的時間是幾個小時）的題目。「배우는 시간」（學習的時間）就是「수업」（上課）。答案是③。

39

12. (3점)（3分）

> 남자 : 저는 당근을 좋아해요. 수지 씨는요?
> 男生：我喜歡紅蘿蔔。秀智妳呢？
> 여자 : 저는 오이를 좋아해요.
> 女生：我喜歡小黃瓜。

① 여행　　　❷ 야채　　　③ 취미　　　④ 휴일
　旅行　　　　蔬菜　　　　興趣　　　　公休日

> 두 사람이 이야기하는 '당근', '오이'는 모두 야채의 종류입니다.
> 　兩個人談的「당근」（紅蘿蔔）、「오이」（小黃瓜）都是「야채」（蔬菜）的種類。答案是②。

13. (4점)（4分）

> 남자 : 여기에서 멀어요?
> 男生：離這裡很遠嗎？
> 여자 : 아니요. 바로 저기예요.
> 女生：沒有。就是那裡。

❶ 위치　　　② 요일　　　③ 날씨　　　④ 나이
　位置　　　　星期　　　　天氣　　　　年紀

> 　'여기'와 '저기'는 모두 위치를 표시하는 명사입니다. '멀다'는 거리를 표시하는 형용사입니다. 다 위치와 관계있는 단어들입니다.
> 　「여기」（這裡）和「저기」（那裡）都是表示「위치」（位置）的名詞。「멀다」（遠）是表示距離的形容詞。都是跟位置有關的單字。答案是①。

14. (3점)（3分）

> 여자 : 이 책상하고 의자가 어때요?
> 女生：這張書桌和椅子怎麼樣？
> 남자 : 아이 방에 잘 어울리겠어요.
> 男生：應該很適合孩子的房間。

① 기분　　　　② 교통　　　　❸ 가구　　　　④ 건물
　心情　　　　　交通　　　　　家具　　　　　建築物

여자가 말하는 '책상', '의자'는 모두 가구의 종류입니다.
女生所說的「책상」（書桌）、「의자」（椅子）都是「가구」（家具）的種類。答案是③。

# 題型（五）尋找與對話內容合適的圖案
# ［題號15〜16］

☞ 35回以前是出現在［15〜17］的題目。從原本三個題目變成兩個題目。

**選擇與對話有關的圖案**

・兩題都是4分題，相當於2級程度的題目，所以難度很高。
・題目都是以日常生活中發生的事情為主。
・這樣對話方式的題目，以把握「關鍵詞」為優先。所有對話都播放兩次，所以要在考卷的空白處，記錄對話中出現的名詞或動詞（形容詞）。
・對照一下自己聽到的單字，有沒有出現在圖案。

**TIP**

遇到題目聽不太清楚的情況時，只好看圖案盡量猜答案。這時候應該選擇當中看起來最簡單的圖案。因為錯誤的答案會故意把圖案弄得很複雜，讓考生混淆。

**實戰練習**

※ [15~16] 다음 대화를 듣고 알맞은 그림을 고르십시오. (각 4점) ▶MP3-16

15.

① ②  ③  ④

16. ▶MP3-17

① 과일가게

② 과일가게

③ 과일가게

④ 과일가게

## 題型分析

※ [15～16] 請聽完下面對話，請並選出合適的圖案。（各4分）

15.

여자 : 이 소포 좀 보내려고요.
女生：我要寄這個包裹。
남자 : 먼저 여기에 주소와 이름을 쓰세요.
男生：請先在這裡寫上地址和名字。

> 소포를 보내는 곳은 우체국입니다. 소포를 보내려면 먼저 우편물 위에 이름과 주소 등을 써야 합니다. 위의 내용은 창구에서 손님과 직원이 나누는 대화입니다. 따라서 정답은 ③번입니다.
> 寄包裹的地方是郵局。要寄包裹的話，應該先在郵件上寫上名字和地址等。上述內容地點在郵局櫃檯，是工作人員和顧客之間的對話。答案是③。

16.

남자 : 무슨 과일이 맛있어요?
男生：什麼水果好吃呢？
여자 : 요즘은 수박이 제일 잘 팔립니다.
女生：最近西瓜最暢銷。

> 남자는 과일사러 온 손님입니다. 여자는 남자에게 요즘 사람들이 가장 많이 찾는 수박을 추천합니다. 따라서 정답은 ①번입니다
> 男生是來買水果客人。女生向男生推薦最近最多人買的西瓜。答案是①。

# 題型（六）掌握對話內容的前後文脈
# ［題號17～21］

☞　35回以前是出現在［18～22］的題目。

- 五題都是3分題，相當於1級程度的題目。
- 都是一樣題型的題目，但是17題的對話只有3行，因此相對容易，剩下18～21題的對話是4行。
- 兩個人之間的對話，都是和實際生活有密切關係的內容。
- 19題和20題這兩題，有時候會以「두 사람」（兩個人）代替男生、女生出現。

**實戰練習**

※ [17~21] 다음을 듣고 <보기>와 같이 대화 내용과 같은 것을 고르십시오. (각 3점)

▶MP3-18

―――――― 〈 보기 〉 ――――――

남자 : 학교가 언제 개학해요?

여자 : 내일부터 수업을 시작해요.

❶ 여자는 학생입니다.　　　② 남자는 선생님입니다.

③ 여자는 오늘 수업합니다.　④ 남자는 내일 개학합니다.

17.
① 여자는 야구를 좋아합니다.
② 여자는 자주 야구장에 갑니다.
③ 남자는 주말에 야구를 보러 갑니다.
④ 남자는 보통 주말에 집에 있습니다.

18. ▶MP3-19
① 여자는 학생입니다.
② 남자는 책을 빌립니다.
③ 남자는 한 달 후에 옵니다.
④ 여자는 남자에게 학생증을 줍니다.

19. ▶MP3-20
① 두 사람은 동아리 친구입니다.
② 두 사람은 모르는 사이입니다.
③ 여자는 오늘 급한 일이 있습니다.
④ 남자는 어제 동아리 모임에 안 갔습니다.

20. ▶MP3-21

① 두 사람은 처음 만났습니다.
② 두 사람은 같이 빨래를 합니다.
③ 남자는 빨래를 할 수 없습니다.
④ 여자는 이미 빨래를 다 했습니다.

21. ▶MP3-22

① 남자는 아르바이트를 합니다.
② 여자는 방을 소개하고 있습니다.
③ 남자는 방세를 많이 받고 싶어합니다.
④ 여자는 지금 혼자 살 방을 찾고 있습니다.

## 題型分析

※ [17～21] 請聽下列內容，並如同＜範例＞選出與對話內容相同的選項。（各3分）

───────── ＜ 보기 ＞ ─────────
範例

남자 : 학교가 언제 개학해요?
男生：學校什麼時候開學呢？
여자 : 내일부터 수업을 시작해요.
女生：明天開始上課。

❶ 여자는 학생입니다.　　　　　② 남자는 선생님입니다.
　 女生是學生。　　　　　　　　　男生是老師。
③ 여자는 오늘 수업합니다.　　　④ 남자는 내일 개학합니다.
　 女生今天上課。　　　　　　　　男生明天開學。

17.

여자 : 영수 씨는 보통 주말에 뭐 해요?
女生：英修先生通常週末做什麼呢？
남자 : 저는 야구 보는 것을 좋아해서 야구장에 가요. 수지 씨는요?
男生：我喜歡看棒球，所以會去棒球場。秀智小姐妳呢？
여자 : 저는 밖에 나가는 걸 싫어해서 그냥 집에 있어요.
女生：我不喜歡外出，所以只是在家裡。

① 여자는 야구를 좋아합니다.　　　*남자*
　 女生喜歡棒球。
② 여자는 자주 야구장에 갑니다.　　*집에 있어요*
　 女生常去棒球場。
❸ 남자는 주말에 야구를 보러 갑니다.
　 男生週末去看棒球。
④ 남자는 보통 주말에 집에 있습니다.　　*여자*
　 男生通常週末在家。

49

남자는 야구를 좋아해서 보통 주말에 야구장을 갑니다. 여자는 외출하는 것을 싫어해서 보통 집에서 시간을 보냅니다.
男生喜歡「야구」（棒球），通常「주말」（週末）去「야구장」（棒球場）。女生「외출하는 것을 싫어하다」（不喜歡外出），通常「집에 있다」（在家裡）打發時間。答案是③。

18.

남자 : 저, 이 책 좀 빌리려고 하는데요.
男生：嗯，我想要借這本書。
여자 : 학생증 가지고 왔지요?
女生：帶學生證了嗎？
남자 : 네, 며칠 동안 빌릴 수 있나요?
男生：是，可以借幾天？
여자 : 한 달입니다.
女生：一個月。

① 여자는 학생입니다.　　도서관 직원
　　女生是學生。
❷ 남자는 책을 빌립니다.
　　男生借書。
③ 남자는 한 달 후에 옵니다.　　✗
　　男生一個月後再來。
④ 여자는 학생증을 보여 줍니다.　　남자가 보여 줍니다
　　女生給男生學生證。

남자는 책을 빌리러 온 학생이고, 여자는 도서관의 직원입니다. 한 달은 책을 빌릴 수 있는 기간입니다.
男生是來「책을 빌리다」（借書）的學生，女生是圖書館的員工。「한 달」（一個月）是可以借書的期限。答案是②。

19.

> 남자 : 수지 씨, 어제 동아리 모임에 왜 안 왔어요?
> 男生：秀智小姐，你昨天為什麼沒來社團聚會呢？
> 여자 : 집에 갑자기 일이 생겨서 못 갔어요.
> 女生：家裡突然有事，所以不能去了。
> 남자 : 그랬어요? 일은 잘 해결됐어요?
> 男生：是嗎？事情順利解決了嗎？
> 여자 : 네, 별일 아니니까 걱정하지 마세요.
> 女生：是，沒什麼事，不用擔心。

❶ 두 사람은 동아리 친구입니다.
　 兩個人是社團的朋友。

② 두 사람은 모르는 사이입니다.　　동아리 친구
　 兩個人是不認識的關係。

③ 여자는 오늘 급한 일이 있습니다.　　어제
　 女生今天有急事。

④ 남자는 어제 동아리 모임에 안 갔습니다.　　여자
　 男生昨天沒去社團聚會。

> 　어제 남자와 여자가 같이 활동하는 동아리 모임이 있었습니다. 그런데 여자는 집에 일이 생겨서 못 갔습니다.
> 　昨天有男生和女生一起活動的「동아리 모임」（社團聚會）。不過女生「집에 일이 생기다」（家裡有事），所以「못 갔다」（不能參加了）。答案是①。

20.

> 남자 : 수지 씨, 세탁기 다 썼어요?
> 男生：秀智小姐，洗衣機用完了嗎？
> 여자 : 네, 조금 전에 빨래 끝났어요.
> 女生：是，剛剛洗完衣服了。
> 남자 : 그럼 제가 써도 되겠네요.
> 男生：那麼我可以用了。
> 여자 : 오래 기다리게 해서 죄송해요.
> 女生：抱歉讓你久等了。

① 두 사람은 처음 만났습니다. ✗
   兩個人第一次見面了。

② 두 사람은 같이 빨래를 합니다. ✗
   兩個人一起洗衣服。

③ 남자는 빨래를 할 수 없습니다. 세탁기를 쓰려고 합니다
   男生無法洗衣服。

❹ 여자는 이미 빨래를 다 했습니다.
   女生已經洗完衣服了。

> 　세탁기를 번갈아 쓰는 것은 두 사람이 같은 집에 산다는 뜻입니다. 여자가 먼저 빨래를 다 하고 이어서 남자가 빨래를 하려고 합니다.
> 　輪流用洗衣機是兩個人住同一個家的意思。女生先「빨래를 다 하다」（洗完衣服），接著男生要洗衣服。答案是④。

21.

> 여자 : 여학생이 혼자 살기에 적당한 방을 찾는데요, 싸고 괜찮은 방이 있을까요?
> 女生：我在找適合女學生一個人住的房間。有沒有又便宜又不錯的房間？
> 남자 : 좋은 방이 있기는 한데 좀 비싸요.
> 男生：好的房間有是有，不過有點貴。
> 여자 : 제가 아르바이트를 해서 학비도 벌고 방세도 내야 하니까 좀 싼 걸 소개해 주세요.
> 女生：因為我打工要賺學費還要繳房租，請幫我介紹便宜一點的。
> 남자 : 방세가 싸면 다른 조건은 좋지 않아요.
> 男生：租金便宜的話，其他條件都不好。

① 남자는 아르바이트를 합니다.   여자
   男生在打工。
② 여자는 방을 소개하고 있습니다.   남자
   女生在介紹房間。
③ 남자는 방세를 많이 받고 싶어합니다.   집 주인
   男生想收很貴的房租。
❹ 여자는 지금 혼자 살 방을 찾고 있습니다.
   女生現在在找一個人住的房間。

> 여자는 혼자 살 방을 구하러 온 학생이고, 남자는 부동산 중개사입니다. 방세가 싸고 비싸고는 방 주인이 결정하는 것입니다.
> 女生是來找要「혼자 사는 방」（一個人住的房間）的學生，男生是房屋仲介。租金「싸고 비싸다」（便宜或貴）是由房東來決定的。答案是④。

53

# 題型（七）選擇主題句 [ 題號22～24 ]

☞ 這個題型是舊制檢定考試中從未出現過的新題目。這樣的題型在TOPIK II也看得到。

**中心思想是什麼？**

・從22題到30題都沒有＜範例＞。所以聆聽的時候要更注意。
・都是3分題，相當於1級程度的題目，比較容易。
・是要把握「對話的主題（中心思想）是什麼」的題目。
・應該先找「主題語」。大部分的主題語重複出現的情況很多，可能是名詞、或動詞、或者一個句子。
・應該注意表示否定的「-지 않아요」（不～），表示意志的「-아/어/여야 돼요」（應該要～），及表示推測的「-을/ㄹ 것 같아요」（好像要～）等文法。

**TIP**

為了確實掌握主題，要注意聆聽「關鍵詞」。建議一邊聆聽，一邊把覺得重要的單字寫在考卷空白處，或者在選項上打圈做標示。

### 實戰練習

※ [22~24] 다음을 듣고 <u>여자의 중심 생각</u>을 고르십시오. (각 3점) ▶MP3-23

22.
① 퇴근을 하면 학원에 다녀야 합니다.
② 말을 배우면 문화를 이해하기 쉽습니다.
③ 영어를 이해하는 일은 아주 중요합니다.
④ 베트남어는 꼭 배워야 하는 외국어입니다.

23. ▶MP3-24
① 서서 가는 것이 좋습니다.
② 남자와 같이 앉고 싶습니다.
③ 노약자석에 앉지 않는 것이 좋습니다.
④ 건강한 사람은 아무데나 앉아도 됩니다.

24. ▶MP3-25
① 놀이공원에 가기 싫습니다.
② 집에서 만든 음식이 좋습니다.
③ 음식을 준비하는 것이 편합니다.
④ 밖에서 음식을 사 먹으면 좋겠습니다.

## 題型解析

※ [22～24] 請聽下列內容，並選出<u>女生</u>的中心思想。（各3分）

22.

> 남자 : 수지 씨, 요즘 퇴근하고 나서 어디 가세요?
> 男生：秀智小姐，最近下班後去哪裡啊？
> 여자 : 저 지난 주부터 베트남어를 배우러 다녀요.
> 女生：我從上週開始去學越南語。
> 남자 : 영어 말고 또 다른 외국어를 배워요?
> 男生：除了英文還學其他外文嗎？
> 여자 : 네, <u>베트남의 문화를 더 잘 이해하고 싶어서요.</u>
> 女生：是的，因為我想更了解越南的文化。

① 퇴근을 하면 학원에 다녀야 합니다. ✗
　下班的話，應該要上補習班。

❷ 말을 배우면 문화를 이해하기 쉽습니다.
　學語言的話，容易了解文化。

③ 영어를 이해하는 일은 아주 중요합니다. ✗
　理解英文是非常重要的。

④ 베트남어는 꼭 배워야 하는 외국어입니다. ✗
　越南語是必學的外文。

> 　여자는 퇴근하고 학원에 가서 베트남어를 배웁니다. 그 이유는 베트남어를 배우면 베트남의 문화를 이해하기 쉽기 때문입니다.
> 　女生下班後去補習班「베트남어를 배우다」（學越南語）。因為學越南語，會比較「베트남의 문화를 쉽게 이해하다」（容易了解越南的文化）。答案是②。

23.

> 남자 : 아, 저기 두 자리가 있네요. 가서 앉을까요?
> 男生：啊，那裡有兩個位子。要不要去坐？
> 여자 : 거긴 노약자석이잖아요. 다른 자리에 앉아요.
> 女生：那裡是博愛座嘛。坐別的位子吧。
> 남자 : 사람도 별로 없는데 아무데나 앉으면 어때요?
> 男生：人不太多，隨便坐怎麼樣？
> 여자 : 건강한 사람이 노약자석에 앉는 건 예의가 아니에요.
> 女生：健康的人坐在博愛座是不禮貌的。

① 서서 가는 것이 좋습니다. ✗
　喜歡站著搭車就好。

② 남자와 같이 앉고 싶습니다. ✗
　想跟男生一起坐。

❸ 노약자석에 앉지 않는 것이 좋습니다.
　不要坐博愛座就好。

④ 건강한 사람은 아무데나 앉아도 됩니다.　　노약자석에 앉으면 안됨
　健康的人隨便坐就可以了。

> 　여자의 중심 생각은 마지막 문장에 그 힌트가 있습니다. 다른 자리도 있는데 건강한 사람이 노약자석에 앉는 것은 예의에 어긋나는 일이라는 것입니다.
> 　女生的中心思想在最後一句話裡有提示。「다른 자리도 있다」(還有別的座位)，健康的人坐在博愛座是違背禮儀的事。答案是③。

24.

> 여자 : 놀이공원에 가서 뭘 먹을까요? 음식을 준비해야죠.
> 女生：去遊樂園要吃什麼？應該要準備吃的東西。
> 남자 : 사 먹는 게 더 편하지 않아요? 가져 가려면 무겁고요.
> 男生：不覺得外食更方便嗎？要帶去的話很重。
> 여자 : <u>직접 만드는 음식은 깨끗하고 건강에도 좋잖아요.</u>
> 女生：親手做的食物既乾淨對健康也好嘛。
> 남자 : 가끔은 밖에서 사 먹어도 괜찮아요.
> 男生：偶爾在外面吃也沒關係。

① 놀이공원에 가기 싫습니다.　✗
　不想去遊樂園。

❷ 집에서 만든 음식이 좋습니다.
　在家裡做的食物是好的。

③ 음식을 준비하는 것이 불편합니다.　남자의 생각
　準備食物比較不方便。

④ 밖에서 음식을 사 먹으면 좋겠습니다.　남자의 생각
　希望在外面買食物吃。

> 　남자는 놀이공원에 가서 음식을 사 먹자고 하지만 여자는 집에서 만든 음식을 가져 가야 한다고 말합니다. 그 이유는 직접 만든 음식이 깨끗하고 건강에도 좋기 때문입니다.
>
> 　男生說去遊樂園「음식을 사 먹다」（買食物吃），但女生說「집에서 만든 음식을 가져가야 하다」（應該要帶在家裡做的食物去）。是因為親手做的食物「깨끗하고 건강에도 좋다」（既乾淨對健康也好）。答案是②。

# 題型（八）掌握前後文脈以及理解內容① [ 題號25～26 ]

☞ 35回以前是出現在 [ 25～26 ] 的題目。

### 廣播
　　與〔27～30〕是相似的題目，前題和後題的配分一樣。短文的內容是傳達公告事項或消息。

### 歷屆考古題內容

| 35회 | 36회 | 37회 | 41회 |
|---|---|---|---|
| 여행 가이드<br>導遊 | 책 소개<br>介紹書 | 옛날 신발 소개<br>介紹以前的鞋子 | 회사 행사 공지<br>公司活動公告 |

| 47회 | 52회 | 60회 | 64회 |
|---|---|---|---|
| 계단 청소 공지<br>樓梯清掃公告 | 서울투어버스 안내<br>首爾觀光巴士指南 | 행사 장소 안내<br>活動場地說明 | 대회 신청 안내<br>比賽申請說明 |

### [ 25 ]

- 3分題，相當於1級程度的題目。
- 是問理由或意圖的題目。
- 和35、36、37回的題目及選項有點不一樣的題型。
  例）請選出是談論什麼內容。
  
  | ① 소개 | ② 부탁 | ③ 신청 | ④ 안내 |
  |---|---|---|---|
  | 介紹 | 拜託 | 申請 | 指南 |

### [ 26 ]

- 4分題，相當於2級程度的題目。
- 與28、30題是一樣的題型，配分也相同。
- 重點是掌握整個內容。

> **TIP**
> 〔25～30〕屬於難易度偏高的題目。第一次聽的時候，建議注意與主題有關的「關鍵詞」或「句子」，第二次聽的時候，則要一邊聽、一邊對照選項，從中挑出答案。

**實戰練習**

※ [25~26] 다음을 듣고 물음에 답하십시오. ▶MP3-26

25. 여자가 왜 이 이야기를 하고 있는지 고르십시오. (3점)
 ① 관리 사무소를 소개하려고
 ② 새로운 상황을 알려 주려고
 ③ 건강과 위생을 지키고 싶어서
 ④ 물탱크 청소를 도와주고 싶어서

26. 들은 내용과 같은 것을 고르십시오. (4점) ▶MP3-27
 ① 관리 사무소는 이번 주에 청소합니다.
 ② 화요일에 하루 종일 물이 안 나옵니다.
 ③ 입주민들의 건강과 위생이 좋지 않습니다.
 ④ 물탱크 청소는 정기적으로 하고 있습니다.

## 題型分析

※ [25～26] 請聽下列內容，並回答問題。

> 여자 : (딩동댕) 관리 사무소에서 알립니다. 다음 주 화요일에 옥상의 물탱크를 청소합니다. 그래서 <u>아침 9시부터 오후 5시까지 수돗물이 나오지 않겠습니다</u>. 입주민 여러분의 건강과 위생을 위해 정기적으로 하는 청소이므로 불편하시더라도 이해해 주시기 바랍니다. 감사합니다. (딩동댕)
>
> 女生 :（叮咚）管理委員會通知。下週二要清掃屋頂上的水塔。因此從早上9點到下午5點會停水。這是為了各位居民的健康和衛生而定期舉辦的清掃，造成不便敬請見諒。謝謝。（叮咚）

25. 여자가 왜 이 이야기를 하고 있는지 고르십시오. (3점)
    請選出女生為何說這段話。（3分）

    ① 관리 사무소를 소개하려고　　✗
    　 為了介紹管理委員會

    ❷ 새로운 상황을 알려 주려고
    　 為了通知新的情況

    ③ 건강과 위생을 지키고 싶어서　　✗
    　 想守護健康和衛生

    ④ 물탱크 청소를 도와주고 싶어서　　✗
    　 想幫助清掃水塔

> 　수돗물이 나오지 않는다는 안내 방송입니다. 안내 방송은 사람들이 알지 못하는 새로운 상황을 알려 주기 위해 하는 것입니다.
>
> 　這是「수돗물이 나오지 않는다는 안내 방송」（停水的廣播）。廣播是為了通知人們不知道的「새로운 상황」（新情況）而做的事。答案是②。

26. 들은 내용과 같은 것을 고르십시오. (4점)
   請選出與聽到內容一樣的選項。（4分）

   ① 관리 사무소는 이번 주에 청소합니다.   다음 주
      管理委員會在本週清掃。

   ② 화요일에 하루 종일 물이 안 나옵니다.   09:00~17:00
      星期二停水一整天。

   ③ 입주민들의 건강과 위생이 좋지 않습니다.   X
      居民的健康和衛生不好。

   ❹ 물탱크 청소는 정기적으로 하고 있습니다.
      有定期清掃水塔。

   > 아파트의 물탱크는 일년에 몇 번, 언제 청소하는지가 이미 정해져 있습니다. 이미 정해져 있는 기간을 '정기적'이라고 합니다.
   >
   > 大廈的「물탱크」（水塔）一年幾次和何時清掃是已經事先決定。已經決定的期間叫做「정기적」（定期的）。答案是④。

# 題型（八）掌握前後文脈及理解內容②
[ 題號27～28 ]

☞ 35回以前是出現在 [ 27～28 ] 的題目。

　　與〔25～26〕，〔29～30〕是類似的題目，前兩題的配分都是各3分，後兩題配分都是各4分。短文是兩個人的對話，內容是個人的興趣或者社會上的話題。

[ 27 ]

・3分題，相當於1級程度的題目。
・是問「兩個人對話主題」的題目。

[ 28 ]

・4分題，相當於2級程度的題目。
・與26、30題是一樣的題型，配分也相同。
・重點是掌握整個內容。

**實戰練習**

※ [27~28] 다음을 듣고 물음에 답하십시오. ▶MP3-28

27. 두 사람이 무엇에 대해 이야기를 하고 있는지 고르십시오. (3점)
　　① 음악회에 간 이유
　　② 잠이 잘 오는 음악
　　③ 전통 음악의 아름다움
　　④ 전통 악기를 연주하는 법

28. 들은 내용과 같은 것을 고르십시오. (4점) ▶MP3-29
　　① 여자는 전통 음악을 좋아합니다.
　　② 남자는 음악회에서 잠을 잤습니다.
　　③ 여자는 남자와 같이 음악회에 갔습니다.
　　④ 남자는 여자에게 전통 음악을 소개했습니다.

## 題型分析

※ [27～28] 請聽下列內容，並回答問題。

> 남자 : 저 어제 친구하고 우리나라 전통 악기 음악회에 갔다 왔어요.
> 男生：昨天我和朋友去我國傳統樂器音樂會了。
> 여자 : 그래요? 나도 어제 갔는데. 저는 자주 가거든요.
> 女生：是嗎？我也昨天去了。我經常去呢。
> 남자 : 처음에는 너무 느리고 조용해서 조금 졸았어요.
> 男生：一開始又慢又安靜，所以有點打瞌睡了。
> 여자 : 그런데 계속 듣다 보니 아름다운 소리에 빠져들게 되지요?
> 女生：不過繼續聽下去，就沉醉在天籟之中了吧？
> 남자 : 맞아요. 느리지만 힘이 있고, 조용하지만 매력이 느껴졌어요.
> 男生：沒錯。緩慢卻有力氣，安靜卻感受到魅力。
> 여자 : 그러면 다음 정기 음악회 때는 같이 가기로 해요.
> 女生：那麼下次定期音樂會時，我們就一起去吧。

27. 두 사람이 무엇에 대해 이야기를 하고 있는지 고르십시오. (3점)
    請選出兩個人在談論關於什麼的話題。（3分）

    ① 음악회에 간 이유　✗
    去音樂會的理由

    ② 잠이 잘 오는 음악　✗
    容易入睡的音樂

    ❸ 전통 음악의 아름다움
    傳統音樂的美麗

    ④ 전통 악기를 연주하는 법　✗
    演奏傳統樂器的方法

> 두 사람 모두 전통 음악이 주는 아름다운 소리에 매력을 느끼고 있습니다. 그래서 다음 정기 음악회 때 같이 가자는 말까지 나오게 된 것입니다.
> 兩個人都感受到「전통 음악이 주는 아름다운 소리」（傳統樂器帶來的美麗聲音）的「매력」（魅力）。因此女生提及下次「정기 음악회」（定期音樂會）要一起去。答案是③。

28. 들은 내용과 같은 것을 고르십시오. (4점)

請選出與聽到內容一樣的選項。（4分）

❶ 여자는 전통 음악을 좋아합니다.

女生喜歡傳統音樂。

② 남자는 음악회에서 잠을 잤습니다.   좋았습니다

男生在音樂會睡著了。

③ 여자는 남자와 같이 음악회에 갔습니다.   X

女生和男生一起去了音樂會。

④ 남자는 여자에게 전통 음악을 소개했습니다.   X

男生向女生介紹了傳統音樂。

> 여자는 자주 전통 악기 음악회에 갑니다. 당연히 전통 음악을 좋아하기 때문입니다. 남자는 처음에는 매력을 못 느꼈으나 들을수록 전통 음악에 빠져들게 되었습니다.
>
> 女生「자주」（常常）去傳統樂器音樂會，當然是因為喜歡傳統音樂。男生一開始沒有感受到魅力，但「들을수록」（越聽越）沉醉於傳統音樂。答案是①。

# 題型（八）掌握前後文脈以及理解內容③
# ［題號29～30］

☞ 35回以前是出現在［29～30］的題目。

　　與〔25～28〕類似的題目，前兩題的配分都是各3分，後兩題配分都是各4分。檢定考試35回到52回出現的短文內容，是以「訪問某人時提問的問題或諮商」為主，但最近的檢定考試，則是以「邀請成為社會熱門話題的人物進行採訪」的內容為主。

## 歷屆考古題內容

| 35회 | 36회 | 37회 | 41회 |
|---|---|---|---|
| 모임 소개<br>介紹聚會 | 은행<br>銀行 | 문의 전화<br>洽詢電話 | 독서 상담<br>讀書諮詢 |

| 47회 | 52회 | 60회 | 64회 |
|---|---|---|---|
| 기타 연습<br>練習吉他 | 한국어 말하기 대회<br>韓語演講比賽 | 책 소개<br>介紹書籍 | 그림 전시회<br>畫展 |

## ［29］

- 3分題，相當於1級程度的題目。
- 檢定考試的題目是運用題庫隨機出現，所以下面的題型可能會再次出現。

　35回：兩個人為何做泡菜？
　36回：女生為何給孩子開戶？
　37回：男生為何打電話給女生？
　41回：請選擇女生為何來找男生。
　47回：請選擇女生不能常常練習吉他的理由。
　52回：請選擇女生參加比賽的理由。
　64回：請選擇男生學畫的理由。

- 應該掌握內容在說些什麼、在談論什麼。

[ 30 ]

・與26、28題是一樣的題型,配分也一樣。
・4分題,相當於2級程度的題目。
・重點是掌握整個內容。

**TIP**

「대담」(對談;conversation)是面對面説話的意思。首先可從主持人提問的內容,得知被邀請人的職業、現在正在做的事。關鍵就是對話的主題。

**實戰練習**

※ [29~30] 다음을 듣고 물음에 답하십시오. ▶MP3-30

29. 남자가 이 책을 쓴 이유를 고르십시오. (3점)

① 식사 예절을 좋아해서
② 어려운 이야기를 쓰고 싶어서
③ 한국 문화에 대한 책이 없어서
④ 한국의 식사 예절을 소개하고 싶어서

30. 들은 내용으로 맞는 것을 고르십시오. (4점) ▶MP3-31

① 남자는 밥을 먹을 때 크게 소리를 냅니다.
② 남자는 외국 사람과 이야기하는 것을 좋아합니다.
③ 남자는 어렵고 복잡한 한국의 식사 예절을 싫어합니다.
④ 남자는 이 책이 외국인들에게 도움이 되기를 바랍니다.

**題型分析**

※ [29～30] 請下列內容，並回答問題。

> 여자 : 선생님, 이번에 한국의 식사 예절에 대한 책을 쓰셨지요?
> 女生：老師，這次您寫了有關韓國用餐禮節的書吧？
> 남자 : 네, 한국 사람들은 예절을 중요하게 생각하는데, 그 중에서도 <u>밥을 먹을 때의 예절이 어렵고 복잡합니다.</u>
> 男生：是的，韓國人認為禮節很重要，其中又以用餐時的禮節既難又複雜。
> 여자 : 외국인들이 가장 어려워하는 우리나라의 식사 예절은 무엇인가요?
> 女生：外國人覺得我國最難的用餐禮節是什麼？
> 남자 : 예를 들면 어른이 식사를 시작하기 전에 먼저 수저를 들면 안 되고 밥을 먹을 때 소리를 내면 안 된다는 것입니다.
> 男生：舉例來說，長輩開始吃飯前晚輩不能先拿起湯匙、筷子，還有吃飯時不准發出聲音等。
> 여자 : 그렇군요. 마지막으로 하실 말씀은요?
> 女生：原來如此。最後還有沒有話要說嗎？
> 남자 : 이 책이 외국인들에게 <u>한국 문화를 이해하는 데</u> 큰 도움이 됐으면 좋겠습니다.
> 男生：希望這本書能讓外國人對於了解韓國文化有很大的幫助。

29. 남자가 이 책을 쓴 이유를 고르십시오. (3점)
   請選出男生寫這本書的理由。（3分）

   ① 식사 예절을 좋아해서   ✗
   因為喜歡用餐禮節

   ② 어려운 이야기를 쓰고 싶어서   ✗
   因為想寫難懂的故事

   ③ 한국 문화에 대한 책이 없어서   ✗
   因為沒有關於韓國文化的書

   ❹ 한국의 식사 예절을 소개하고 싶어서
   因為想介紹韓國的用餐禮節

> 남자가 보기에 외국인들은 한국의 식사 예절을 어려워합니다. 그래서 외국인들에게 한국의 식사 예절과 더불어 한국 문화를 이해시키기 위해 이 책을 썼습니다.
>
> 依男生看來，外國人覺得韓國的「식사 예절이 어렵다」（用餐禮節很難）。所以為了讓外國人了解韓國用餐禮節還能「한국 문화를 이해시키다」（領會韓國文化）而寫了這本書。答案是④。

30. 들은 내용으로 맞는 것을 고르십시오. (4점)
    請選出與聽到內容一樣的選項。（4分）

    ① 남자는 밥을 먹을 때 크게 소리를 냅니다.　✗
    　男生吃飯時發出很大的聲音。

    ② 남자는 외국 사람과 이야기하는 것을 좋아합니다.　✗
    　男生喜歡和外國人講話。

    ③ 남자는 어렵고 복잡한 한국의 식사 예절을 싫어합니다.　✗
    　男生討厭既難又複雜的韓國用餐禮節。

    ❹ 남자는 이 책이 외국인들에게 도움이 되기를 바랍니다.
    　男生希望這本書對外國人有幫助。

> 　식사 중에 지켜야 하는 예절은 모두가 지켜야 하는 것이지 꼭 남자에게만 해당되는 얘기는 아닙니다. 식사 예절은 한 나라의 문화 중에서도 아주 중요한 부분입니다.
>
> 　用餐時該遵守的禮節是所有人都要遵守，並不是只有男生該遵守。用餐禮節是一個國家的文化當中非常重要的部分。答案是④。

71

# 第二週 閱讀

## ◎TOPIK I「閱讀」考些什麼？

新韓檢TOPIK I 的「閱讀」測驗，共分為11個題型，總共有40題，主要考試「內容」及「提問方式」如下。

| 題型 | 題號 | 考試內容 | 提問方式 |
| --- | --- | --- | --- |
| （一） | 31～33 | 尋找名詞 | 是關於什麼的談話？請如同＜範例＞，選出合適的選項。 |
| （二） | 34～39 | 尋找名詞、助詞、副詞、動詞、形容詞 | 請如同＜範例＞，選出最合適填入（　）的選項。 |
| （三） | 40～42 | 理解廣告、指南、訊息等關鍵內容 | 請閱讀以下內容，並選出不對的選項。 |
| （四） | 43～45 | 掌握簡單句子的內容 | 請閱讀下面文章，並選出中心思想。 |
| （五） | 46～48 | 掌握主題 | 請閱讀下面文章，並回答問題。 |
| （六） | 49～50 | 掌握前後文脈及理解全部內容 | 請閱讀下面文章，並回答問題。 |
| | 53～54 | 掌握前後文脈及理解全部內容 | 請閱讀下面文章，並回答問題。 |
| | 55～56 | 掌握前後文脈及理解全部內容 | 請閱讀下面文章，並回答問題。 |
| | 61～62 | 掌握前後文脈及理解全部內容 | 請閱讀下面文章，並回答問題。 |
| | 65～66 | 掌握前後文脈及理解全部內容 | 請閱讀下面文章，並回答問題。 |
| | 67～68 | 掌握前後文脈及理解全部內容 | 請閱讀下面文章，並回答問題。 |
| （七） | 69～70 | 掌握前後文脈及邏輯推論 | 請閱讀下面文章，並回答問題。 |
| （八） | 51～52 | 掌握前後文脈及寫文章的目的 | 請閱讀下面文章，並回答問題。 |
| （九） | 63～64 | 掌握目的及理解全部內容 | 請閱讀下面文章，並回答問題。 |
| （十） | 59～60 | 邏輯連接及理解全部內容 | 請閱讀下面文章，並回答問題。 |
| （十一） | 57～58 | 文章的邏輯排列 | 請選出下列排列順序正確的選項。 |

# 完全征服 TOPIK I 的作戰策略

## 1. 先想好自己的目標等級

- 依照自己希望的等級,解題的方式也會有所不同。再提醒一次,題目分為大致看過而不用深思的題目,以及需要多加思考才得以解答的題目。
- 若目標為1級,在「閱讀」科目需得到40～45分。
- 若目標為2級,在「閱讀」科目需得到70～75分。

## 2. 掌握題型

- 整體題目分為2分題和3分題。3分題的題目是相當於2級,也是需深入學習的題目。
- 「配分」情況具體分析如下:

| 2分題 | 3分題 |
| --- | --- |
| 〔31～33〕 | 〔37,38〕 |
| 〔34,35,36,39〕 | 〔40～42〕 |
| 〔44〕 | 〔43,45〕 |
| 〔48〕 | 〔46～47〕 |
| 〔49～50,52,53,55〕 | 〔51,54,56〕 |
| 〔58〕 | 〔57〕 |
| 〔59〕 | 〔60〕 |
| 〔61～62〕 | 〔64,66〕 |
| 〔63,65〕 | 〔67～68,69～70〕 |

- 所謂需要深入學習的題目,就是題型相似,但是難度相對較高的題目。因此在這樣的題目中,所使用的單字和文法會有所不同,且一個短文會有兩個題目,考生必須花更多時間解題。
- 「閱讀」科目的題目每次考試都一樣(請參考前述「TOPIK I『閱讀』考些什麼?」),因此要多做類似的題目。為此,首先得一遍又一遍地閱讀本書,而且一定要多寫題庫。
- 問對整體內容了解多少的問題,佔所有題目的2/3。

## 3.邊對照本文和選項邊默讀

　　閱讀科目當中，有許多短文是只看一次沒辦法輕易理解的內容。特別是對挑戰1級的考生而言，要理解3分題的題目很不容易。遇到這類題目，請千萬不要單獨看短文，要邊看短文邊對照選項中的單字和句子，找出重複出現的內容。如果找得到關鍵詞和句子，就比較容易拿得到100分當中的50分。

## 4.拿到高分數的祕訣

　　「閱讀」科目的解題關鍵在於理解。大部分的題目都是問掌握前後文脈絡或對整體內容理解多少，因此比起文法，更重視詞彙能力。知道越多詞彙，理解能力就會越高。詞彙能力的核心為單字和句型。但是只知道單字卻不知道句型，只依賴死記硬背，其效果也會大打折扣，因此閱讀本文時要掌握以下三點：

☞ 關聯「節」是什麼？
　「冠形詞形詞尾」是什麼？
　關聯「句」是什麼？

> **TIP**
> 「閱讀」得注意以下3點：
> 1. 31～39題是尋找適當的單字，即名詞、動詞、助詞、形容詞。
> 2. 40～42題是選擇不對的答案。
> 3. 57～58、59題是需要邏輯思考的題目。

# TOPIK I 閱讀完全解析

## 題型（一）尋找名詞 [ 題號31～33 ]

☞ 35回以前是出現在 [ 34～36 ] 的題目。

- 都是2分題，相當於1級程度的題目，所以難度不太高。這三題是尋找合適的名詞，因此知道多少名詞單字是關鍵，而且要了解句子中出現的動詞、形容詞、助詞才能輕易解答。

### 歷屆考古題正確答案

| 題號 \ 回次 | 35회（回） | 36회（回） | 37회（回） | 41회（回） |
|---|---|---|---|---|
| 31 | 이름<br>名字 | 가족<br>家庭 | 날짜<br>日期 | 나라<br>國家 |
| 32 | 음식<br>餐飲 | 직업<br>職業 | 부모<br>父母 | 방학<br>放假 |
| 33 | 학교<br>學校 | 계절<br>季節 | 주말<br>週末 | 얼굴<br>臉 |

| 題號 \ 回次 | 47회（回） | 52회（回） | 60회（回） | 64회（回） |
|---|---|---|---|---|
| 31 | 음식<br>餐飲 | 나이<br>年齡 | 나라<br>國家 | 시간<br>時間 |
| 32 | 직업<br>職業 | 값<br>價格 | 값<br>價格 | 휴일<br>公休日 |
| 33 | 취미<br>興趣 | 날씨<br>天氣 | 부모<br>父母 | 옷<br>衣服 |

※韓文的基本句型：

1）명사+조사+명사+서술격조사 '이다'（名詞＋助詞＋名詞＋敘述語助詞「이다」）
   例 나는 학생입니다. 我是學生。

2）명사+조사+자동사（名詞＋助詞＋不及物動詞）
   例 눈이 내립니다. 下雪。

3）명사+조사+목적어+타동사（名詞＋助詞＋賓語＋及物動詞）
   例 나는 밥을 먹습니다. 我吃飯。

4）명사+조사+부사어+타동사（名詞＋助詞＋副詞語＋及物動詞）
   例 나는 학교에 갑니다. 我去學校。

5）명사+조사+형용사（名詞＋助詞＋形容詞）
   例 꽃이 예쁩니다. 花很漂亮。

6）명사+조사+부사+형용사（名詞＋助詞＋副詞＋形容詞）
   例 아기가 아주 귀엽습니다. 嬰兒非常可愛。

> **TIP**
> 　　包括名詞在內的必備詞彙，請參考＜附錄＞中詞彙。＜附錄＞整理了TOPIK I 考試所需的所有的單字。

## 實戰練習

※ [31~33] 무엇에 대한 이야기입니까? <보기>와 같이 알맞은 것을 고르십시오. (각 2점)

─── 〈 보기 〉 ───

**눈이 옵니다. 춥습니다.**

❶ 날씨　　② 얼굴　　③ 나라　　④ 과일

31.

저는 김밥을 먹습니다. 동생은 라면을 먹습니다.

① 옷　　② 음식　　③ 식당　　④ 요일

32.

아파트에 삽니다. 방이 세 개입니다.

① 집　　② 학교　　③ 사람　　④ 선물

33.

듣기는 90점을 받았습니다. 쉬웠습니다.

① 값　　② 부모　　③ 서점　　④ 시험

## 題型分析

※ [31～33] 是關於什麼的談話？請如同＜範例＞，選出合適的選項。（各2分）

```
─────────── < 보기 > ───────────
                範例
눈이 옵니다. 춥습니다.
下雪。很冷。


❶ 날씨        ② 얼굴        ③ 나라        ④ 과일
  天氣          臉            國家          水果
```

**31.**

저는 김밥을 먹습니다. 동생은 라면을 먹습니다.
我吃海苔飯捲。弟弟吃泡麵。

① 옷          ❷ 음식        ③ 식당        ④ 요일
  衣服          食物          餐廳          星期

　　나와 동생은 둘 다 먹는 행위를 하고 있습니다. 관건은 '무엇'을 먹느냐입니다. '어디'에서 먹느냐가 아닙니다.

　　我和弟弟兩個都在做「먹다」（吃）的動作。關鍵是吃「무엇」（什麼），不是在「어디」（哪裡）吃。答案是②。

79

32.

> 아파트에 삽니다. 방이 세 개입니다.
> 住在大廈。有三個房間。

❶ 집　　　　　② 학교　　　　　③ 사람　　　　　④ 선물
　家　　　　　　學校　　　　　　人　　　　　　　禮物

> 　　아파트(apartment)는 사람이 사는 건물입니다. 이 사람이 사는 집은 방이 모두 세 개입니다.
> 　　「아파트」（大廈）是人住的建築物。這個人住的家總共有「방이 세 개」（三個房間）。答案是①。

33.

> 듣기는 90점을 받았습니다. 쉬웠습니다.
> 聽力拿到90分了。很簡單。

① 값　　　　　② 부모　　　　　③ 서점　　　　　❹ 시험
　價格　　　　　父母　　　　　　書店　　　　　　考試

> 　　'듣기'는 시험의 한 과목입니다. 90점은 시험 점수입니다. '쉽다'는 시험의 난이도를 가리킵니다.
> 　　「듣기」（聽力）是考試的一個科目。90分是考試的分數。「쉽다」（簡單）是指考試的難度。答案是④。

# 題型（二）尋找名詞、助詞、副詞、動詞、形容詞［題號34～39］

☞ 35回以前是出現在［37～40］的題目。

- 整體來說，是尋找名詞、助詞、副詞、動詞、形容詞的題目，每回都會換順序出題。34～36、39題是2分題，相當於1級的題目；37～38題是3分題，相當於2級的題目。

## 歷屆考古題正確答案

| 回次<br>題號 | 35회<br>（回） | 36회<br>（回） | 37회<br>（回） | 41회<br>（回） |
|---|---|---|---|---|
| 34 | 에<br>(조사)<br>表示地點、時間<br>（助詞） | 책<br>(명사)<br>書<br>（名詞） | 도<br>(조사)<br>也<br>（助詞） | 이<br>(조사)<br>表示主詞<br>（主格助詞） |
| 35 | 가게<br>(명사)<br>店鋪<br>（名詞） | 에게<br>(조사)<br>表示對象<br>（助詞） | 닫다<br>(동사)<br>關<br>（動詞） | 지갑<br>(명사)<br>皮夾<br>（名詞） |
| 36 | 가르치다<br>(동사)<br>教<br>（動詞） | 가깝다<br>(형용사)<br>近的<br>（形容詞） | 시계<br>(명사)<br>時鐘<br>（名詞） | 조용하다<br>(형용사)<br>安靜的<br>（形容詞） |
| 37 | 많다<br>(형용사)<br>多的<br>（形容詞） | 나가다<br>(동사)<br>出去<br>（動詞） | 건강하다<br>(형용사)<br>健康的<br>（形容詞） | 처음<br>(부사)<br>初次地<br>（副詞） |
| 38 | 자주<br>(부사)<br>經常地<br>（副詞） | 다시<br>(부사)<br>再次地<br>（副詞） | 너무<br>(부사)<br>太<br>（副詞） | 기다리다<br>(연관 동사)<br>等待<br>（關聯動詞） |
| 39 | 자르다<br>(연관 동사)<br>剪<br>（關聯動詞） | 불다<br>(연관 동사)<br>吹<br>（關聯動詞） | 치다<br>(연관 동사)<br>打、敲<br>（關聯動詞） | 들다<br>(연관 동사)<br>舉起<br>（關聯動詞） |

| 回次 題號 | 47회(回) | 52회(回) | 60회(回) | 64회(回) |
|---|---|---|---|---|
| 34 | 우체국 (명사) 郵局 (名詞) | 에서 (조사) 表示地點 (助詞) | 마시다 (동사) 喝 (動詞) | 학교 (명사) 學校 (名詞) |
| 35 | 아프다 (형용사) 痛 (形容詞) | 식당 (명사) 餐廳 (名詞) | 우산 (명사) 雨傘 (名詞) | 이야기하다 (동사) 說話 (動詞) |
| 36 | 와 (조사) 和、跟 (助詞) | 자주 (부사) 經常地 (副詞) | 도 (조사) 也 (助詞) | 가깝다 (형용사) 近的 (形容詞) |
| 37 | 아주 (부사) 十分地 (副詞) | 많다 (형용사) 多的 (形容詞) | 아주 (부사) 非常 (副詞) | 가끔 (부사) 偶爾地 (副詞) |
| 38 | 초대하다 (연관 동사) 邀請 (關聯動詞) | 물어보다 (연관 동사) 詢問 (關聯動詞) | 쉽다 (연관 형용사) 簡單 (關聯動詞) | 에게 (조사) 表示對象 (助詞) |
| 39 | 추다 (연관 동사) 跳 (關聯動詞) | 찍다 (연관 동사) 拍 (關聯動詞) | 일어나다 (연관 동사) 起床 (關聯動詞) | 기다리다 (연관동사) 等待 (關聯動詞) |

> **TIP**
>
> ### 關聯動詞 / 形容詞是什麼？
>
> 所謂的「關聯動詞 / 形容詞」，就是當動詞 / 形容詞與前句或前面的名詞連結的動詞 / 形容詞就是「關聯動詞 / 形容詞」。例如：
>
> | 연관 동사 關聯動詞 | 연관 형용사 關聯形容詞 |
> |---|---|
> | 사진을 찍다 拍照片 | 시험이 쉽다 → 시험을 잘 보다 考試容易 → 考試考得好 |
> | 춤을 추다 跳舞 | 날씨가 춥다 → 옷을 많이 입다 天氣很冷 → 多穿衣服 |
> | 자다 ↔ 일어나다 睡　起床 | 짐이 무겁다 → 옮기기가 힘들다 行李很重 → 很難搬 |

**實戰練習**

※ [34~39] <보기>와 같이 ( )에 들어갈 가장 알맞은 것을 고르십시오.

─── 〈 보기 〉 ───

( )에 갑니다. 비행기를 탑니다.

❶ 공항　　② 호텔　　③ 백화점　　④ 기차역

34. (2점)

비가 옵니다. 그래서 우산을 ( ).

① 씁니다　② 합니다　③ 마십니다　④ 모릅니다

35. (2점)

필통을 엽니다. 그런데 ( )이 없습니다.

① 공책　② 연필　③ 사전　④ 신발

36. (2점)

편지를 씁니다. 친구( ) 씁니다.

① 를　② 는　③ 부터　④ 에게

83

37. (3점)

　　오늘은 월요일입니다. 아침에 (　) 일어납니다.

　① 아직　　　② 진짜　　　③ 일찍　　　④ 자주

38. (3점)

　　기분이 (　). 그래서 크게 울었습니다.

　① 좋았습니다　② 기뻤습니다　③ 밝았습니다　④ 나빴습니다

39. (2점)

　　아버지는 키가 큽니다. 어머니는 키가 (　).

　① 작습니다　② 낮습니다　③ 적습니다　④ 넓습니다

**題型分析**

※ [34~39] 請如同＜範例＞，選出最合適填入（　）的選項。

---
＜ 보기 ＞

範例

( 공항 )에 갑니다. 비행기를 탑니다.
去（ 機場 ）。搭飛機。

❶ 공항　　　② 호텔　　　③ 백화점　　　④ 기차역
機場　　　　飯店　　　　百貨公司　　　火車站

---

34. (2점)（2分）

비가 옵니다. 그래서 우산을 ( 씁니다 ).
下雨。所以（ 撐 ）傘。

❶ 씁니다　　　② 합니다　　　③ 마십니다　　　④ 모릅니다
撐　　　　　　做　　　　　　喝　　　　　　　不知道

'우산'과 호응할 수 있는 동사는 '쓰다'입니다.
可以和「우산」（雨傘）搭配的動詞是「쓰다」（撐）。答案是①。

35. (2점)（2分）

필통을 엽니다. 그런데 ( 연필 )이 없습니다.
打開鉛筆盒。不過沒有（ 鉛筆 ）。

① 공책　　　❷ 연필　　　③ 사전　　　④ 신발
筆記本　　　鉛筆　　　　辭典　　　　鞋子

필통을 열면 그 안에 무슨 물건이 들어 있을지 생각하면 답을 쉽게 찾을 수 있습니다.
　　想一想，「필통을 열다」（打開鉛筆盒）的話，裡面有什麼東西？就能夠輕易找到正確的答案。答案是②。

## 36. (2점)（2分）

> 편지를 씁니다. 친구( 에게 ) 씁니다.
> 寫信。寫（ 給 ）朋友。

① 를　　　　② 는　　　　③ 부터　　　　❹ 에게
　把　　　　　是　　　　　從　　　　　　給

> 　　편지를 쓰면 반드시 그 대상이 있습니다. 대상을 표시하는 조사를 찾으면 됩니다.
> 　　「편지를 쓰다」（寫信）的話一定有對象。尋找表示對象的助詞就可以了。答案是④。

## 37. (3점)（3分）

> 오늘은 월요일입니다. 아침에 ( 일찍 ) 일어납니다.
> 今天是星期一。早上（ 早 ）起床。

① 아직　　　② 진짜　　　❸ 일찍　　　④ 자주
　還　　　　　真的　　　　早　　　　　常常

> 　　월요일은 일주일을 시작하는 날이기 때문에 등교, 출근하려면 당연히 '일찍' 일어나야 합니다.
> 　　因為「월요일」（星期一）是一週開始的日子，為了上學、上班的話，當然要「일찍」（早）起床。答案是③。

## 38. (3점)（3分）

> 기분이 ( 나빴습니다 ). 그래서 크게 울었습니다. 왜?
> 心情（ 不好 ）。所以大聲哭了。

① 좋았습니다　　② 기뻤습니다　　③ 밝았습니다　　❹ 나빴습니다
　好　　　　　　　高興　　　　　　亮　　　　　　　不好

> 뒷 문장의 동사와 연관되는 형용사를 찾는 문제입니다. 크게 운 이유는 기분이 나빠서입니다.
>
> 　　這是尋找與後文動詞相關形容詞的題目。「크게 울었습니다」（大聲哭了）的理由是「기분이 나쁘다」（心情不好）的關係。答案是④。

## 39. (2점)（2分）

> 아버지는 키가 큽니다. 어머니는 키가 ( 작습니다 ).
> 父親個子很高。母親個子（ 矮 ）。

❶ 작습니다　　② 낮습니다　　③ 적습니다　　④ 넓습니다
　矮　　　　　　低　　　　　　少　　　　　　寬

> 연관이 되는 형용사를 찾는 문제입니다. 키가 '크다'의 반대말은 당연히 '작다'가 되겠습니다.
>
> 　　這是尋找相關形容詞的題目。個子「크다」（高）的相反當然是「작다」（矮）。答案是①。

# 題型（三）理解廣告、指南、訊息等關鍵內容 [ 題號40～42 ]

☞　35回以前是出現在 [ 41～43 ] 的題目。

- 由於是圖案或介紹圖、手機訊息等有視覺效果的題目，因此比一般題目難度還高。所以40～42這三題，都是3分題，相當於2級程度的題目。

**歷屆考古題出題內容**

| 回次<br>題號 | 35회<br>（回） | 36회<br>（回） | 37회<br>（回） | 41회<br>（回） |
|---|---|---|---|---|
| 40 | 중고품 판매<br>販賣二手商品 | 다이어리<br>日記 | 박물관 안내<br>博物館導覽 | 일기도<br>氣象圖 |
| 41 | 문자 메시지<br>文字簡訊 | 문자 메시지<br>文字簡訊 | 노래 모임<br>歌唱聚會 | TV 프로그램<br>電視節目 |
| 42 | 음악회<br>音樂會 | 요리 교실<br>烹飪課 | 약봉지<br>藥袋 | 식당 메뉴<br>餐廳菜單 |

| 回次<br>題號 | 47회<br>（回） | 52회<br>（回） | 60회<br>（回） | 64회<br>（回） |
|---|---|---|---|---|
| 40 | 병원 진료 안내<br>醫院看診說明 | 기차표<br>火車票 | 사진관 광고<br>照相館廣告 | 축구 동아리<br>足球社團 |
| 41 | 건물 배치도<br>建築配置圖 | 메모지<br>便條紙 | 영화 할인권<br>電影折價券 | 김치라면 광고<br>泡菜拉麵廣告 |
| 42 | 문자 광고<br>廣告簡訊 | 음악회<br>音樂會 | 문자 메시지<br>文字簡訊 | 문자 메시지<br>文字簡訊 |

- 每回考試都會出不同內容的題目。其中訊息題的出題最多，還有很多有關告知消息的廣告、音樂會、烹飪課、歌唱聚會等說明文的出題。因為出題內容豐富，所以要邊看實戰練習邊掌握題型。

> **TIP**
> 這種題型不是找出正確的答案，而是挑出錯誤的答案。

**實戰練習**

※ [40~42] 다음을 읽고 맞지 <u>않는</u> 것을 고르십시오. (각 3점)

40.

**1회용 교통 카드**
**지하철·전철 전용**

이 카드는 지하철이나 전철을 탈 때만 사용할 수 있습니다.
버스를 탈 때는 버스 전용 카드를 이용해 주십시오.
서울 지하철: 1644-0088

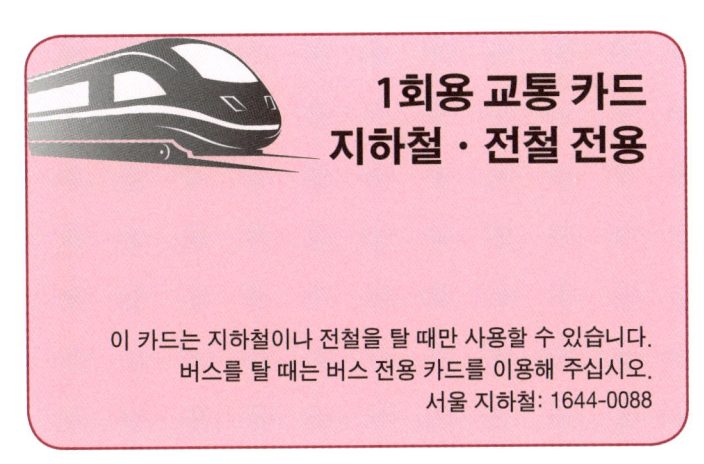

① 한 번만 쓸 수 있습니다.　　② 지하철을 탈 수 있습니다.
③ 서울시의 교통 카드입니다.　④ 버스도 이용할 수 있습니다.

41.

**소고기 반값 세일**

SALE

10,000원 → 5,000원
12월 12일(토) 10:00~12:00 두 시간만
형제슈퍼

① 오천 원에 소고기를 팝니다.　② 토요일 하루 종일 반값입니다.
③ 반값 세일은 두 시간뿐입니다.　④ 형제슈퍼에서 살 수 있습니다.

42.

> 영수
> 오늘 졸업식에 불러줘서 고마워요.

> 수지
> 아니에요. 저도 영수 씨 졸업식에 꼭 갈게요.

① 수지 씨는 아직 학생입니다.
② 영수 씨는 졸업할 예정입니다.
③ 수지 씨는 오늘 졸업을 했습니다.
④ 영수 씨와 수지 씨는 아는 사이입니다.

## 題型分析

※ [40~42] 請閱讀以下內容,並選出<u>不對</u>的選項。(各3分)

40.

**1회용 교통 카드**
1次性 交通卡

**지하철・전철 전용**
地下鐵・電鐵專用

이 카드는 지하철이나 전철을 탈 때만 사용할 수 있습니다.
버스를 탈 때는 버스 전용 카드를 이용해 주십시오.
這張卡只能使用於搭地下鐵或電鐵。
搭公車時請使用公車專用卡。
서울 지하철: 1644-0088
首爾地下鐵:1644-0088

① 한 번만 쓸 수 있습니다.　*1회용*
　只能用一次。

② 지하철을 탈 수 있습니다.　*O*
　可以搭地下鐵。

③ 서울시의 교통 카드입니다.　*O*
　是首爾市的交通卡。

❹ 버스도 이용할 수 있습니다.　*버스는 탈 수 없습니다*
　也可以搭公車。

> '1회용', '전용'과 같은 핵심 단어를 알아야 합니다.
> 　應該要知道像是「1회용」(1次性)、「전용」(專用)這些關鍵詞。答案是④。

41.

**소고기 반값 세일**

牛肉半價促銷

10,000원 → 5,000원
10,000韓圜 → 5,000韓圜

12월 12일(토) 10:00~12:00 두 시간만
12月12號（六）10:00~12:00 只有兩個小時

형제슈퍼
兄弟超市

① 오천 원에 소고기를 팝니다.　O
　牛肉賣五千韓圜。

❷ 토요일 하루 종일 반값입니다.
　星期六一整天半價。

③ 반값 세일은 두 시간뿐입니다.　O
　半價促銷只有兩個小時。

④ 형제슈퍼에서 살 수 있습니다.　O
　可以在兄弟超市買到。

> 　어디에서, 무엇을, 몇 시부터 몇 시까지, 얼마나 싸게 파는지 파악해야 합니다.
>
> 　　應該掌握在哪裡、什麼東西、從幾點到幾點、賣得多麼便宜。答案是②。

42.

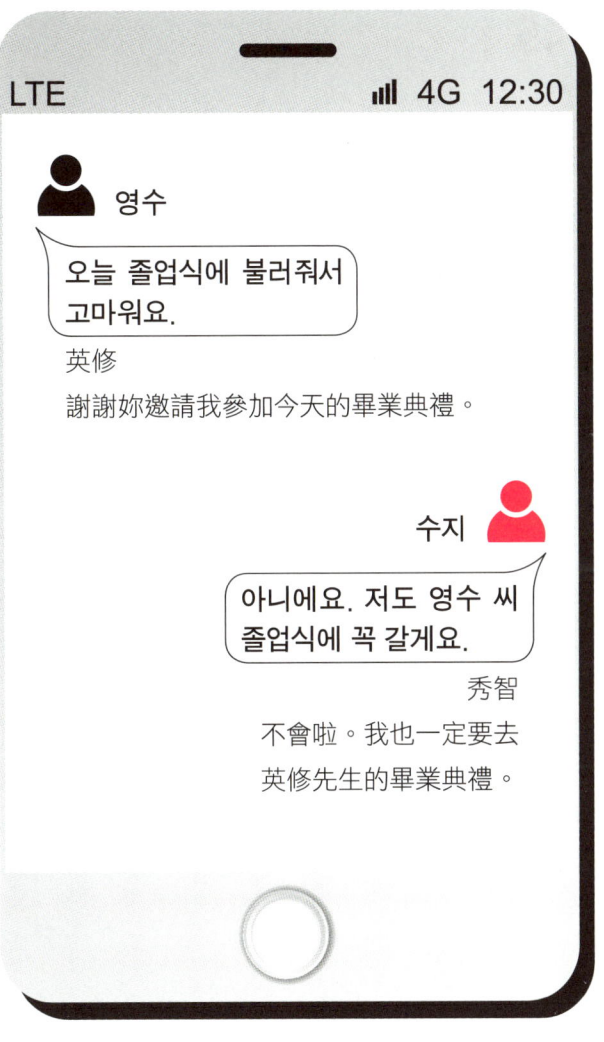

```
LTE                    ᵢₗₗ 4G 12:30

        영수
     ┌─────────────────┐
     │ 오늘 졸업식에 불러줘서 │
     │ 고마워요.         │
     └─────────────────┘
     英修
     謝謝妳邀請我參加今天的畢業典禮。

                         수지
          ┌─────────────────┐
          │ 아니에요. 저도 영수 씨│
          │ 졸업식에 꼭 갈게요.  │
          └─────────────────┘
                              秀智
              不會啦。我也一定要去
              英修先生的畢業典禮。
```

❶ 수지 씨는 아직 학생입니다.    *오늘 졸업했습니다*
　秀智小姐還是學生。

② 영수 씨는 졸업할 예정입니다.    *O*
　英修先生快要畢業。

③ 수지 씨는 오늘 졸업을 했습니다.    *O*
　秀智小姐今天畢業了。

④ 영수 씨와 수지 씨는 아는 사이입니다.    *O*
　英修先生和秀智小姐是認識的關係。

> 수지의 졸업식에 영수가 참석한 것입니다. 영수도 곧 졸업을 합니다.
> 　英修參加秀智的「졸업식」(畢業典禮)。英修也快要畢業。答案是①。

# 題型（四）掌握簡單句子的內容
# [ 題號43～45 ]

☞ 35回以前是出現在 [ 44～47 ] 的題目。

・都是第1人稱的視角。

[ 43 ]

・3分題，相當於2級程度的題目。
・內容大部分是關於我現在常做的興趣活動。

[ 44 ]

・2分題，相當於1級程度的題目。
・內容大部分是描述關於我過去的經驗。

[ 45 ]

・3分題，相當於2級程度的題目。
・內容主要是描述每年舉行的活動。

**實戰練習**

※ [43~45] 다음의 내용과 같은 것을 고르십시오.

43. (3점)

> 저는 주말 아침에 사진을 찍으러 공원에 갑니다. 거기에는 예쁜 꽃과 호수가 있습니다. 아직 잘 못 찍지만 즐겁습니다.

① 저는 사진을 잘 찍습니다.
② 저는 오후에 공원에 갑니다.
③ 저는 사진 찍는 것이 즐겁습니다.
④ 저는 예쁜 꽃과 호수를 보러 갑니다.

44. (2점)

> 어제 친구와 영화를 봤습니다. 영화표는 친구가 샀습니다. 그래서 저는 친구에게 맛있는 저녁을 사 주었습니다.

① 친구는 영화표를 샀습니다.
② 저는 오늘 극장에 갔습니다.
③ 친구는 저녁을 못 먹었습니다.
④ 저는 혼자 하루를 보냈습니다.

45. (3점)

> 우리 학교의 축제는 5월에 있습니다. 여러 가지 재미있는 행사가 있지만 가수의 공연이 가장 인기입니다. 앉을 자리도 없습니다.

① 축제는 칠월에 합니다.
② 축제에 사람들이 별로 없습니다.
③ 축제의 행사는 모두 재미없습니다.
④ 사람들이 공연을 가장 좋아합니다.

**題型分析**

※ [43～45] 請選出與下列內容相同的選項。

43. (3점)（3分）

> 저는 주말 아침에 사진을 찍으러 공원에 갑니다. 거기에는 예쁜 꽃과 호수가 있습니다. 아직 잘 못 찍지만 즐겁습니다.
> 我週末早上去公園拍照。那裡有漂亮的花和湖。雖然還不太會拍照,但很開心。

① 저는 사진을 잘 찍습니다.   ✗
　我很會拍照。

② 저는 오후에 공원에 갑니다.　　주말 아침에
　我下午去公園。

❸ 저는 사진 찍는 것이 즐겁습니다.
　我覺得拍照很開心。

④ 저는 예쁜 꽃과 호수를 보러 갑니다.　　사진을 찍으러
　我去看漂亮的花和湖。

> 언제, 어디에서, 어떤 활동을 하는지가 관건입니다. 마지막 문장을 꼭 눈여겨 봐야 합니다.
> 什麼時候、在哪裡、做什麼活動是關鍵。應該注意看最後一句。答案是③。

44. (2점)（2分）

> 어제 친구와 영화를 봤습니다. 영화표는 친구가 샀습니다. 그래서 저는 친구에게 맛있는 저녁을 사 주었습니다.
> 昨天和朋友看了電影。電影票是朋友買的。所以我請朋友吃好吃的晚餐。

❶ 친구는 영화표를 샀습니다.
　朋友買了電影票。

② 저는 오늘 극장에 갔습니다.　　　어제
我今天去了電影院。

③ 친구는 저녁을 못 먹었습니다.　　X
朋友不能吃晚餐。

④ 저는 혼자 하루를 보냈습니다.　　X
我一個人過了一天。

> 언제, 누구와 무슨 일을 했는지가 관건입니다. 문장이 서로 어떻게 연결되는지 잘 살펴봐야 합니다.
> 
> 　　關鍵是什麼時候、跟誰做了什麼事。要好好看前後句子如何相互連結。答案是①。

## 45. (3점)（3分）

> 　　우리 학교의 축제는 5월에 있습니다. 여러 가지 재미있는 행사가 있지만 가수의 공연이 가장 인기입니다. 앉을 자리도 없습니다.
> 
> 　　我們學校的校慶在5月。有各種有趣的活動，但歌手的表演是最受歡迎的。都沒有位子坐。

① 축제는 칠월에 합니다.　　　　　오월
校慶在七月舉辦。

② 축제에 사람들이 별로 없습니다.　　X
校慶人不太多。

③ 축제의 행사는 모두 재미없습니다.　　X
校慶活動都不有趣。

❹ 사람들이 공연을 가장 좋아합니다.
人們最喜歡表演。

> 학교 축제가 언제 있는지, 행사에서 무슨 일을 하는지 주의 깊게 봐야 합니다.
> 
> 　　應該注意看校慶什麼時候辦，活動時做什麼事。答案是④。

# 題型（五）掌握主題 [ 題號46～48 ]

☞ 35回以前是出現在 [ 48～50 ] 的題目。

・這題是問「中心思想」，也就是問「主題」為何的題目。大部分的主題句出現在最後，因此閱讀時，要特別注意看句子中收尾時使用的副詞，如「그래서」（所以）等。此外，所有的觀點都是第1人稱的視角。

[ 46 ]

・3分題，難度上是2級程度的題目。
・內容主要是描述我喜歡的興趣活動。

[ 47 ]

・3分題，難度上是2級程度的題目。
・內容主要是描述有關我跟誰見面、做了什麼。

[ 48 ]

・2分題，難度上是1級程度的題目。
・內容主要是描述有關我去某個場所，以及我做什麼。

> **TIP**
> 　　主題句可能出現在第一句，也可能出現在最後一句。如果出現在第一句，後句就是對主題的補充說明。若有像是「그래서」（所以）等引出結論的接續副詞，那麼前面的句子就是結論的原因及理由。以此方式，比較容易找到主題句。

**實戰練習**

※ [46~48] 다음을 읽고 중심 생각을 고르십시오.

46. (3점)

> 저는 눈사람 만드는 것을 좋아합니다. 눈이 많이 내리는 날에는 친구들과 눈사람을 만듭니다. 빨리 겨울이 왔으면 좋겠습니다.

① 저는 눈사람을 기다립니다.
② 저는 겨울이 와서 좋습니다.
③ 저는 눈이 오는 날을 좋아합니다.
④ 저는 빨리 눈사람을 만들고 싶습니다.

47. (3점)

> 저는 오늘 외할머니댁에 왔습니다. 반년 만에 뵙기 때문에 정말 반가웠습니다. 외할머니댁은 저희 집보다 더 편안합니다.

① 저는 외할머니를 봬서 기뻤습니다.
② 저는 우리 집이 편안하고 좋습니다.
③ 저는 외할머니댁에 자주 가고 싶습니다.
④ 저는 외할머니가 저를 좋아하면 좋겠습니다.

48. (2점)

> 우리 동네에 서점이 하나 생겼습니다. 책도 많고 쉴 수 있는 공간도 아주 넓습니다. 그래서 저는 이 서점에 자주 갑니다.

① 저는 책이 많으면 좋겠습니다.
② 저는 넓은 곳에 가고 싶습니다.
③ 저는 새 서점이 마음에 듭니다.
④ 저는 주로 집에서 책을 읽습니다.

### 題型分析

※ [46~48] 請閱讀下面文章，並選出中心思想。

**46. (3점)（3分）**

> 저는 눈사람 만드는 것을 좋아합니다. 눈이 많이 내리는 날에는 친구들과 눈사람을 만듭니다. 빨리 겨울이 왔으면 좋겠습니다.
>
> 我喜歡堆雪人。在下大雪日子會和朋友們堆雪人。希望冬天快點來。

① 저는 눈사람을 기다립니다.　✗
　我期待雪人。

② 저는 겨울이 와서 좋습니다.　✗
　我覺得冬天來很好。

③ 저는 눈이 오는 날을 좋아합니다.　✗
　我喜歡下雪的日子。

❹ 저는 빨리 눈사람을 만들고 싶습니다.　　내가 좋아하는 일
　我想快點堆雪人。

> 이 글의 주제는 첫 문장에 나와 있습니다. 겨울이나 눈 오는 날은 눈사람을 만드는 배경일 뿐입니다.
>
> 這篇文章的主題出現在第一句「눈사람 만드는 것을 좋아하다」(喜歡堆雪人)。「겨울」(冬天)或「눈 내리는 날」(下雪的日子)都只是堆雪人的背景而已。答案是④。

**47. (3점)（3分）**

> 저는 오늘 외할머니댁에 왔습니다. 반년 만에 뵙기 때문에 정말 반가웠습니다. 외할머니댁은 저희 집보다 더 편안합니다.
>
> 我今天來到了外婆家。時隔半年再見面，所以真的很高興。我在外婆家，比在我家更舒服。

❶ 저는 외할머니를 봬서 기뻤습니다.
　我很高興看到外婆。

100

② 저는 우리 집이 편안하고 좋습니다.　　　외할머니댁
我覺得我家又舒服又好。

③ 저는 외할머니댁에 자주 가고 싶습니다.　　✗
我想經常去外婆家。

④ 저는 외할머니가 저를 좋아하면 좋겠습니다.　　✗
我希望外婆喜歡我。

> 외할머니댁이 집보다 편한 이유는 내가 외할머니를 좋아하고 외할머니도 나를 좋아하기 때문입니다.
> 　　外婆家比我家舒服的理由，是因為我喜歡外婆，外婆也喜歡我。答案是①。

### 48. (2점)（2分）

> 우리 동네에 서점이 하나 생겼습니다. 책도 많고 쉴 수 있는 공간도 아주 넓습니다. 그래서 저는 이 서점에 자주 갑니다.
> 　　我們社區開了一家書店。書很多，休息的空間也非常寬敞。所以我常去這家書店。

① 저는 책이 많으면 좋겠습니다.　　✗
我希望書很多。

② 저는 넓은 곳에 가고 싶습니다.　　✗
我想去寬敞的地方。

❸ 저는 새 서점이 마음에 듭니다.
我喜歡新的書店。

④ 저는 주로 집에서 책을 읽습니다.　　✗
我大部分在家裡看書。

> 서점에 자주 가는 이유는 그 서점이 마음에 들기 때문입니다.
> 　　我常去書店的理由，是因為我喜歡那家書店。答案是③。

# 題型（六）掌握前後文脈及理解全部內容①
# ［題號49～50］

☞ 35回以前是出現在［51～52］的題目。

- 題型（六）的題目，是問考生理解短文內容多少的問題。首先閱讀短文，其次與選項對照再讀一次。要注意出現在中間如「그런데」（但是）等轉移話題的副詞，或是如「하지만」等前後內容敘述相反的副詞。雖然配分不同，但是與〔53～54〕、〔55～56〕、〔61～62〕、〔65～66〕、〔67～68〕每一組的兩個題目，形式完全一模一樣。

- 短文的視角以第一人稱居多，但文章中不一定都會有第一人稱出現，有些視角會以第三人稱出現。這兩題都是2分題，難度上是1級程度的題目。

［49］

**歷屆考古題出題內容**

| 35회（回） | 36회（回） | 37회（回） | 41회（回） |
|---|---|---|---|
| 연관 절(節) 찾기<br>尋找相關節 | 연관 절(節) 찾기<br>尋找相關節 | 관형사형 어미(현재형)<br>冠形詞語尾（現在形） | -고 나서<br>～之後 |

| 47회（回） | 52회（回） | 60회（回） | 64회（回） |
|---|---|---|---|
| 연관 구(句) 찾기<br>尋找相關句子 | -(으)면<br>若～、～的話 | -기 시작하다<br>開始～ | -러 가다<br>要去～ |

- 是尋找關聯「節」、關聯「句」或有關文法的題目。

［50］

- 是問對整體內容掌握多少的題目。

> **TIP**
>
> **關聯「節」是什麼？**
>
> 一個句子裡包含「名詞＋動詞（形容詞）句」的時候，就叫做「節」。
>
> 例 <u>친구가 만든</u> 종이컵은 세상에 하나만 있습니다.　朋友做的紙杯世上只有一個。
> 　　名詞＋動詞
>
> 例 이 카페에는 <u>일하는 사람이 많</u>습니다.　在這間咖啡店工作的人很多。
> 　　　　　　動詞＋名詞＋形容詞

### 實戰練習

※ [49~50] 다음을 읽고 물음에 답하십시오. (각 2점)

> 저는 작년에 서울의 고궁을 처음 구경했습니다. 커다란 건물과 주위 풍경이 정말 아름다웠습니다. 그런데 시간이 없어서 경복궁만 ( ㉠ ). 그래서 이번 한국 여행에서는 다른 고궁에도 가 보려고 합니다. 고궁을 구경하면서 한국의 역사와 문화를 이해할 수 있기 때문입니다.

49. ㉠에 들어갈 알맞은 말을 고르십시오.
    ① 보기로 했습니다　　② 보면 안 됩니다
    ③ 보지 않았습니다　　④ 볼 수 있었습니다

50. 이 글의 내용과 같은 것을 고르십시오.
    ① 저는 이번에도 경복궁만 가겠습니다.
    ② 저는 서울의 모든 고궁을 구경했습니다.
    ③ 저는 작년에 서울의 고궁을 처음 보았습니다.
    ④ 저는 한국의 역사와 문화에 관심이 없습니다.

### 題型分析

※ [49～50] 請閱讀下面文章，並回答問題。（各2分）

> 저는 작년에 서울의 고궁을 처음 구경했습니다. 커다란 건물과 주위 풍경이 정말 아름다웠습니다. 그런데 시간이 없어서 경복궁만 ( ㉠볼 수 있었습니다 ). 그래서 이번 한국 여행에서는 다른 고궁에도 가 보려고 합니다. 고궁을 구경하면서 한국의 역사와 문화를 이해할 수 있기 때문입니다.
>
> 去年我第一次參觀首爾的古宮。巨大的建築物和周圍的風景真是漂亮。不過因為沒有時間只（ ㉠可以看 ）景福宮。所以這次韓國旅行時，我打算去看其他古宮。因為看故宮，可以了解韓國的歷史和文化。

49. ㉠에 들어갈 알맞은 말을 고르십시오.
    請選出適合填入㉠的句子。

    ① 보기로 했습니다
       決定看
    ② 보면 안 됩니다
       不能看
    ③ 보지 않았습니다
       沒有看
    ❹ 볼 수 있었습니다
       可以看

> '경복궁만'의 뜻은 다른 곳은 못 보고 경복궁 하나만 볼 수 있었다는 것입니다.
> 「경복궁만」（只有景福宮）的意思是無法看別的地方，只能看景福宮這一個。答案是④。

50. 이 글의 내용과 같은 것을 고르십시오.

    請選出和這篇文章內容一樣的選項。

    ① 저는 이번에도 경복궁만 가겠습니다.   ✗

    我這次也只要去景福宮。

    ② 저는 서울의 모든 고궁을 구경했습니다.   경복궁만

    我觀賞過首爾所有的古宮。

    ❸ 저는 작년에 서울의 고궁을 처음 보았습니다.

    我去年第一次看到首爾的古宮。

    ④ 저는 한국의 역사와 문화에 관심이 없습니다.   관심이 많습니다

    我對韓國的歷史和文化沒興趣。

> 서울의 고궁에는 작년에 처음 가 보았습니다. 한국의 역사와 문화에 관심이 없으면 고궁 구경을 할 필요가 없을 것입니다.
>
> 「작년에 처음」（去年第一次）去首爾的古宮。若對韓國的歷史和文化沒興趣，不必參觀古宮。答案是③。

# 題型（六）掌握前後文脈及理解全部內容②
# [題號53〜54]

☞ 35回以前是出現在[55〜56]的題目。

・雖然配分不同，但與〔49〜50〕，〔55〜56〕，〔61〜62〕，〔65〜66〕，〔67〜68〕屬於一模一樣的題型。

[53]

・2分題，難度上是1級程度的題目。

### 歷屆考古題出題內容

| 35회（回） | 36회（回） | 37회（回） | 41회（回） |
|---|---|---|---|
| 일찍<br>(부사)<br>早<br>（副詞） | -(으)면<br>若〜、<br>〜的話 | -아/어/여서<br>(인과 관계)<br>表示原因<br>（因果關係） | 연관 구(句) 찾기<br>尋找相關句子 |

| 47회（回） | 52회（回） | 60회（回） | 64회（回） |
|---|---|---|---|
| 연관 구(句) 찾기<br>尋找相關句子 | 연관 구(句) 찾기<br>尋找相關句子 | 관형사형 어미<br>(현재형)<br>冠形詞形語尾<br>（現在形） | -고 나서<br>(선후 관계)<br>〜之後<br>（前後關係） |

・有時候是出文法題目，有時候是出尋找關聯「句」的題目。

[54]

・3分題，難度上是2級程度的題目。
・這題是問對整體內容掌握多少的題目。

### TIP

#### 冠形詞形詞尾是什麼？

所謂的「冠形詞形詞尾」，是在動詞或形容詞後面連接下表中的變化形，然後成為冠形詞。

|        | 동사 動詞 | 형용사 形容詞 |
|--------|----------|--------------|
| 과거 過去 | -은/ㄴ   | ×            |
| 현재 現在 | -는      | -은/ㄴ       |
| 미래 未來 | -을/ㄹ   | ×            |

例 가게는 한가한 곳이라서 손님이 거의 없습니다.
　　　　　形容詞＋-ㄴ
　　因為店鋪是悠閒的地方，所以幾乎沒有客人。

## 實戰練習

※ [53~54] 다음을 읽고 물음에 답하십시오.

> 저의 꿈은 배낭여행을 하는 것입니다. 그래서 반년 전부터 편의점에서 아르바이트를 하면서 돈을 모으고 있습니다. 제가 일하는 편의점은 서울역에서 ( ㉠ ) 곳이라서 여러 나라에서 온 외국 사람을 만날 기회가 많고 그 사람들과 영어로 이야기하며 연습을 할 수 있습니다. 일은 힘들지만 재미있습니다.

53. ㉠에 들어갈 알맞은 말을 고르십시오. (2점)
    ① 가까운　　　　② 유명한
    ③ 어려운　　　　④ 멋있는

54. 이 글의 내용과 같은 것을 고르십시오. (3점)
    ① 저는 이제 편의점에서 일하지 않습니다.
    ② 저는 편의점에서 일하는 것이 좋습니다.
    ③ 저는 반년 전에 편의점에서 일을 했습니다.
    ④ 저는 편의점에서 외국인을 만난 적이 없습니다.

**題型分析**

※ [53~54] 請閱讀下面文章，並回答問題。

> 저의 꿈은 배낭여행을 하는 것입니다. 그래서 반년 전부터 편의점에서 아르바이트를 하면서 돈을 모으고 있습니다. 제가 일하는 편의점은 서울역에서 ( ㉠가까운 ) 곳이라서 여러 나라에서 온 외국 사람을 만날 기회가 많고 그 사람들과 영어로 이야기하며 연습을 할 수 있습니다. 일은 힘들지만 재미있습니다.
>
> 我的夢想是背包旅行。所以從半年前開始在便利商店邊打工邊存錢。我工作的便利商店是離首爾站（ ㉠近的 ）地方，所以有很多機會可以和各國來的外國人見面，能夠跟那些人用英文邊聊天邊練習。雖然工作很累，但很有趣。

53. ㉠에 들어갈 알맞은 말을 고르십시오. (2점)

    請選出適合填入㉠的句子。（2分）

    ❶ 가까운　　　　　　② 유명한
    　 近的　　　　　　　　有名的
    ③ 어려운　　　　　　④ 멋있는
    　 難的　　　　　　　　好看的

> 서울역에는 외국 사람들이 많이 다닙니다. 편의점이 서울역에서 가까운 곳이기 때문에 외국 사람을 만날 기회가 많은 것입니다.
>
> 首爾站有很多外國人來往。因為便利商店在離首爾站很「가깝다」（近的）地方，所以和「외국 사람을 만날 기회가 많다」（見到外國人的機會很多）。答案是①。

54. 이 글의 내용과 같은 것을 고르십시오. (3점)
請選出和這篇文章內容一樣的選項。（3分）

① 저는 이제 편의점에서 일하지 않습니다.   ✗
我現在沒有在便利商店工作。

❷ 저는 편의점에서 일하는 것이 좋습니다.
我喜歡在便利商店工作。

③ 저는 반년 전에 편의점에서 일을 했습니다.   반년 전부터
我半年前在便利商店工作過。

④ 저는 편의점에서 외국인을 만난 적이 없습니다.   자주 만납니다
我沒有在便利商店見過外國人。

> 외국 사람과 자주 접할 수 있는 편의점에서 일하면 돈을 벌면서 영어 연습도 할 수 있어서 여러 가지로 좋은 점이 많습니다.
> 　　在可以和外國人常接觸的便利商店工作的話，能夠一邊賺錢一邊練習英文，有很多好處。答案是②。

111

# 題型（六）掌握前後文脈及理解全部內容③ [題號55～56]

☞ 35回以前是出現在 [51～52] 的題目。

- 雖然配分不同，但與〔49～50〕，〔53～54〕，〔61～62〕，〔65～66〕，〔67～68〕屬於一模一樣的題目。

[ 55 ]

- 2分題，難度上是1級程度的題目。

**歷屆考古題出題內容**

| 35회 | 36회 | 37회 | 41회 |
| --- | --- | --- | --- |
| 그리고<br>(접속 부사)<br>然後、而且<br>（接續副詞） | 그래서<br>(접속 부사)<br>所以<br>（接續副詞） | 그런데<br>(접속 부사)<br>不過<br>（接續副詞） | 그래서<br>(접속 부사)<br>所以<br>（接續副詞） |

| 47회 | 52회 | 60회 | 64회 |
| --- | --- | --- | --- |
| 연관 구(句) 찾기<br>尋找相關句子 | -고 싶다<br>（想～） | 관형사형 어미<br>(미래형)<br>冠形詞形語尾<br>（未來形） | 연관 절(節) 찾기<br>尋找相關節 |

- 大多會出「連接副詞」的題目，但最近也有許多關於文法或句型的題目。

[ 56 ]

- 3分題，難度上是2級程度的題目。
- 是問對整體內容掌握多少的題目。

> **TIP**
> 　　平常就要透過書籍、網路和電視，學會各方面的知識，才會更容易理解本文的內容。

## 實戰練習

※ [55~56] 다음을 읽고 물음에 답하십시오.

> 이제 기숙사 때문에 고민을 하지 않아도 됩니다. 지금 학교에서는 학생들이 ( ㉠ ) 수 있는 생활관을 짓고 있습니다. 밖에서 사는 비용의 반 정도만 내면 됩니다. 모든 학생들이 이용할 수 있지만 지방에서 온 학생들에게 먼저 신청할 기회가 있습니다.

55. ㉠에 들어갈 알맞은 말을 고르십시오. (2점)
    ① 많은 돈을 낼
    ② 비용을 고민할
    ③ 편하게 생활할
    ④ 언제나 신청할

56. 이 글의 내용과 같은 것을 고르십시오. (3점)
    ① 생활관은 학생들의 부담이 적습니다.
    ② 생활관에서 살면 비용을 안 내도 됩니다.
    ③ 생활관은 지방 학생들만 이용할 수 있습니다.
    ④ 밖에서 사는 학생들은 신청할 기회가 없습니다.

## 題型分析

※ [55～56] 請閱讀下面文章，並回答問題。

> 이제 기숙사 때문에 고민을 하지 않아도 됩니다. 지금 학교에서는 학생들이 ( ㉠편하게 생활할 ) 수 있는 생활관을 짓고 있습니다. 밖에서 사는 비용의 반 정도만 내면 됩니다. 모든 학생들이 이용할 수 있지만 지방에서 온 학생들에게 먼저 신청할 기회가 있습니다.
>
> 從此後不用因宿舍而苦惱了。現在學校正在蓋讓學生們可以（ ㉠舒服地生活的 ）生活館。只需付在外生活費用的一半就好。所有的學生都可以使用，但從地方來的學生有先申請的機會。

55. ㉠에 들어갈 알맞은 말을 고르십시오. (2점)
    請選出適合填入㉠的句子。（2分）

    ① 많은 돈을 낼
       付很多錢的
    ② 비용을 고민할
       苦惱費用的
    ❸ 편하게 생활할
       舒服地生活的
    ④ 언제나 신청할
       隨時申請的

> 생활관을 새로 짓는 이유는 학생들에게 편하게 생활할 수 있는 환경을 제공하기 위해서입니다.
>
> 蓋新的生活館的理由，是為了提供學生們「편하게 생활하다」（舒服地生活）的環境。答案是③。

56. 이 글의 내용과 같은 것을 고르십시오. (3점)

請選出和這篇文章內容一樣的選項。（3分）

❶ 생활관은 학생들의 부담이 적습니다.

생활관讓學生們的負擔較輕。

② 생활관에서 살면 비용을 안 내도 됩니다.　✗

住在생활관的話，可以不用付費用。

③ 생활관은 지방 학생들만 이용할 수 있습니다.　✗

생활관只有地方的學生們可以使用。

④ 밖에서 사는 학생들은 신청할 기회가 없습니다.　모든 학생

住外面的學生們沒有機會申請。

> 생활관에서 생활하는 학생들도 비용을 내야 하긴 하지만 밖에서 생활할 때보다는 부담이 훨씬 적습니다.
>
> 在생활관生活的學生也要付費用，但是跟外面生活比起來負擔更少。答案是①。

# 題型（六）掌握前後文脈及理解全部內容④
## [ 題號61～62 ]

☞ 35回以前是出現在 [ 55～56 ] 的題目。

- 雖然配分不同，但與〔49～50〕，〔53～54〕，〔55～56〕，〔65～66〕，〔67～68〕屬於一模一樣的題型。這裡的兩題都是2分題，難度上是1級程度。
- 觀點是第一人稱或者第三人稱的視角描述。

### [ 61 ]

**歷屆考古題出題內容**

| 35회（回） | 36회（回） | 37회（回） | 41회（回） |
|---|---|---|---|
| -지 못하다<br>無法～ | -(으)려고<br>要～ | -을/ㄹ 때마다<br>每當～的時候 | 연관 구(句) 찾기<br>尋找相關句子 |

| 47회（回） | 52회（回） | 60회（回） | 64회（回） |
|---|---|---|---|
| 그리고<br>(접속 부사)<br>然後、而且<br>（接續副詞） | -거나<br>～或～ | -기 전에<br>～之前 | 연관 구(句) 찾기<br>尋找相關句子 |

- 出較多文法題目，但有時候會出尋找關聯「句」的題目。

### [ 62 ]

- 是問對整體內容掌握多少的題目。

> **TIP**
>
> **關聯「句」是什麼？**
>
> 所謂的關聯句，就是兩個以上的單字在一起而成為句子裡的一部分。
>
> **例** 외롭지 않고 행복하다. 不孤單而感到幸福。
> 　　形容詞＋否定詞

**實戰練習**

※ [61~62] 다음을 읽고 물음에 답하십시오. (각 2점)

> 저는 영어를 잘합니다. 하지만 전에는 영어를 잘하지 못했습니다. 제 발음에 자신이 없어서 너무 긴장했기 때문입니다. 저는 영어를 잘하고 싶어서 언어 교환 모임에 참가했습니다. 처음에는 어색했지만 일주일에 두 시간씩 외국 친구들과 영어로 ( ㉠ ) 지금은 영어가 너무 재미있어졌습니다.

61. ㉠에 들어갈 알맞은 말을 고르십시오.
    ① 대화하면          ② 대화한 지
    ③ 대화하지만        ④ 대화하니까

62. 이 글의 내용과 같은 것으로 고르십시오.
    ① 저는 처음부터 영어를 잘했습니다.
    ② 저는 이제 영어로 대화하는 게 재미있습니다.
    ③ 저는 언어 교환 모임에서 너무 긴장했습니다.
    ④ 외국 친구들이 어색한 부분을 말해 주었습니다.

## 題型分析

※ [61～62] 請閱讀下面文章，並回答問題。（各2分）

저는 영어를 잘합니다. 하지만 전에는 영어를 잘하지 못했습니다. 제 발음에 자신이 없어서 너무 긴장했기 때문입니다. 저는 영어를 잘하고 싶어서 언어 교환 모임에 참가했습니다. 처음에는 어색했지만 일주일에 두 시간씩 외국 친구들과 영어로 ( ㉠대화하니까 ) 지금은 영어가 너무 재미있어졌습니다.

我英文說得很好。可是以前我英文說得不好，因為我對我的發音沒有信心所以太緊張。我想很會說英文，所以參加語言交換聚會。一開始有點尷尬，但（ ㉠因為 ）一週兩個小時和外國朋友們用英文（ ㉠對話 ），現在英文變得好有趣。

61. ㉠에 들어갈 알맞은 말을 고르십시오.
　　請選出適合填入㉠的句子。

① 대화하면
　　對話的話
② 대화한 지
　　對話的期間
③ 대화하지만
　　雖然對話
❹ 대화하니까
　　因為對話

　　영어가 재미있어진 이유는 일주일에 두 시간씩 외국 친구들와 영어로 대화했기 때문입니다. 인과 관계에 해당하는 보기 항목을 고르십시오.
　　英文變成有趣的理由，是因為「일주일에 두 시간씩 외국 친구들와 영어로 대화」（一週有兩個小時和外國朋友們用英文對話）。答案是④。

62. 이 글의 내용과 같은 것으로 고르십시오.
請選出和這篇文章內容一樣的選項。

① 저는 처음부터 영어를 잘했습니다.　✗
我從一開始就很會說英文。

❷ 저는 이제 영어로 대화하는 게 재미있습니다.
我現在覺得用英文對話很有趣。

③ 저는 언어 교환 모임에서 너무 긴장했습니다.　발음에 자신이 없어서
我在語言交換聚會太緊張了。

④ 외국 친구들이 어색한 부분을 말해 주었습니다.　어색했던 이유?
外國朋友們告訴我不自然的地方。

> 발음 때문에 영어로 말하는 것을 어색해 했으나 외국 친구들과 어울리면서 영어로 대화하는 게 재미있어진 것입니다.
> 因為發音，說英文有點彆扭，但和外國朋友們相聚後，用英文對話變得有趣了。答案是②。

# 題型（六）掌握前後文脈及理解全部內容⑤
# [ 題號65～66 ]

☞ 35回以前是出現在 [ 51～52 ] 的題目。

- 雖然配分不同，但與〔49～50〕，〔53～54〕，〔55～56〕，〔61～62〕，〔67～68〕屬於一模一樣的題型。內容上與〔51～52〕相似。

**歷屆考古題出題內容**

| 35회（回） | 36회（回） | 37회（回） | 41회（回） |
|---|---|---|---|
| 식혜<br>食醯/甜米露 | 국제만화축제<br>國際漫畫節 | 메모하는 습관<br>做備忘的習慣 | 나의 성격<br>我的個性 |

| 47회（回） | 52회（回） | 60회（回） | 64회（回） |
|---|---|---|---|
| 어머니가 불러 준 노래<br>媽媽唱給我聽的歌 | 어머니와 피아노<br>媽媽與鋼琴 | 설탕<br>砂糖 | 얼음 음료<br>冰鎮飲料 |

[ 65 ]

- 2分題，難度上是1級程度的題目。

**歷屆考古題出題內容**

| 35회（回） | 36회（回） | 37회（回） | 41회（回） |
|---|---|---|---|
| -은/ㄴ 후에<br>在～之後 | -아/어/여 있다<br>～著 | -아/어/여 보다<br>試做～ | 연관 구(句) 찾기<br>尋找相關句子 |

| 47회（回） | 52회（回） | 60회（回） | 64회（回） |
|---|---|---|---|
| -(으)면<br>若～、～的話 | 연관 구(句) 찾기<br>尋找相關句子 | -거나<br>～或～ | -는 동안에<br>在～的期間 |

- 大多數出的是文法題目，但有時候會出尋找關聯「句」的題目。

[ 66 ]

- 3分題，難度上是2級程度的題目。
- 是問對整體內容掌握多少的題目。

**實戰練習**

※ [65~66] 다음을 읽고 물음에 답하십시오.

> 커피는 많은 사람들이 좋아하는 음료지만 찌꺼기를 남깁니다. 그런데 이 커피 찌꺼기는 냄새를 없애는 데 큰 효과가 있습니다. 잘 말린 후 그릇에 담아 집안 여기저기에 두면 나쁜 냄새를 없앨 수 있습니다. 또 커피 찌꺼기에는 식물 성장에 도움을 주는 영양분이 있어서 흙과 함께 화분에 ( ㉠ ) 식물이 더 잘 자랍니다.

65. ㉠에 들어갈 알맞은 말을 고르십시오. (2점)
    ① 뿌리면  　　　　② 뿌리고
    ③ 뿌려서  　　　　④ 뿌리는

66. 이 글의 내용과 같은 것을 고르십시오. (3점)
    ① 커피 찌꺼기를 집안에 두면 좋지 않습니다.
    ② 커피는 찌꺼기가 있어서 사람들이 좋아합니다.
    ③ 나쁜 냄새를 없애는 데는 커피 찌꺼기가 좋습니다.
    ④ 커피 찌꺼기를 흙과 함께 화분에 뿌리면 안 됩니다.

### 題型分析

※ [65~66] 請閱讀下面文章，並回答問題。

커피는 많은 사람들이 좋아하는 음료지만 찌꺼기를 남깁니다. 그런데 이 커피 찌꺼기는 냄새를 없애는 데 큰 효과가 있습니다. 잘 말린 후 그릇에 담아 집안 여기저기에 두면 나쁜 냄새를 없앨 수 있습니다. 또 커피 찌꺼기에는 식물 성장에 도움을 주는 영양분이 있어서 흙과 함께 화분에 ( ㉠뿌리면 ) 식물이 더 잘 자랍니다.

咖啡是許多人喜歡的飲料，但是會留下咖啡渣。不過這咖啡渣對除臭很有效果。充分晾乾後裝在碗裡，放在家裡各處，可去除惡臭。而且咖啡渣裡有促進植物生長的養分，和土壤一起（ ㉠撒 ）花盆裡（ ㉠的話 ），植物會長得更好。

65. ㉠에 들어갈 알맞은 말을 고르십시오. (2점)
    請選出適合填入㉠的句子。（2分）

    ❶ 뿌리면
       撒的話
    ② 뿌리고
       撒後
    ③ 뿌려서
       因為撒
    ④ 뿌리는
       撒的

> 식물이 더 잘 자라게 하는 데 대한 조건을 표시하는 어미가 정답입니다.
> 表示會讓植物成長得更好的條件的詞尾，就是正確的答案。答案是①。

66. 이 글의 내용과 같은 것을 고르십시오. (3점)
    請選出和這篇文章內容一樣的選項。（3分）

    ① 커피 찌꺼기를 집안에 두면 좋지 않습니다.   좋습니다
    　 把咖啡渣放在家裡的話不好。

    ② 커피는 찌꺼기가 있어서 사람들이 좋아합니다.   ✗
    　 因為咖啡有渣，所以人們很喜歡。

    ❸ 나쁜 냄새를 없애는 데는 커피 찌꺼기가 좋습니다.
    　 針對去除惡臭，咖啡渣很好用。

    ④ 커피 찌꺼기를 흙과 함께 화분에 뿌리면 안 됩니다.   좋습니다
    　 不可以把咖啡渣和土一起撒在花盆裡。

> 　커피 찌꺼기의 가장 큰 용도는 나쁜 냄새를 없애는 데 있습니다. 그 다음이 화분에 뿌려 식물 성장을 돕는 것입니다.
> 　　咖啡渣的最大的用途在於「냄새를 없애다」（去除惡臭）。其次是撒在花盆裡可「식물 성장을 돕다」（幫助植物成長）。答案是③。

# 題型（六）掌握前後文脈及理解全部內容❻
# ［題號67～68］

☞ 35回以前是出現在［55～56］的題目。

- 雖然配分不同，但與〔49～50〕，〔53～54〕，〔55～56〕，〔61～62〕，〔65～66〕屬於一模一樣的題型。兩題都是3分題，相當於2級程度，所以是難度頗高的題目。

［67］

**歷屆考古題出題內容**

| 35회（回） | 36회（回） | 37회（回） | 41회（回） |
|---|---|---|---|
| -지 않다<br>不～ | -지 않다<br>不～ | -는 것<br>～的 | -아/어/여서<br>(시간 순서)<br>～所以<br>（時間順序） |

| 47회（回） | 52회（回） | 60회（回） | 64회（回） |
|---|---|---|---|
| 연관 구(句) 찾기<br>尋找相關句子 | 연관 구(句) 찾기<br>尋找（相關句子） | -지만<br>但～、雖然～ | 연관 구(句) 찾기<br>尋找相關句子 |

- 有時候會出文法題目，有時候會出尋找關聯「句」的題目。

［68］

- 是問對整體內容掌握多少的題目。

**實戰練習**

※ [67~68] 다음을 읽고 물음에 답하십시오. (각 3점)

> 한국의 전통 결혼식은 신랑이 신부의 집에 가서 치릅니다. 신랑과 신부는 마주 보고 큰절을 올리고, 잔에 술을 부어서 함께 나누어 마십니다. ( ㉠ ) 보통 신부 집에서 며칠을 머문 후에 신랑의 집으로 갑니다. 신랑 집에 도착해서 시댁 어른들께 큰절을 올리면 집안 사람 모두가 신랑과 신부를 축복해 줍니다.

67. ㉠에 들어갈 알맞은 말을 고르십시오.
① 술을 마시면   ② 큰절을 올리면
③ 부모님을 만나면   ④ 결혼식을 마치면

68. 이 글의 내용과 같은 것을 고르십시오.
① 잔에 든 술은 신랑만 마십니다.
② 옛날 결혼식은 신부 집에서 합니다.
③ 참석한 모든 어른들에게 큰절을 올립니다.
④ 결혼식이 끝나면 신랑이 신부 집에 갑니다.

### 題型分析

※ [67～68] 請閱讀下面文章，並回答問題。（各3分）

한국의 전통 결혼식은 신랑이 신부의 집에 가서 치릅니다. 신랑과 신부는 마주 보고 큰절을 올리고, 잔에 술을 부어서 함께 나누어 마십니다. （ ㉠결혼식을 마치면 ） 보통 신부 집에서 며칠을 머문 후에 신랑의 집으로 갑니다. 신랑 집에 도착해서 시댁 어른들께 큰절을 올리면 집안 사람 모두가 신랑과 신부를 축복해 줍니다.

韓國的傳統婚禮，是新郎去新娘家舉行。新郎和新娘面對面行大禮，然後把酒倒在杯子裡後一起分著喝。（ ㉠結束婚禮的話 ）通常會在新娘家住幾天後，再去新郎家。到了新郎家後，向公婆家長輩們行大禮，所有的家人都祝福新郎和新娘。

67. ㉠에 들어갈 알맞은 말을 고르십시오.

請選出適合填入㉠的句子。

① 술을 마시면
　　喝酒的話

② 큰절을 올리면
　　行大禮的話

③ 부모님을 만나면
　　見到父母的話

❹ 결혼식을 마치면
　　結束婚禮的話

㉠ 앞의 내용은 전통 결혼식을 하는 장면입니다. 따라서 ㉠의 뒷부분은 결혼을 마치고 난 다음의 이야기입니다.

㉠前面的內容是舉行傳統婚禮的場面。所以㉠的後面是婚禮結束後的故事。答案是④。

126

68. 이 글의 내용과 같은 것을 고르십시오.
    請選出和這篇文章內容一樣的選項。

    ① 잔에 든 술은 신랑만 마십니다.　　함께 나누어 마십니다
    　　杯子裡面的酒只有新郎喝。

    ❷ 옛날 결혼식은 신부 집에서 합니다.
    　　舊式婚禮是在新娘家舉行。

    ③ 참석한 모든 사람들에게 큰절을 올립니다.　　시댁 어른들께
    　　向參加的所有人行大禮。

    ④ 결혼식이 끝나면 신랑이 신부 집에 갑니다.　　신부가 신랑 집에
    　　婚禮結束的話，新郎去新娘家。

> 　옛날 결혼식이 지금과 가장 다른 점은 결혼식을 신부 집에서 한다는 것입니다. 술은 신랑, 신부가 나누어서 마십니다. 이것을 '합환주'라고 합니다.
> 　　舊式婚禮跟現在最大的不同，是婚禮在新娘家舉行。新郎和新娘把酒分著喝。這叫做「合歡酒」。答案是②。

127

# 題型（七）掌握前後文脈及邏輯推論 [ 題號 69～70 ]

☞ 35回以前是出現在 [ 57～58 ] 的題目。

- 題型（七）與題型（六）相比，整體上題型相似，但兩題中會有一題不一樣。
- 兩題都是3分題，相當於2級程度，都是難度頗高的題目。
- 是第一人稱的視角。

[ 69 ]

### 歷屆考古題出題內容

| 35회（回） | 36회（回） | 37회（回） | 41회（回） |
| --- | --- | --- | --- |
| 연관 구(句) 찾기<br>尋找相關句子 | 연관 구(句) 찾기<br>尋找相關句子 | 연관 구(句) 찾기<br>尋找相關句子 | -기 시작하다<br>開始～ |

| 47회（回） | 52회（回） | 60회（回） | 64회（回） |
| --- | --- | --- | --- |
| -(으)려고 하다<br>要～ | 연관 구(句) 찾기<br>尋找相關句子 | 연관 구(句) 찾기<br>尋找相關句子 | 연관 구(句) 찾기<br>尋找相關句子 |

- 有時候會出文法題目，但大多數是出尋找關聯「句」的題目。

[ 70 ]

- 這題需要推理的能力。
- 屬於要透過內容，來推測出答案的文章。

**實戰練習**

※ [69~70] 다음을 읽고 물음에 답하십시오. (각 3점)

> 저는 한국에 도착하자마자 명동에 갑니다. 명동에는 돈을 바꿀 수 있는 환전소가 아주 많습니다. 창구에서 바로 돈을 바꿔주기 때문에 은행보다 훨씬 편합니다. 그런데 제가 늘 가던 환전소의 ( ㉠ ). 닫힌 문을 보고 깜짝 놀랐습니다. 그때 문 앞에 붙어 있는 메모지를 발견하였습니다. 알고 보니 다른 곳으로 이사를 간 것이었습니다.

69. ㉠에 들어갈 알맞은 말을 고르십시오.
   ① 문이 닫혀 있었습니다
   ② 그 직원이 아니었습니다
   ③ 외국돈이 아주 많았습니다
   ④ 사람들이 전혀 없었습니다

70. 이 글의 내용으로 알 수 있는 것을 고르십시오.
   ① 환전소는 은행보다 이용하기 불편합니다.
   ② 저는 이번에 환전소를 처음 찾아 갔습니다.
   ③ 제가 다니던 환전소가 다른 곳으로 옮겼습니다.
   ④ 저는 이제 돈을 바꾸러 다른 환전소로 가야 합니다.

### 題型分析

※ [69~70] 請閱讀下面文章,並回答問題。(各3分)

> 저는 한국에 도착하자마자 명동에 갑니다. 명동에는 돈을 바꿀 수 있는 환전소가 아주 많습니다. 창구에서 바로 돈을 바꿔주기 때문에 은행보다 훨씬 편합니다. 그런데 제가 늘 가던 환전소의 ( ㉠문이 닫혀 있었습니다 ). 닫힌 문을 보고 깜짝 놀랐습니다. 그때 문 앞에 붙어 있는 메모지를 발견하였습니다. 알고 보니 다른 곳으로 이사를 간 것이었습니다.
>
> 我一到韓國就去明洞。在明洞可以換錢的換錢所很多。因為在櫃台就可以當場換錢,比銀行更方便。不過我經常去的換錢所( ㉠門是關著的 )。看到關著的門嚇了一跳。那時候發現了貼在門前的便條紙。原來搬到別的地方去了。

69. ㉠에 들어갈 알맞은 말을 고르십시오.

    請選出適合填入㉠的句子。

    ❶ 문이 닫혀 있었습니다

    　門是關著的

    ② 그 직원이 아니었습니다

    　不那個是職員

    ③ 외국돈이 아주 많았습니다

    　外幣非常多

    ④ 사람들이 전혀 없었습니다

    　完全沒有人

> 여기서는 연관 절(節)을 찾는 문제입니다. 힌트는 바로 뒤에 '닫힌 문을 보고'입니다. 환전소의 문이 닫혀 있었던 것입니다.
>
> 這是尋找相關「節」的題目。提示就是在後句的「닫힌 문을 보고」(看到關著的門)。答案是①。

70. 이 글의 내용으로 알 수 있는 것을 고르십시오.
    請選出和這篇文章內容一樣的選項。

    ① 환전소는 은행보다 이용하기 불편합니다.  편합니다
    　　換錢所比銀行不方便使用。

    ② 저는 이번에 환전소를 처음 찾아 갔습니다.  늘 가던 곳
    　　我這是第一次去找換錢所。

    ❸ 제가 다니던 환전소가 다른 곳으로 옮겼습니다.
    　　我去的換錢所搬到別的地方去了。

    ④ 저는 이제 돈을 바꾸러 다른 환전소로 가야 합니다.　X
    　　從此以後我應該會去別的換錢所換錢。

    > 　환전소를 찾는 이유는 은행보다 편하기 때문입니다. 그런데 자주 이용하던 환전소가 다른 곳으로 옮긴 사실을 몰랐기 때문에 놀란 것입니다.
    > 　去找換錢所的理由是因為「은행보다 편하다」（比銀行還方便）。不過我不知道常去的換錢所搬到別的地方，所以嚇到了。答案是③。

# 題型（八）掌握前後文脈及寫文章的目的
# ［題號51～52］

☞ 35回以前是出現在 ［57～58］ 的題目。

- 題型（八）與題型（六）相比，整體上題型相似，但兩題中會有一題不一樣。短文的內容是用說明文的形式來寫。

**歷屆考古題出題內容**

| 35회（回） | 36회（回） | 37회（回） | 41회（回） |
| --- | --- | --- | --- |
| 미래 세계<br>未來世界 | 전화<br>電話 | 눈꽃 여행<br>雪花旅行 | 눈 건강<br>眼睛保健 |

| 47회（回） | 52회（回） | 60회（回） | 64회（回） |
| --- | --- | --- | --- |
| 레몬<br>檸檬 | 밀가루<br>麵粉 | 한국음악 박물관<br>韓國音樂博物館 | 문을 여는 방법<br>開門的方法 |

## ［51］

- 3分題，難度上是2級程度的題目。

**歷屆考古題出題內容**

| 35회（回） | 36회（回） | 37회（回） | 41회（回） |
| --- | --- | --- | --- |
| -을/ㄹ 수 없다<br>無法～ | -을/ㄹ 수 있다<br>可以～ | -아/어/여서<br>(시간 순서)<br>～然後<br>（時間順序） | -거나<br>～或～ |

| 47회（回） | 52회（回） | 60회（回） | 64회（回） |
| --- | --- | --- | --- |
| -을/ㄹ 때<br>～的時候 | 그리고<br>(접속 부사)<br>然後、而且<br>（接續副詞） | 그리고<br>(접속 부사)<br>然後、而且<br>（接續副詞） | 그리고<br>(접속 부사)<br>然後、而且<br>（接續副詞） |

- 以前的考試常出文法相關題目，但最近一直出有關接續副詞的題目。

# [ 52 ]

- 2分題，難度上是1級程度的題目。
- 這題和短文的主題有關。

> **TIP**
>
> 「接續副詞」有什麼？
>
> | | | |
> |---|---|---|
> | 그래도 | 還是：전환 | 轉換 |
> | 그래서 | 所以：인과 | 因果 |
> | 그러나 | 但是：반대 | 相反 |
> | 그러면 | 那麼：조건 | 條件 |
> | 그러므로 | 所以：인과 | 因果 |
> | 그런데 | 不過：전환/반대 | 轉換/相反 |
> | 그렇지만 | 但是：반대 | 相反 |
> | 그리고 | 而且：대등 | 對等 |
> | 하지만 | 但是：반대 | 相反 |

### 實戰練習

※ [51~52] 다음을 읽고 물음에 답하십시오.

> 인삼 박물관에 한번 가 보십시오. 인삼 박물관에서는 전세계에서 가장 유명한 한국의 인삼에 대해 자세히 알 수 있습니다. ( ㉠ ) 직접 인삼을 깎아서 먹어 볼 수 있습니다. 주말에는 인삼과 관련된 여러 가지 재미있는 활동이 많이 준비되어 있습니다. 인삼을 살 수 있는 가게도 있습니다.

51. ㉠에 들어갈 알맞은 말을 고르십시오. (3점)
    ① 하지만        ② 그리고
    ③ 그런데        ④ 그러면

52. 무엇에 대한 이야기인지 맞는 것을 고르십시오. (2점)
    ① 박물관의 보물
    ② 박물관을 여는 시간
    ③ 박물관에서 파는 물건
    ④ 박물관에서 할 수 있는 일

## 題型分析

※ [51～52] 請閱讀下面文章，並回答問題。

> 인삼 박물관에 한번 가 보십시오. 인삼 박물관에서는 전세계에서 가장 유명한 한국의 인삼에 대해 자세히 알 수 있습니다. ( ㉠그리고 ) 직접 인삼을 깎아서 먹어 볼 수 있습니다. 주말에는 <u>인삼과 관련된 여러 가지 재미있는 활동</u>이 많이 준비되어 있습니다. 인삼을 살 수 있는 가게도 있습니다.
>
> 請去參觀人蔘博物館看看吧。在人蔘博物館可以對全世界最有名的韓國人蔘有詳細的了解。( ㉠而且 ) 可以親自削人蔘嘗一嘗。週末準備了各種和人蔘有關的有趣活動。也有可以買人蔘的店。

51. ㉠에 들어갈 알맞은 말을 고르십시오. (3점)
    請選出適合填入㉠的句子。（3分）

    ① 하지만　　　　　　　　❷ 그리고
    　但是　　　　　　　　　　而且
    ③ 그런데　　　　　　　　④ 그러면
    　不過　　　　　　　　　　那麼

> 앞뒤 문장의 관계를 잘 파악해야 합니다. 자세히 보면 뒷 문장은 새로운 사실을 보충하여 설명한다는 것을 알 수 있습니다. 따라서 대등한 관계를 표시하는 '그리고'가 정답입니다.
>
> 要好好掌握前後句子的關係。仔細看，就可知後句是補充說明新的事實。所以表示對等關係的「그리고」（而且）就是正確的答案。答案是②。

52. 무엇에 대한 이야기인지 맞는 것을 고르십시오. (2점)
    請選出是關於什麼談話的正確選項。（2分）

    ① 박물관의 보물   ✗
       博物館的寶物

    ② 박물관을 여는 시간   ✗
       博物館開門的時間

    ③ 박물관에서 파는 물건   인삼 판매는 가게에서
       在博物館賣的東西

    ❹ 박물관에서 할 수 있는 일
       可以在博物館做的事

> 인삼 박물관에서 가면 무엇을 볼 수 있고, 무엇을 할 수 있는지 설명하는 글입니다.
>
> 這篇是說明去人蔘博物館的話，可以看到什麼、可以做什麼的文章。答案是④。

# 題型（九）掌握目的及理解全部內容
# [ 題號63～64 ]

☞ 這是35回以前從未出題過的新型題目。可以說是針對網路世代的年輕人，內容都是以網站上告示的公告文、網路廣告和email為主。

・題型（九）是與題型（六）相比整體上相似的題型，但兩題中會有一題不一樣。

**歷屆考古題出題內容**

| 35회<br>（回） | 36회<br>（回） | 37회<br>（回） | 41회<br>（回） |
|---|---|---|---|
| 이메일 공지<br>(농구 대회)<br>電子郵件公告<br>（籃球比賽） | 인터넷 광고<br>(그림책 판매)<br>網路廣告<br>（繪本銷售） | 이메일 공지<br>(음악회)<br>電子郵件公告<br>（音樂會） | 이메일 공지<br>(전통 문화 함께하기)<br>電子郵件公告<br>（一同參與傳統文化） |

| 47회<br>（回） | 52회<br>（回） | 60회<br>（回） | 64회<br>（回） |
|---|---|---|---|
| 이메일 공지<br>(떡 만들기 행사)<br>電子郵件公告<br>（做年糕活動） | 이메일 공지<br>(축제)<br>電子郵件公告<br>（慶典） | 이메일 문의<br>(신발 교환)<br>電子郵件詢問<br>（鞋子換貨） | 인터넷 게시판<br>(청소 안내)<br>網路留言板<br>（清掃公告） |

[ 63 ]

・2分題，難度上是1級程度的題目。
・這題要能掌握「寫本篇文章的目的」才能夠解答。

[ 64 ]

・3分題，難度上是2級程度的題目。
・是問「對整體內容掌握多少」的題目。

**實戰練習**

※ [63~64] 다음을 읽고 물음에 답하십시오.

> 받는 사람 : teacher@hanguk.com
> 보낸 사람 : ksj@minguk.com
> 제       목 : 김영수 교수님께
>
> 안녕하세요, 교수님. 저는 2학년 김수지라고 합니다. 지난 주에 내 주신 보고서 숙제 때문에 이렇게 이메일을 보냅니다. 어제 제가 운동을 하다가 오른손을 다쳤습니다. 그래서 보고서를 빨리 쓸 수가 없습니다. 죄송하지만, 사흘 정도 늦게 내도 될까요? 선생님, 부탁 드립니다.
> 그럼 안녕히 계십시오.
>
> 김수지 올림

63. 왜 이 글을 썼는지 맞는 것으로 고르십시오. (2점)

① 보고서를 쓰지 않으려고
② 보고서를 빨리 쓰고 싶어서
③ 보고서에 대해 물어보고 싶어서
④ 보고서를 내는 날짜를 연기하려고

64. 이 글의 내용과 같은 것으로 고르십시오. (3점)

① 어제 이메일을 보냈습니다.
② 사흘 전에 보고서를 냈습니다.
③ 선생님이 지난 주에 숙제를 내 주었습니다.
④ 운동하다가 손을 다쳐 보고서를 쓸 수 없습니다.

**題型分析**

※ [63~64] 請閱讀下面文章，並回答問題。

---

받는 사람 : teacher@hanguk.com
收 件 人 : teacher@hanguk.com
보낸 사람 : ksj@minguk.com
寄 件 人 : ksj@minguk.com
제    목 : 김영수 교수님께
標    題 : 致　金英修教授

안녕하세요, 교수님. 저는 2학년 김수지라고 합니다. 지난 주에 내 주신 보고서 숙제 때문에 이렇게 이메일을 보냅니다. 어제 제가 운동을 하다가 오른손을 다쳤습니다. 그래서 보고서를 빨리 쓸 수가 없습니다. 죄송하지만, <u>사흘 정도 늦게 내도 될까요?</u> 선생님, 부탁 드립니다.
　그럼 안녕히 계십시오.

　　教授，您好。我是2年級金秀智。為了您上週出的報告作業所以寫email給您。昨天我運動的時候右手受傷了。所以沒辦法很快地寫出報告。很抱歉，可以晚三天左右交嗎？老師，拜託您。
　　請您多保重。

김수지 올림
金秀智 謹上

---

63. 왜 이 글을 썼는지 맞는 것으로 고르십시오. (2점)
　　請選出為何寫這篇文章的正確選項。（2分）

① 보고서를 쓰지 않으려고　　✗
　　不想要寫報告

② 보고서를 빨리 쓰고 싶어서　　빨리 쓸 수 없습니다
　　因為想快點寫報告

③ 보고서에 대해 물어보고 싶어서　　✗
　　想問問看關於報告

❹ 보고서를 내는 날짜를 연기하려고
　　想要延後交報告的日期

'사흘 정도 늦게 내도 될까요?'에 문제에 대한 답이 있습니다. 늦게 내도 되냐고 묻는 것은 보고서를 내는 시간을 연기하고 싶다는 뜻입니다.

從「사흘 정도 늦게 내도 될까요?」（可以晚三天左右交嗎？）可以找到有關問題的答案。問可不可以晚交，就是想延後交報告的時間的意思。答案是④。

64. 이 글의 내용과 같은 것으로 고르십시오. (3점)
請選出和這篇文章內容一樣的選項。（3分）

① 어제 이메일을 보냈습니다.　　어제 다쳤습니다
昨天寄了email。

② 사흘 전에 보고서를 냈습니다.　　아직 내지 않았습니다
三天前交了報告。

❸ 선생님이 지난 주에 숙제를 내 주었습니다.
老師上週出了作業。

④ 운동하다가 손을 다쳐 보고서를 쓸 수 없습니다.　　✗
運動時手受傷，不能寫作業。

이 이메일의 내용은 오른손을 다쳐서 보고서를 아예 쓸 수 없다는 것이 아니라 정해진 시간보다 조금 늦게 내도 되는지를 묻는 것입니다.

這email的內容不是說右手受傷完全不能寫，而是問可不可以比規定的時間晚點交。答案是③。

# 題型（十）邏輯連接及理解全部內容
# ［題號59～60］

☞ 35回以前是出現在［59～60］的題目。

- 這題是需要邏輯思考的題目，若能掌握前後文脈絡且考量因果關係就能夠解答。
- 題型（十）與題型（六）相比，是整體上相似的題型，但兩題中會有一題不一樣。

［59］

- 2分題，難度上是1級程度的題目。
- 要找到填入＜範例＞句的正確位置。

［60］

- 3分題，難度上是2級程度的題目。
- 是問對整體內容掌握多少的題目。

> **TIP**
> 如果不知道答案，就選擇「有關鍵詞句子」前面的部分。

**實戰練習**

※ [59~60] 다음을 읽고 물음에 답하십시오.

> 사람들은 보통 밥을 먹을 때 조용히 먹습니다. ( ㉠ ) 그러나 우리반 친구들은 그렇지 않습니다. ( ㉡ ) 수업이나 학교 이야기도 하고 새로운 소식이나 다른 사람들 이야기도 합니다. ( ㉢ ) 가끔 밥을 먹는 것을 잊어버리고 계속 이야기만 할 때도 있습니다. ( ㉣ )

59. 다음 문장이 들어갈 곳을 고르십시오. (2점)

> 밥을 먹으면서 즐겁게 이야기를 합니다.

① ㉠   ② ㉡   ③ ㉢   ④ ㉣

60. 이 글의 내용과 같은 것을 고르십시오. (3점)
① 우리 친구들은 조용히 밥을 먹습니다.
② 밥을 먹느라 친구들 이야기를 못 듣습니다.
③ 나와 친구들은 모두 학교에 다니고 있습니다.
④ 우리 친구들은 같이 밥 먹는 것을 싫어합니다.

## 題型分析

※ [59～60] 請閱讀下面文章，並回答問題。

　　사람들은 보통 밥을 먹을 때 조용히 먹습니다. ( ㉠ ) 그러나 우리반 친구들은 그렇지 않습니다. ( ㉡밥을 먹으면서 즐겁게 이야기를 합니다. ) 수업이나 학교 이야기도 하고 새로운 소식이나 다른 사람들 이야기도 합니다. ( ㉢ ) 가끔 밥을 먹는 것을 잊어버리고 계속 이야기만 할 때도 있습니다. ( ㉣ )

　　人們通常吃飯時都很安靜。（ ㉠ ）可是我們班同學們不是這樣。（ ㉡會邊吃飯邊開心地聊天。 ）會聊上課或學校的事情，也會聊新的消息或別人的事情。（ ㉢ ）偶爾會聊天聊到連飯也忘記吃。（ ㉣ ）

59. 다음 문장이 들어갈 곳을 고르십시오. (2점)
　　請選出能填入下面句子的地方。（2分）

밥을 먹으면서 즐겁게 이야기를 합니다.
邊吃飯邊開心地聊天。

① ㉠　　　　❷ ㉡　　　　③ ㉢　　　　④ ㉣

　　여기서 핵심 단어는 '이야기'입니다. 밥을 먹으면서 이야기를 하는데 그 이야기의 내용이 ㉡ 뒤에 나옵니다. '학교 이야기', '새로운 소식', '다른 사람 이야기'가 그것입니다. 따라서 정확한 위치는 ㉡이 되겠습니다.

　　這篇文章的關鍵詞是「이야기」（聊天）。邊吃飯邊聊天，那些聊天的內容在㉡的後面。就是「학교 이야기」（談論學校）、「새로운 소식」（新的消息）、「다른 사람」（其他人的事情）。所以正確的位置是㉡。答案是②。

60. 이 글의 내용과 같은 것을 고르십시오. (3점)

請選出和這篇文章內容一樣的選項。（3分）

① 우리 친구들은 조용히 밥을 먹습니다.　　시끄럽습니다

我的朋友們安靜地吃飯。

② 밥을 먹느라 친구들 이야기를 못 듣습니다.　　많은 이야기를 나눕니다

因為吃飯，聽不到朋友們的說話。

❸ 나와 친구들은 모두 학교에 다니고 있습니다.

我和朋友們都正在上學。

④ 우리 친구들은 같이 밥 먹는 것을 싫어합니다.　　✗

我們朋友們討厭一起吃飯。

---

'우리반' 친구들이라고 했으므로 당연히 '우리'는 모두 학생입니다. 친구들 모두가 같이 모여 밥 먹고 이야기하는 것을 좋아합니다.

如上所說「우리반」（我們班）朋友們，所以這裡的「우리」（我們）當然都是學生。所有朋友們都喜歡聚在一起吃飯、聊天。答案是③。

# 題型（十一）文章的邏輯排列 [ 題號57～58 ]

☞ 這是35回以前從未出過的新型題目，相似的題目在TOPIK II 也有出現。

- 可說是〔59〕題深入學習。這題是邏輯思考的問題。這樣的題目，如果找得到第一個句子和最後一個句子，8成以上可以答對。尤其要注意連接副詞和敘述語。
- 如果句中出現「또, 그리고」（又，而且）時，是補充前句或添加新的消息，因此這樣的副詞部分是第三句。如果句中出現「그래서」（因此），就是結論的部分，所以這樣的副詞大部分放在最後一句。

[ 57 ]

- 3分題，難度上是2級程度的題目。
- 是相對來說比較困難的題目。平常考題通常最後才會出現的「그래서」（因此），在本題可能在第二句就出現。

[ 58 ]

- 2分題，相當於1級程度的題目。
- 這題是依照上列說明，必須將句子順序排列的典型題目。通常在結構上，首先是提示大前提，接著對它補充說明，而後用「그래서」（因此）了結。

> **TIP**
> 在讀的程中，應該最集中看第一句（大前提）是什麼。

## 實戰練習

※ [57~58] 다음을 순서대로 맞게 나열한 것을 고르십시오.

57. (3점)

> (가) 짐은 어젯밤에 다 준비해 놓았습니다.
> (나) 그래서 아침부터 바빴습니다.
> (다) 오늘은 이사를 가는 날입니다.
> (라) 새집으로 이사 갈 생각을 하니 기쁩니다.

① (가)-(라)-(다)-(나)   ② (나)-(라)-(가)-(다)
③ (다)-(나)-(가)-(라)   ④ (다)-(가)-(라)-(나)

58. (2점)

> (가) 우리 집에는 여러 동물들이 있습니다.
> (나) 그래서 친구들이 자주 우리집에 놀러 옵니다.
> (다) 집안에서는 개와 고양이가 가족처럼 같이 삽니다.
> (라) 또 마당에는 귀여운 토끼도 키웁니다.

① (가)-(다)-(라)-(나)   ② (다)-(나)-(라)-(가)
③ (다)-(가)-(라)-(나)   ④ (라)-(나)-(가)-(다)

## 題型分析

※ [57～58] 請選出下列排列順序正確的選項。

57. (3점) ( 3分)

> (가) 짐은 어젯밤에 다 준비해 놓았습니다.    설명
>      行李昨晚都準備好了。
>
> (나) 그래서 아침부터 바빴습니다.    연결
>      所以從早上就開始忙了。
>
> (다) 오늘은 이사를 가는 날입니다.    사건(전제)
>      今天是搬家的日子。
>
> (라) 새집으로 이사 갈 생각을 하니 기쁩니다.    결론
>      一想到要搬進新家就很高興。

① (가)-(라)-(다)-(나)      ② (나)-(라)-(가)-(다)
❸ (다)-(나)-(가)-(라)      ④ (다)-(가)-(나)-(라)

>     (다)는 전체 글의 대전제입니다. (나)의 '그래서'는 (다)의 결과입니다. (가)는 이사에 필요한 준비가 다 됐다는 보충 설명입니다. (라)는 마지막으로 이사에 대한 심정을 표현한 것입니다.
>     (다)是整個句子的大前提。(나)的「그래서」（因此）是(다)的結果。(가)是做好了搬家所需準備的補充說明。(라)是最後表示對搬家的心情。答案是③。

58. (2점)（2分）

> (가) 우리 집에는 여러 동물들이 있습니다.　　사건
> 　　　我們家有各種動物。
> (나) 그래서 친구들이 자주 우리집에 놀러 옵니다.　결론
> 　　　所以朋友們常常來我家玩。
> (다) 집안에서는 개와 고양이가 가족처럼 같이 삽니다.　설명1
> 　　　在家裡，狗和貓像家人一樣住在一起。
> (라) 또 마당에는 귀여운 토끼도 키웁니다.　　설명2
> 　　　而且在院子裡養可愛的兔子。

❶ (가)-(다)-(라)-(나)　　　　② (다)-(나)-(라)-(가)
③ (다)-(가)-(라)-(나)　　　　④ (라)-(나)-(가)-(다)

　　(가)는 전체 글의 대전제입니다. (다)와 (라)는 (가)에 대한 보충 설명입니다. 그런데 (라)에 '또'라는 부사가 있기 때문에 순서상으로 보면 (다)-(라)가 맞습니다. (나)에 쓰인 '그래서'는 결론을 표시하기 때문에 마지막에 놓여야 합니다.
　　(가)是整篇文章的大前提。(다)和(라)是對(가)的補充說明。不過因為(라)裡有「또」（又）這樣的副詞，所以順序上是(다)-(라)才對。(나)上的「그래서」（因此）表示結論應該放在最後。答案是①。

# 第三週

## 模擬考試

◎TOPIK I 第1回模擬考試

　聽力

　閱讀

◎TOPIK I 第2回模擬考試

　聽力

　閱讀

第1回

# 한국어능력시험
# (실전 모의고사)

## TOPIK I

| 1교시 | 듣기, 읽기 (Listening, Reading) |

| 수험번호(Registration No.) | |
|---|---|
| 이 름 (Name) 한국어(Korea) | |
| 영 어(English) | |

▶ MP3-32

# 유의사항
## Information

1. 시험 시작 지시가 있을 때까지 문제를 풀지 마십시오.
   Do not open the booklet until you are allowed to start.

2. 수험번호와 이름을 정확하게 적어 주십시오.
   Write your name and registration number on the answer sheet.

3. 답안지를 구기거나 훼손하지 마십시오.
   Do not fold the answer sheet; keep it clean.

4. 답안지의 이름, 수험번호 및 정답의 기입은 배부된 펜을 사용하여 주십시오.
   Use the given pen only.

5. 정답은 답안지에 정확하게 표시하여 주십시오.
   Mark your answer accurately and clearly on the answer sheet.

   marking example   ① ● ③ ④

6. 문제를 읽을 때에는 소리가 나지 않도록 하십시오.
   Keep quiet while answering the questions.

7. 질문이 있을 때에는 손을 들고 감독관이 올 때까지 기다려 주십시오.
   When you have any questions, please raise your hand.

# TOPIK I 듣기(1번 ~ 30번)

※ [1~4] 다음을 듣고 <보기>와 같이 물음에 알맞은 대답을 고르십시오. ▶MP3-33

───── ⟨ 보기 ⟩ ─────

가 : 가방이에요?
나 : _____

❶ 네, 가방이에요.                ② 네, 가방이 작아요.
③ 아니요, 가방을 사요.          ④ 아니요, 가방이 없어요.

1. (4점)
   ① 네, 공부가 아니에요.        ② 네, 공부가 재미있어요.
   ③ 아니요, 공부가 쉬워요.      ④ 아니요, 공부가 좋아요.

2. (4점) ▶MP3-34
   ① 네, 점심이 없어요.          ② 네, 점심이 싫어요.
   ③ 아니요, 점심을 몰라요.      ④ 아니요, 점심을 안 먹어요.

3. (3점) ▶MP3-35
   ① 늦게 갔어요.                ② 동생이 갔어요.
   ③ 시장에 갔어요.              ④ 오후에 갔어요.

4. (3점) ▶MP3-36
   ① 가끔 가요.                  ② 값이 싸요.
   ③ 과일을 팔아요.              ④ 쇼핑을 좋아해요.

※ [5~6] 다음을 듣고 <보기>와 같이 이어지는 말을 고르십시오. ▶MP3-37

─────────────── 〈 보기 〉 ───────────────

가 : 많이 파세요.
나 : _____

① 좋습니다.　　　　　　② 맛있습니다.
❸ 고맙습니다.　　　　　④ 잘 먹겠습니다.

5. (4점)
　① 아니에요.　　　　　　② 어려워요.
　③ 좋겠어요.　　　　　　④ 미안해요.

6. (3점) ▶MP3-38
　① 좀 쉬세요.　　　　　　② 잘 알겠어요.
　③ 네, 괜찮아요.　　　　　④ 네, 안녕히 계세요.

※ [7~10] 여기는 어디입니까? <보기>와 같이 알맞은 것을 고르십시오. ▶MP3-39

─────────────── 〈 보기 〉 ───────────────

가 : 우표 한 장 주세요.
나 : 여기 있습니다.

① 공원　　　② 병원　　　③ 학교　　　❹ 우체국

7. (3점)
　① 학원　　　② 꽃집　　　③ 시장　　　④ 운동장

8. (3점) ▶MP3-40
　① 바다　　　② 극장　　　③ 은행　　　④ 서점

153

9. (3점) ▶MP3-41
    ① 공원        ② 회사        ③ 옷가게        ④ 박물관

10. (4점) ▶MP3-42
    ① 정류장      ② 백화점      ③ 주유소        ④ 미술관

※ [11~14] 다음은 무엇에 대해 말하고 있습니까? <보기>와 같이 알맞은 것을 고르십시오. ▶MP3-43

〈 보기 〉

가 : 몇 권이에요?
나 : 모두 세 권이에요.

❶ 책          ② 사람        ③ 주소          ④ 음식

11. (3점)
    ① 집          ② 가족        ③ 공책          ④ 이름

12. (3점) ▶MP3-44
    ① 시간        ② 선물        ③ 직장          ④ 장소

13. (4점) ▶MP3-45
    ① 교통        ② 직업        ③ 고향          ④ 친구

14. (3점) ▶MP3-46
    ① 날씨        ② 취미        ③ 건강          ④ 방학

※ [15~16] 다음 대화를 듣고 알맞은 그림을 고르십시오. (각 4점) ▶MP3-47

15. ①　　　　　　　　　　②

③　　　　　　　　　　④

16. ▶MP3-48

①　　　　　　　　　　②

③　　　　　　　　　　④

※ [17~21] 다음을 듣고 <보기>와 같이 대화 내용과 같은 것을 고르십시오. (각 3점)
▶ MP3-49

〈 보기 〉

남자 : 학교가 언제 개학해요?
여자 : 내일부터 수업을 시작해요.

❶ 여자는 학생입니다.　　　② 남자는 선생님입니다.
③ 여자는 오늘 수업합니다.　　④ 남자는 내일 개학합니다.

17. ① 여자는 자주 놀러 갑니다.
　　② 여자는 외국 친구가 있습니다.
　　③ 남자는 이번 휴가에 쉬지 않습니다.
　　④ 남자는 휴가 때 책을 읽으려고 합니다.

18. ▶ MP3-50
　　① 여자는 시청에 갈 겁니다.
　　② 남자는 지하철을 타러 갑니다.
　　③ 남자는 30분 동안 이야기를 합니다.
　　④ 여자는 남자에게 같이 가자고 합니다.

19. ▶ MP3-51
　　① 남자는 오늘 여자를 돕습니다.
　　② 남자는 어제 이사를 했습니다.
　　③ 여자는 어제 이삿짐을 옮겼습니다.
　　④ 여자는 오늘 어려운 일이 있습니다.

20. ▶ MP3-52
　　① 남자는 상에 수저를 놓습니다.
　　② 여자는 식사를 늦게 할 겁니다.
　　③ 남자는 지금부터 찌개를 끓입니다.
　　④ 여자는 혼자서 모든 준비를 다 합니다.

21. ▶MP3-53
　① 남자는 선물을 사고 있습니다.
　② 여자는 선물을 받고 싶어합니다.
　③ 남자는 갖고 싶은 물건이 있습니다.
　④ 여자는 부모님 선물 때문에 고민입니다.

※ [22~24] 다음을 듣고 <u>여자의 중심 생각</u>을 고르십시오. (각 3점) ▶MP3-54

22. ① 요즘 힘든 일이 많습니다.
　② 혼자 사는 것이 더 좋습니다.
　③ 부모님하고 같이 살면 편합니다.
　④ 대학교를 졸업하면 따로 살아야 합니다.

23. ▶MP3-55
　① 야채가 고기보다 맛있습니다.
　② 안 먹는 음식을 더 시키면 안 됩니다.
　③ 음식을 골고루 먹어야 건강에 좋습니다.
　④ 고기를 먹을 때는 건강을 생각해야 합니다.

24. ▶MP3-56
　① 비싼 것이 꼭 좋은 건 아닙니다.
　② 백화점에 가서 쇼핑을 하고 싶습니다.
　③ 백화점에서 파는 물건은 모두 비쌉니다.
　④ 시장에 가면 특별한 가방을 살 수 있습니다.

※ [25~26] 다음을 듣고 물음에 답하십시오. ▶MP3-57

25. 여자가 왜 이 이야기를 하고 있는지 고르십시오. (3점)
    ① 행사 장소를 말해 주려고
    ② 날짜 변경을 알려 주려고
    ③ 행사 내용을 정하고 싶어서
    ④ 많은 사람의 신청을 받고 싶어서

26. 들은 내용과 같은 것을 고르십시오. (4점) ▶MP3-58
    ① 행사는 두 주일 동안 열립니다.
    ② 토요일에 행사 신청을 받습니다.
    ③ 다음 주에는 행사 장소가 바뀝니다.
    ④ 이번 주 토요일에는 비가 올 예정입니다.

※ [27~28] 다음을 듣고 물음에 답하십시오. ▶MP3-59

27. 두 사람이 무엇에 대해 이야기를 하고 있는지 고르십시오. (3점)
    ① 먹기 좋은 음식
    ② 병원에 가는 이유
    ③ 문병 갈 때 살 물건
    ④ 편의점에서 파는 과일

28. 들은 내용으로 맞는 것을 고르십시오. (4점) ▶MP3-60
    ① 여자는 문병을 간 적이 있습니다.
    ② 남자는 편의점에서 물건을 샀습니다.
    ③ 여자는 남자와 같이 문병을 갈 겁니다.
    ④ 남자는 여자에게 가져 갈 물건을 추천했습니다.

※ [29~30] 다음을 듣고 물음에 답하십시오. ▶MP3-61

29. 남자가 이 책을 쓴 이유를 고르십시오. (3점)

① 강연을 다니기 위해서

② 잘 팔리는 책을 쓰고 싶어서

③ 정성이 들어간 음식을 소개하고 싶어서

④ 어릴 때부터 음식 종류에 대해 관심이 있어서

30. 들은 내용과 같은 것을 고르십시오. (4점) ▶MP3-62

① 남자는 늘 정성이 담긴 음식을 만듭니다.

② 남자는 책이 잘 팔려 바쁘게 살고 있습니다.

③ 남자는 할머니에게 음식을 배운 적이 있습니다.

④ 남자는 경기도 음식을 전문적으로 연구할 겁니다.

# TOPIK I 읽기(31번 ~ 70번)

※ [31~33] 무엇에 대한 이야기입니까? <보기>와 같이 알맞은 것을 고르십시오. (각 2점)

─── 〈 보기 〉 ───

**눈이 옵니다. 춥습니다.**

❶ 날씨    ② 얼굴    ③ 나라    ④ 직장

31.

아버지는 시계를 줍니다. 어머니는 신발을 줍니다.

① 취미    ② 친척    ③ 요일    ④ 선물

32.

한국어를 배웁니다. 조금 어렵습니다.

① 일    ② 나이    ③ 공부    ④ 교실

33.

가게에서 사과를 팝니다. 바나나도 팝니다.

① 값    ② 과일    ③ 시간    ④ 학교

※ [34~39] <보기>와 같이 (    )에 들어갈 가장 알맞은 것을 고르십시오.

〈 보기 〉

(        )에 갑니다. 비행기를 탑니다.

❶ 공항　　② 호텔　　③ 백화점　　④ 기차역

34. (2점)

텔레비전이 재미없습니다. 그래서 라디오를 (        ).

① 봅니다　　② 합니다　　③ 먹습니다　　④ 듣습니다

35. (2점)

배가 고픕니다. 그런데 (        )이 없습니다.

① 밥　　② 책　　③ 수건　　④ 우산

36. (2점)

낮잠을 잡니다. 한 시간(        ) 잡니다.

① 도　　② 에　　③ 이　　④ 만

37. (3점)

제 동생은 일곱 살입니다. (        ) 학생이 아닙니다.

① 아직　　② 이미　　③ 아주　　④ 항상

38. (3점)

| 어제는 (         ). 그래서 감기에 걸렸습니다. |

① 아팠습니다　② 맑았습니다　③ 추웠습니다　④ 편안했습니다

39. (2점)

| 에어컨을 끕니다. 선풍기를 (         ). |

① 삽니다　　② 켭니다　　③ 씁니다　　④ 닫습니다

※ [40~42] 다음을 읽고 맞지 <u>않는</u> 것을 고르십시오. (각 3점)

40.

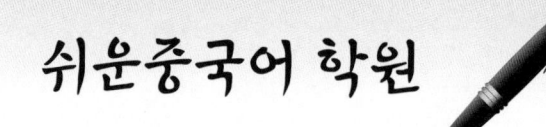

**쉬운중국어 학원**

◎위치 : 학교 정문 건너편 3층
◎수업시간 : 월요일~금요일
　　오전반/ 오후반/ 저녁반

① 주말에 쉽니다.
② 삼 층에 있습니다.
③ 날마다 수업을 합니다.
④ 저녁에도 수업이 있습니다.

41.

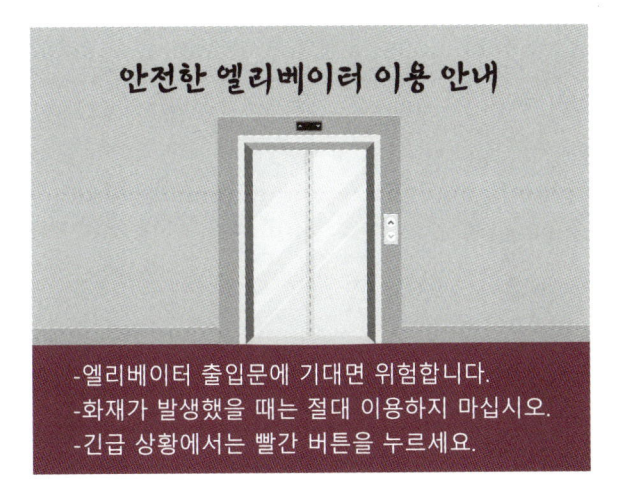

**안전한 엘리베이터 이용 안내**

- 엘리베이터 출입문에 기대면 위험합니다.
- 화재가 발생했을 때는 절대 이용하지 마십시오.
- 긴급 상황에서는 빨간 버튼을 누르세요.

① 출입문에 기대도 됩니다.
② 불이 나면 엘리베이터를 타지 않습니다.
③ 사고가 나면 빨간 버튼을 눌러야 합니다.
④ 엘리베이터는 안전하게 이용해야 합니다.

42.

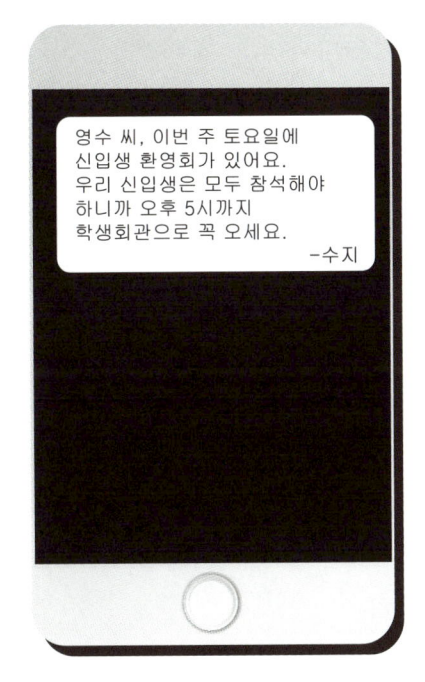

영수 씨, 이번 주 토요일에 신입생 환영회가 있어요. 우리 신입생은 모두 참석해야 하니까 오후 5시까지 학생회관으로 꼭 오세요.
                                                    -수지

① 수지 씨는 학교 신입생입니다.
② 영수 씨는 지금 학생회관에 있습니다.
③ 영수 씨와 수지 씨는 토요일에 만납니다.
④ 수지 씨는 신입생 환영회에 참석할 겁니다.

※ [43~45] 다음의 내용과 같은 것을 고르십시오.

43. (3점)

> 저는 일주일에 한 번씩 서점에 갑니다. 거기에서 새로 나온 책을 보고 가끔 커피도 마십니다. 즐겁고 행복한 시간입니다.

① 저는 서점을 좋아합니다.
② 저는 매일 서점에 갑니다.
③ 저는 새로 나온 책을 삽니다.
④ 저는 커피를 마시며 책을 봅니다.

44. (2점)

> 어제 처음 한국 친구 집에 갔습니다. 친구는 맛있는 떡볶이를 준비했습니다. 우리는 같이 음식을 먹고 한국어 공부를 했습니다.

① 저는 오늘 친구 집에 갔습니다.
② 친구는 떡볶이를 준비했습니다.
③ 친구는 떡볶이를 못 먹었습니다.
④ 저는 집에서 한국어를 공부합니다.

45. (3점)

> 10월에는 한강에서 불꽃놀이 행사가 있습니다. 한 시간 넘게 여러 가지 모양의 불꽃을 볼 수 있어서 많은 사람들이 구경하러 옵니다.

① 행사는 십일월에 합니다.
② 행사는 한 시 후에 끝납니다.
③ 행사에 사람들이 아주 많습니다.
④ 사람들이 한강에 많이 놀러 옵니다.

※ [46~48] 다음을 읽고 중심 생각을 고르십시오.

46. (3점)

> 저는 여행을 좋아합니다. 방학이 되면 산이나 바다로 여행을 갑니다. 이번 여름방학에는 바닷가로 여행을 가려고 합니다.

① 저는 방학을 기다립니다.
② 저는 바다를 더 좋아합니다.
③ 저는 빨리 여행을 가고 싶습니다.
④ 저는 여름방학을 제일 좋아합니다.

47. (3점)

> 저는 어제 마지막 한국어 수업을 했습니다. 일 년 동안 같이 공부했던 친구들과 헤어지게 됐습니다. 너무 슬퍼서 울었습니다.

① 저는 슬픈 일이 너무 많았습니다.
② 저는 친구들을 만나서 좋았습니다.
③ 저는 한국어를 계속 공부하고 싶습니다.
④ 저는 같은 반 친구들과 헤어져서 울었습니다.

48. (2점)

> 동네에 새로 생긴 이탈리아 식당이 있습니다. 분위기도 좋고 맛도 최고입니다. 그래서 저는 친구들과 꼭 이 식당에서 약속을 합니다.

① 저는 친구들을 좋아합니다.
② 저는 새 식당이 마음에 듭니다.
③ 저는 이탈리아에 가고 싶습니다.
④ 저는 새 식당이 생기면 좋겠습니다.

※ [49~50] 다음을 읽고 물음에 답하십시오. (각 2점)

> 올 여름에 친구들하고 해외 여행을 가기로 했습니다. 그런데 저만 여권이 없었습니다. 그래서 오늘 여권을 신청할 때 필요한 ( ㉠ ). 사진이 나오면 바로 가까운 구청에 가서 신청을 하려고 합니다. 처음으로 가는 해외 여행이어서 정말 기대가 됩니다.

49. ㉠에 들어갈 알맞은 말을 고르십시오.
① 사진이 많습니다
② 사진이 아닙니다
③ 사진을 사겠습니다
④ 사진을 찍으러 갑니다

50. 이 글의 내용과 같은 것을 고르십시오.
① 저는 이미 여권을 신청했습니다.
② 저는 외국에서 사진을 찍었습니다.
③ 저는 처음으로 외국 여행을 갑니다.
④ 저는 친구들하고 같이 구청에 갈 겁니다.

※ [51~52] 다음을 읽고 물음에 답하십시오.

> 박물관에 가면 쉴 수 있는 공간이 적습니다. ( ㉠ ) 옷과 신발은 편한 것을 선택하는 것이 좋습니다. 전시실 안에서 사진을 찍는 것은 자유롭지만 전시물에 영향을 주거나 다른 사람의 관람을 방해할 수 있는 플래시와 삼각대는 사용할 수 없습니다.

51. ㉠에 들어갈 알맞은 말을 고르십시오. (3점)
    ① 그래서   ② 그래도
    ③ 그런데   ④ 그러나

52. 무엇에 대한 이야기인지 고르십시오. (2점)
    ① 박물관의 위치
    ② 박물관의 전시물
    ③ 박물관에서 사진 찍는 법
    ④ 박물관에서 조심해야 할 일

※ [53~54] 다음을 읽고 물음에 답하십시오.

> 저는 사회에서 성공한 사람이 되고 싶습니다. 그래서 이 회사에 들어왔습니다. 회사가 아주 크거나 유명하지는 않지만 회사가 가지고 있는 기술은 이미 정상 수준입니다. 저는 이 기술을 더욱 발전시켜서 우리 회사를 전세계에서 최고로 ( ㉠ ) 회사로 만들고 싶은 꿈을 가지고 있습니다.

53. ㉠에 들어갈 알맞은 말을 고르십시오. (2점)
① 복잡한  ② 어려운
③ 훌륭한  ④ 조그만

54. 이 글의 내용과 같은 것을 고르십시오. (3점)
① 저는 이 회사에 다니지 않습니다.
② 저는 크고 유명한 회사를 선택하였습니다.
③ 저는 자신이 가진 기술이 최고라고 생각합니다.
④ 저는 이 회사를 세계적인 회사로 만들고 싶습니다.

※ [55~56] 다음을 읽고 물음에 답하십시오.

> 집에서 고양이를 키울 수 없는 사람은 고양이 카페에서 고양이와 ( ㉠ ) 수 있습니다. 이곳에 들어가면 여기저기 귀엽고 예쁜 고양이들이 보입니다. 고양이와 친해지기 위해서는 고양이 간식을 주면서 익숙해져야 합니다. 무릎에 앉은 고양이를 만지고 안을 수 있는 시간이 정말 즐겁습니다.

55. ㉠에 들어갈 알맞은 말은 고르십시오. (2점)
　① 주인이 같이 살　　　② 맛있는 간식을 줄
　③ 즐거운 시간을 보낼　④ 편안하게 음식을 먹을

56. 이 글의 내용과 같은 것을 고르십시오. (3점)
　① 고양이 카페에서 고양이와 놀 수 있습니다.
　② 고양이 카페는 고양이를 빌려 주는 곳입니다.
　③ 고양이에게 줄 간식은 직접 가지고 가야 합니다.
　④ 고양이 카페에서 친해진 고양이는 키울 수 있습니다.

※ [57~58] 다음을 순서대로 맞게 나열한 것을 고르십시오.

57. (3점)

(가) 그래도 눈이 내리면 아름답습니다.
(나) 이번 겨울에는 눈이 많이 왔으면 좋겠습니다.
(다) 그리고 내리는 눈을 보고 있으면 기분이 좋아집니다.
(라) 한국의 겨울은 아주 춥습니다.

① (가)-(다)-(나)-(라)  ② (나)-(다)-(라)-(가)
③ (다)-(라)-(가)-(나)  ④ (라)-(가)-(다)-(나)

58. (2점)

(가) 비빔밥에는 여러 가지 나물이 들어 있습니다.
(나) 거기에 고추장과 참기름을 넣고 비벼야 맛있습니다.
(다) 비빔밥은 한국의 전통 음식 중 하나입니다.
(라) 그래서 비빔밥은 맛도 좋고 건강에도 좋은 음식입니다.

① (가)-(다)-(라)-(나)  ② (나)-(다)-(가)-(라)
③ (다)-(가)-(나)-(라)  ④ (라)-(가)-(다)-(나)

※ [59~60] 다음을 읽고 물음에 답하십시오.

> 우리 학교의 학생은 모두 다 외국에서 온 사람들입니다. ( ㉠ ) 우리 반은 초급반이라서 한국말을 잘하지 못합니다. ( ㉡ ) 그래서 선생님이 수업 중에 질문을 할 때 대답을 전혀 하지 못하는 학생도 있습니다. ( ㉢ ) 선생님은 친절한 표정으로 정확한 대답을 알려주거나 틀린 곳을 올바르게 고쳐줍니다. ( ㉣ )

59. 다음 문장이 들어갈 곳을 고르십시오 (2점)

> 틀린 대답을 하는 학생도 많습니다.

① ㉠　　　　② ㉡　　　　③ ㉢　　　　④ ㉣

60. 이 글의 내용과 같은 것을 고르십시오. (3점)

① 우리 반은 모두 한국말 실력이 좋습니다.
② 우리는 학교에서 한국말을 배우고 있습니다.
③ 수업 시간에 대답을 못 하는 학생이 많지 않습니다.
④ 선생님은 우리 반 학생들에게 친절하게 질문을 합니다.

※ [61~62] 다음을 읽고 물음에 답하십시오. (각 2점)

> 저는 자전거 타기를 좋아합니다. 그러나 1년 전만 해도 자전거를 전혀 타지 못했습니다. 타다가 넘어지면 ( ㉠ ) 무서웠기 때문입니다. 저는 친구들과 자전거 소풍을 가고 싶어서 형에게 자전거 타는 법을 배웠습니다. 그리고 매일 학교 운동장에 가서 혼자 연습했습니다.

61. ㉠에 들어갈 알맞은 말을 고르십시오.
    ① 다치고
    ② 다칠까 봐
    ③ 다친 후에
    ④ 다치는 대신

62. 이 글의 내용과 같은 것을 고르십시오.
    ① 저는 형 앞에서 연습했습니다.
    ② 저는 연습할 때 너무 무서웠습니다.
    ③ 저는 1년 전부터 자전거를 타기 시작했습니다.
    ④ 자전거를 탈 때 친구들이 옆에서 가르쳐 주었습니다.

※ [63~64] 다음을 읽고 물음에 답하십시오.

> 받는 사람 : 0911001@hanguk.com; 0911002@hanguk.com; ...
> 보낸 사람 : kys@hanguk.com
> 제      목 : 학과 체육대회
>
> 한국대학교 한국어학과 학생 여러분, 안녕하십니까?
> 　다음 달 4월 15일에 학과 체육대회를 할 예정입니다. 4월 10일까지 저희 한국어학과 홈페이지에 들어 오셔서 축구와 농구, 발야구 중 하나를 선택하시면 됩니다. 될 수 있으면 학과의 모든 학생들이 다 참가하기 바랍니다.
>
> 한국대학교 한국어학과

63. 왜 이 글을 썼는지 맞는 것을 고르십시오. (2점)
　① 체육대회 참가를 부탁하려고
　② 체육대회에 신청하고 싶어서
　③ 좋아하는 운동을 알고 싶어서
　④ 체육대회가 열리는 날짜를 확인하려고

64. 이 글의 내용과 같은 것을 고르십시오. (3점)
　① 이번 달에 체육대회를 합니다.
　② 학교 홈페이지를 이용해야 합니다.
　③ 다음 달 10일까지 신청할 수 있습니다.
　④ 학과의 모든 학생이 다 체육대회에 참가합니다.

※ [65~66] 다음을 읽고 물음에 답하십시오.

> 사람은 충분히 잠을 자야 건강을 유지할 수 있습니다. 그런데 여러 가지 이유로 잠이 잘 안 올 때가 있습니다. 이럴 때 따뜻한 물에 샤워를 하면 효과가 있습니다. 샤워로 체온이 올랐다가 떨어지면서 자연스럽게 잠이 오기 때문입니다. 잠이 안 온다고 휴대전화를 ( ㉠ ) 컴퓨터 게임을 하면 안됩니다. 이런 행동들은 뇌에 자극을 주어 오히려 잠을 쫓아버립니다.

65. ㉠에 들어갈 알맞은 말을 고르십시오. (2점)
① 보지만
② 보거나
③ 보는데
④ 보더니

66. 이 글의 내용과 같은 것을 고르십시오. (3점)
① 건강하려면 충분히 잠을 자야 합니다.
② 따뜻한 물에 샤워를 하면 체온이 떨어집니다.
③ 컴퓨터 게임을 할 때 잠을 자지 말아야 합니다.
④ 뇌에 자극을 주면 오히려 더 편안하게 잠이 옵니다.

※ [67~68] 다음을 읽고 물음에 답하십시오. (각 3점)

> 한국에서 가장 큰 명절은 설날과 추석입니다. 그 중 설날은 새로운 한 해를 시작하는 날이라서 아침에 일어나자마자 집안 어른들에게 세배를 합니다. 그러면 어른들은 '덕담'이라는 좋은 말과 함께 세뱃돈을 줍니다. 세뱃돈 속에는 어른들의 아이를 사랑하는 ( ㉠ ) 아이들은 세뱃돈을 받으면서 진심으로 감사해합니다.

67. ㉠에 들어갈 알맞은 말을 고르십시오.
① 돈이 들어 있어서
② 마음이 담겨 있어서
③ 카드가 쓰여 있어서
④ 선물이 포장돼 있어서

68. 이 글의 내용과 같은 것을 고르십시오.
① 세배는 많이 하면 할수록 좋습니다.
② 어른들은 감사해하며 세뱃돈을 줍니다.
③ 아이들은 세뱃돈을 받기 위해 세배를 합니다.
④ 설날 아침에는 어른들에게 세배를 해야 합니다.

※ [69~70] 다음을 읽고 물음에 답하십시오. (각 3점)

> 저는 학교 때문에 서울에서 혼자 삽니다. 저는 늘 고향에 계신 부모님의 ( ㉠ ). 왜냐하면 부모님의 연세가 많으시고, 다른 가족이 없이 두 분만 사시기 때문입니다. 그런데 오늘 아버지에게서 소포가 왔습니다. 그 속에는 어머니가 만드신 김치와 반찬이 들어 있었습니다. 냉장고에 음식을 넣으면서 부모님 생각에 눈물이 났습니다.

69. ㉠에 들어갈 알맞은 말을 고르십시오.
    ① 건강을 걱정합니다
    ② 생신을 잊었습니다
    ③ 친구와 같이 삽니다
    ④ 일을 많이 도와줍니다

70. 이 글의 내용으로 알 수 있는 것을 고르십시오.
    ① 부모님은 소포를 잘못 보냈습니다.
    ② 제가 사는 곳에는 김치와 반찬이 맛있습니다.
    ③ 저는 부모님과 함께 서울에서 살고 싶습니다.
    ④ 저는 소포를 받고 부모님의 사랑을 느꼈습니다.

# 한국어능력시험
# (실전 모의고사)

## TOPIK I

| 1교시 | 듣기, 읽기 (Listening, Reading) |

| 수험번호(Registration No.) | |
|---|---|
| 이 름 (Name) | 한국어(Korea) | |
| | 영 어(English) | |

▶ MP3-63

# 유의사항
## Information

1. 시험 시작 지시가 있을 때까지 문제를 풀지 마십시오.

    Do not open the booklet until you are allowed to start.

2. 수험번호와 이름을 정확하게 적어 주십시오.

    Write your name and registration number on the answer sheet.

3. 답안지를 구기거나 훼손하지 마십시오.

    Do not fold the answer sheet; keep it clean.

4. 답안지의 이름, 수험번호 및 정답의 기입은 배부된 펜을 사용하여 주십시오.

    Use the given pen only.

5. 정답은 답안지에 정확하게 표시하여 주십시오.

    Mark your answer accurately and clearly on the answer sheet.

    marking example  ① ● ③ ④

6. 문제를 읽을 때에는 소리가 나지 않도록 하십시오.

    Keep quiet while answering the questions.

7. 질문이 있을 때에는 손을 들고 감독관이 올 때까지 기다려 주십시오.

    When you have any questions, please raise your hand.

# TOPIK I 듣기(1번 ~ 30번)

※ [1~4] 다음을 듣고 <보기>와 같이 물음에 알맞은 대답을 고르십시오. ▶MP3-64

― 〈 보기 〉 ―

가 : 가방이에요?
나 : _____

❶ 네, 가방이에요.　　② 네, 가방이 작아요.
③ 아니요, 가방을 사요.　④ 아니요, 가방이 없어요.

1. (4점)
　① 네, 언니가 갔어요.　　② 네, 언니가 좋아요.
　③ 아니요, 언니가 없어요.　④ 아니요, 언니가 많아요.

2. (4점) ▶MP3-65
　① 네, 수업을 해요.　　② 네, 수업이 아니에요.
　③ 아니요, 수업에 가요.　④ 아니요, 수업이 싫어요.

3. (3점) ▶MP3-66
　① 제가 샀어요.　　② 어제 샀어요.
　③ 많이 샀어요.　　④ 가게에서 샀어요.

4. (3점) ▶MP3-67
　① 잘 자요.　　② 내일 먹어요.
　③ 가고 싶어요.　④ 다음 주에 만나요.

179

※ [5~6] 다음을 듣고 <보기>와 같이 이어지는 말을 고르십시오. ▶MP3-68

〈 보기 〉

가 : 많이 파세요.
나 : _____

① 좋습니다.　　　　② 맛있습니다.
❸ 고맙습니다.　　　④ 잘 먹겠습니다.

5. (4점)
　① 알겠습니다.　　　　② 안녕히 계세요.
　③ 안 계시는데요.　　 ④ 만나서 반갑습니다.

6. (3점) ▶MP3-69
　① 좋겠습니다.　　　　② 잘 먹겠습니다.
　③ 빨리 들어오세요.　 ④ 여기서 기다리겠습니다.

※ [7~10] 여기는 어디입니까? <보기>와 같이 알맞은 것을 고르십시오. ▶MP3-70

〈 보기 〉

가 : 우표 한 장 주세요.
나 : 여기 있습니다.

① 공원　　② 병원　　③ 학교　　❹ 우체국

7. (3점)
　① 극장　　② 호텔　　③ 은행　　④ 서점

8. (3점) ▶MP3-71
　① 병원　　② 회사　　③ 시장　　④ 박물관

9. (3점) ▶MP3-72
   ① 식당　　　② 약국　　　③ 빵집　　　④ 화장실

10. (4점) ▶MP3-73
    ① 기차역　　② 방송국　　③ 도서관　　④ 여행사

※ [11~14] 다음은 무엇에 대해 말하고 있습니까? <보기>와 같이 알맞은 것을 고르십시오. ▶MP3-74

〈 보기 〉

가 : 몇 권이에요?
나 : 모두 세 권이에요.

❶ 책　　　②사람　　　③ 주소　　　④ 음식

11. (3점)
    ① 가게　　　② 가격　　　③ 취미　　　④ 선물

12. (3점) ▶MP3-75
    ① 나라　　　② 가족　　　③ 이름　　　④ 고향

13. (4점) ▶MP3-76
    ① 요일　　　② 색깔　　　③ 날짜　　　④ 직업

14. (3점) ▶MP3-77
    ① 계절　　　② 휴가　　　③ 시간　　　④ 날씨

※ [15~16] 다음 대화를 듣고 알맞은 그림을 고르십시오. (각 4점) ▶MP3-78

15. ① ②  ③  ④

16. ▶MP3-79
① ②  ③  ④

※ [17~21] 다음을 듣고 <보기>와 같이 대화 내용과 같은 것을 고르십시오. (각 3점)
▶MP3-80

─── 〈 보기 〉 ───

남자 : 학교가 언제 개학해요?
여자 : 내일부터 수업을 시작해요.

❶ 여자는 학생입니다.            ② 남자는 선생님입니다.
③ 여자는 오늘 수업합니다.       ④ 남자는 내일 개학합니다.

17. ① 여자는 자주 산에 갑니다.
    ② 여자는 동호회 활동을 좋아합니다.
    ③ 남자는 한 달에 한 번씩 등산을 합니다.
    ④ 남자는 한 번도 산에 가보지 않았습니다.

18. ▶MP3-81
    ① 여자는 문을 잠갔습니다.
    ② 남자는 아이를 찾았습니다.
    ③ 남자는 문을 열려고 합니다.
    ④ 여자는 남자에게 열쇠를 줍니다.

19. ▶MP3-82
    ① 남자는 엄마의 요리를 좋아합니다.
    ② 여자는 김치찌개를 만들려고 합니다.
    ③ 두 사람은 같이 음식을 배우려고 합니다.
    ④ 두 사람은 식당에서 이야기하고 있습니다.

20. ▶MP3-83
    ① 두 사람은 기차역에 늦게 왔습니다.
    ② 두 사람은 같이 편의점에 갈 겁니다.
    ③ 남자는 한 시간 후에 기차를 타고 갑니다.
    ④ 남자는 커피숍에서 커피를 마시려고 합니다.

21. ▶MP3-84

① 남자는 구경하기를 좋아합니다.

② 여자는 버스를 처음 타 봤습니다.

③ 남자는 여행 가이드를 하고 있습니다.

④ 여자는 지금 서울을 관광하고 있습니다.

※ [22~24] 다음을 듣고 <u>여자의 중심 생각을</u> 고르십시오. (각 3점) ▶MP3-85

22. ① 해외 여행은 꼭 가야 합니다.

② 유럽에는 아름다운 곳이 많습니다.

③ 국내 여행도 해외 여행만큼 좋습니다.

④ 국내 여행을 안 가본 사람은 없습니다.

23. ▶MP3-86

① 달리기를 하면 몸에 좋습니다.

② 건강한 사람은 달리기를 해야 합니다.

③ 운동을 할 때는 운동복을 입어야 합니다.

④ 사람들이 좋아하는 운동을 하고 싶습니다.

24. ▶MP3-87

① 혼자 공부를 하고 싶습니다.

② 도서관에서 공부하기가 싫습니다.

③ 공부는 자유로운 분위기에서 해야 합니다.

④ 공부에 집중하려면 도서관에 가는 것이 좋습니다.

※ [25~26] 다음을 듣고 물음에 답하십시오. ▶MP3-88

25. 어떤 이야기를 하고 있는지 고르십시오. (3점)

　① 감사　　　② 소개　　　③ 거절　　　④ 추천

26. 들은 내용과 같은 것을 고르십시오. (4점) ▶MP3-89

　① 오늘부터 장미 축제를 시작합니다.
　② 장미 축제는 50명만 볼 수 있습니다.
　③ 놀이공원 광장에서 장미 축제를 합니다.
　④ 참가 신청을 한 모든 사람에게 기념품을 줍니다.

※ [27~28] 다음을 듣고 물음에 답하십시오. ▶MP3-90

27. 두 사람이 무엇에 대해 이야기를 하고 있는지 고르십시오. (3점)

　① 인기 있는 과목
　② 공부를 하는 이유
　③ 장학금 신청의 조건
　④ 학교에서 해야 하는 일

28. 들은 내용과 같은 것을 고르십시오. (4점) ▶MP3-91

　① 여자는 장학금을 받고 있습니다.
　② 남자는 좋은 성적을 받고 기뻐합니다.
　③ 여자는 남자에게 장학금을 주었습니다.
　④ 남자는 여자와 같이 장학금을 신청할 겁니다.

※ [29~30] 다음을 듣고 물음에 답하십시오. ▶MP3-92

29. 남자가 왜 여자를 찾아왔는지 맞는 것을 고르십시오. (3점)
　　① 예쁜 한복을 입고 싶어서
　　② 외국 손님이 한복을 좋아해서
　　③ 가게에 다양한 종류의 한복이 있어서
　　④ 한복의 인기가 높은 이유를 알고 싶어서

30. 들은 내용과 같은 것을 고르십시오. (4점) ▶MP3-93
　　① 여자는 사람들에게 한복을 빌려 줍니다.
　　② 여자는 인기가 높은 한복만 준비해 놓았습니다.
　　③ 여자는 기자를 위해 하얀색 한복을 추천했습니다.
　　④ 여자는 가게에서 여러 가지 종류의 한복을 만들었습니다.

# TOPIK I 읽기(31번 ~ 70번)

※ [31~33] 무엇에 대한 이야기입니까? <보기>와 같이 알맞은 것을 고르십시오. (각 2점)

〈 보기 〉

눈이 옵니다. 춥습니다.

❶ 날씨　　② 얼굴　　③ 나라　　④ 직장

31.

저는 반에서 제일 작습니다. 저보다 작은 친구는 없습니다.

① 키　　② 학생　　③ 사람　　④ 이름

32.

매일 바지를 입습니다. 아주 편합니다.

① 꽃　　② 옷　　③ 공부　　④ 요일

33.

우리 선생님은 스물 다섯 살입니다. 젊습니다.

① 학교　　② 직업　　③ 나이　　④ 얼굴

※ [34~39] <보기>와 같이 (    )에 들어갈 가장 알맞은 것을 고르십시오.

───── 〈 보기 〉 ─────

(    )에 갑니다. 비행기를 탑니다.

❶ 공항        ② 호텔        ③ 백화점        ④ 기차역

34. (2점)

머리가 아픕니다. 그래서 약을 (    ).

① 팝니다        ② 봅니다        ③ 합니다        ④ 먹습니다

35. (2점)

책가방을 열었습니다. 그런데 (    )이 없습니다.

① 돈        ② 빵        ③ 공책        ④ 그릇

36. (2점)

숙제를 합니다. 연필(    ) 씁니다.

① 로        ② 도        ③ 를        ④ 에서

37. (3점)

이 외투는 두껍습니다. (    ) 따뜻합니다.

① 잘        ② 매우        ③ 빨리        ④ 자주

38. (3점)

| 방이 너무 (    ). 그래서 깨끗하게 청소했습니다. |

① 넓었습니다　　② 좁았습니다　③ 더웠습니다　④ 더러웠습니다


39. (2점)

| 수업은 매일 아침 아홉 시에 시작합니다. 오후 한 시에 (    ). |

① 끝납니다　　② 앉습니다　　③ 열립니다　　④ 기다립니다


※ [40~42] 다음을 읽고 맞지 <u>않는</u> 것을 고르십시오. (각 3점)

40.

고추떡볶이

위　　　치 : 학교 정문 건너편
영업시간 : 오전 11시 ~ 오후 7시

진짜진짜 매워요

① 떡볶이를 팝니다.
② 고추처럼 맵습니다.
③ 학교 옆에 있습니다.
④ 저녁 일곱 시까지 엽니다.

41.

**새학기 교복 특가**

새 교복이 작년 가격과 똑같은 <u>200,000원</u>
할인 기간: 2020년 2월 3일(월) ~ 2월 21일(금)

교복은

예쁜교복

① 일주일 동안 할인합니다.
② 교복 가격이 이십 만원입니다.
③ 이월 이십 일일까지 할인합니다.
④ 예쁜교복 가게에서 교복을 팝니다.

42.

**어린이 음악 발표회**

강북구 초등학교 친구들의 노래와 연주
일시 : 2020년 8월 15일 토요일 오후 5시
장소 : 강북예술회관 1층

① 초등학생들의 발표회입니다.
② 토요일마다 발표회가 있습니다.
③ 이 발표회는 8월 15일 하루입니다.
④ 이 발표회는 강북예술회관에서 합니다.

※ [43~45] 다음의 내용과 같은 것을 고르십시오.

43. (3점)

> 저는 언니에게 피아노를 배우고 있습니다. 언니가 없을 때 연습을 하다 보면 자꾸 틀립니다. 빨리 언니처럼 잘 치고 싶습니다.

① 저는 가족이 없습니다.
② 저는 피아노를 잘 칩니다.
③ 저는 집에서 혼자 연습합니다.
④ 저는 언니에게 피아노를 가르칩니다.

44. (2점)

> 지난 주에 온 가족이 스키장에 갔습니다. 저는 처음으로 가 보는 스키장이었습니다. 아버지가 저에게 스키를 가르쳐 주었습니다.

① 저는 스키장이 처음이었습니다.
② 저는 이번 주에 스키장에 갔습니다.
③ 아버지는 나에게 스키를 배웠습니다.
④ 가족들은 모두 스키를 탈 줄 모릅니다.

45. (3점)

> 방학 때 학교에서 중고품 시장이 열립니다. 집에 있는 물건 중에 필요 없는 것을 가져와 팝니다. 쓸 수 없는 물건은 팔 수 없습니다.

① 시장은 여름에 엽니다.
② 시장에서 중고품을 팝니다.
③ 집에 필요 없는 물건이 많습니다.
④ 쓸 수 없는 물건을 팔아야 합니다.

※ [46~48] 다음을 읽고 중심 생각을 고르십시오.

46. (3점)

> 저는 자주 종이를 접어 동생에게 줍니다. 동생은 기뻐하며 친구들에게 자랑합니다. 방학 때는 새 종이 접기를 배워야겠습니다.

① 저는 늘 시간이 많습니다.
② 저는 새 종이 접기를 배웠습니다.
③ 저는 빨리 방학이 되면 좋겠습니다.
④ 저는 동생을 위해 종이를 접습니다.

47. (3점)

> 오늘 길에서 고등학교 동창을 만났습니다. 학교 다닐 때 사이가 안 좋았던 아이였습니다. 우리는 인사도 안 하고 헤어졌습니다.

① 저는 동창과 반갑게 만났습니다.
② 저는 다시 학교를 다니고 싶습니다.
③ 저는 동창을 만나서 마음이 불편했습니다.
④ 저는 동창이 저를 반가워서해서 좋았습니다.

48. (2점)

> 친구 동네에는 큰 공원이 있습니다. 여러 가지 운동을 할 수 있고 자전거 도로도 있습니다. 친구 동네로 이사를 가고 싶습니다.

① 저는 운동을 좋아합니다.
② 저는 큰 공원이 부럽습니다.
③ 저는 자전거를 타고 싶습니다.
④ 저는 친구 동네로 이사가려고 합니다.

※ [49~50] 다음을 읽고 물음에 답하십시오. (각 2점)

> 학교 수업이 끝나고 집에 오니 손님들이 있었습니다. 부엌에서는 어머니가 손님들을 위해 음식을 ( ㉠ ). 옆에 앉아 몰래 몇 개 집어 먹었습니다. 그런데 갑자기 배가 아프기 시작했습니다. 배가 고픈데 너무 급하게 먹다가 체한 것입니다.

49. ㉠에 들어갈 알맞은 말을 고르십시오.
    ① 만들면 안 됩니다
    ② 만들 수 있습니다
    ③ 만들지 않았습니다
    ④ 만들고 있었습니다

50. 이 글의 내용과 같은 것을 고르십시오.
    ① 저는 몰래 음식을 먹었습니다.
    ② 저는 학교에서 배가 아팠습니다.
    ③ 저는 부엌에서 어머니를 도왔습니다.
    ④ 저는 배가 너무 고파서 집에 왔습니다.

※ [51~52] 다음을 읽고 물음에 답하십시오.

> 개나리는 병과 추위에 강해서 서울의 날씨와 땅에 잘 맞는 식물입니다. 이것이 서울의 꽃으로 정한 이유입니다. 예로부터 사람들은 아침에 까치 소리를 들으면 좋은 소식이 온다고 믿었습니다. (  ㉠  ) 서울에 좋은 일만 생기라는 뜻에서 까치를 서울의 새로 정한 것입니다.

51. ㉠에 들어갈 알맞은 말을 고르십시오. (3점)
    ① 그러나
    ② 그런데
    ③ 그래서
    ④ 그리고

52. 무엇에 대한 이야기인지 맞는 것을 고르십시오. (2점)
    ① 서울의 꽃과 새
    ② 서울의 추운 날씨
    ③ 서울에서 볼 수 있는 것
    ④ 서울에서 들을 수 있는 소리

※ [53~54] 다음을 읽고 물음에 답하십시오.

> 저는 영어를 잘하고 싶습니다. 그래서 학원에서 영어를 배웁니다. 학교에서는 영어 동아리에 들어갔습니다. 동아리에는 미국에서 온 유학생이 있어서 학원에서 배운 표현을 ( ㉠ ) 연습할 수 있습니다. 우리 학교는 해마다 교환학생을 뽑습니다. 저는 다음 학기에 신청하려고 합니다.

53. ㉠에 들어갈 알맞은 말을 고르십시오. (2점)
    ① 불편하게　　　　② 간단하게
    ③ 조용하게　　　　④ 편안하게

54. 이 글의 내용과 같은 것을 고르십시오. (3점)
    ① 저는 교환학생으로 뽑혔습니다.
    ② 저는 미국에서 온 유학생입니다.
    ③ 저는 영어 동아리에서 활동합니다.
    ④ 저는 학원에서 영어 표현을 연습합니다.

※ [55~56] 다음을 읽고 물음에 답하십시오.

> 친척이나 친구가 이사를 한 후에 처음으로 (  ㉠  ) 때는 세제나 휴지를 선물합니다. 세제는 쓸 때 생기는 거품처럼 초대한 사람이 큰 부자가 되기를 바라는 의미입니다. 휴지는 모든 일이 잘 풀리라는 의미가 있습니다. 이런 물건에는 초대해준 것에 감사하고 행복을 생각하는 마음이 들어 있습니다.

55. ㉠에 들어갈 알맞은 말은 고르십시오. (2점)
① 선물이 좋을
② 초대를 했을
③ 선물을 받았을
④ 초대한 사람이 많을

56. 이 글의 내용과 같은 것을 고르십시오. (3점)
① 휴지는 부자가 되는 것을 의미합니다.
② 세재가 있으면 모든 일이 다 잘 됩니다.
③ 새 집에 갈 때는 선물을 준비해야 합니다.
④ 처음 이사를 하면 자기 가족만 초대합니다.

※ [57~58] 다음을 순서대로 맞게 나열한 것을 고르십시오.

57. (2점)

(가) 아침에는 날씨가 맑았습니다.
(나) 그래서 우산을 챙기지 않았습니다.
(다) 집에 가는 중에 온몸이 젖어 버렸습니다.
(라) 그런데 오후에 갑자기 비가 왔습니다.

① (가)-(나)-(라)-(다)    ② (나)-(다)-(가)-(라)
③ (다)-(라)-(가)-(나)    ④ (라)-(다)-(나)-(가)


58. (3점)

(가) 바꾸려고 회사에 전화를 했습니다.
(나) 받아서 입어 보니 조금 작았습니다.
(다) 인터넷에서 치마를 샀습니다.
(라) 그런데 아무도 전화를 받지 않았습니다.

① (가)-(다)-(라)-(나)    ② (나)-(다)-(가)-(라)
③ (다)-(가)-(나)-(라)    ④ (다)-(나)-(가)-(라)

※ [59~60] 다음을 읽고 물음에 답하십시오.

> 제 친구는 백화점 구경하는 것을 아주 좋아합니다. ( ㉠ ) 특별한 행사가 없어도 백화점에 가서 여기저기 둘러봅니다. ( ㉡ ) 그러나 저는 전통시장을 더 좋아합니다. ( ㉢ ) 장사하시는 분들이 가까운 친척처럼 친절하게 대해 주기 때문입니다. ( ㉣ ) 제가 학생인 것을 알고 물건값을 깎아 줄 때도 있습니다.

59. 다음 문장이 들어갈 곳을 고르십시오. (2점)

> 전통시장에서는 따뜻한 정을 느낄 수 있습니다.

① ㉠　　　　② ㉡　　　　③ ㉢　　　　④ ㉣

60. 이 글의 내용과 같은 것을 고르십시오. (3점)
① 학생은 물건값을 깎아 주기도 합니다.
② 전통시장에는 가까운 친척이 많습니다.
③ 백화점에는 특별한 행사가 있어서 좋습니다.
④ 친구와 저는 전통시장 구경하는 것을 싫어합니다.

※ [61~62] 다음을 읽고 물음에 답하십시오. (각 2점)

> 친구하고 약속을 했는데 어쩔 수 없이 ( ㉠ ) 경우가 있습니다. 그럴 때는 친구에게 미리 사정 얘기를 하고 취소해야 합니다. 적어도 몇 시간 전에는 알려주는 것이 좋습니다. 만약 급하게 취소하는 것이라면 꼭 전화나 문자로 용서를 구해야 합니다.

61. ㉠에 들어갈 알맞은 말을 고르십시오.
① 지켜야 하는
② 지킬 수 있는
③ 지키지 못하는
④ 지키려고 하면

62. 이 글의 내용과 같은 것을 고르십시오.
① 약속은 지키지 않아도 괜찮습니다.
② 사정을 얘기하면 친구가 용서해 줍니다.
③ 급한 일이 있어도 약속을 취소하면 안 됩니다.
④ 약속을 취소할 때는 친구에게 미리 알려줘야 합니다.

※ [63~64] 다음을 읽고 물음에 답하십시오.

> 받는 사람 : ghk@minguk.com
> 보낸 사람 : service@hanguk.com
> 제     목 : 비행기표 환불 안내
>
> 고객 여러분 안녕하십니까? 한국항공에서 알려 드립니다. 태풍으로 인해 고객님의 일정이 취소되었습니다. 홈페이지의 '나의 예약'에서 취소된 일정을 확인하시고 오늘부터 환불을 신청하시면 되겠습니다. 문의 전화가 너무 많아서 직접 통화는 어렵습니다. 죄송하지만 홈페이지를 이용해 주시기 바랍니다.

63. 왜 이 글을 썼는지 맞는 것을 고르십시오. (2점)
① 새로 예약을 하려고
② 일정을 확인하고 싶어서
③ 홈페이지를 바꾸고 싶어서
④ 비행기표 환불 방법을 알려주려고

64. 이 글의 내용과 같은 것을 고르십시오. (3점)
① 태풍으로 일정이 바뀌었습니다.
② 오늘까지 환불이 다 끝났습니다.
③ 홈페이지에서 환불을 신청해야 합니다.
④ 항공사에 전화해서 일정을 취소할 수 있습니다.

※ [65~66] 다음을 읽고 물음에 답하십시오.

> 식초는 신맛이 나는 양념입니다. 김밥을 만들 때나 생선요리 위에 뿌리면 맛도 좋아지고 식중독도 예방할 수 있습니다. 그런데 식초는 맛을 내는 데만 쓰는 것은 아닙니다. 심한 운동을 한 후 물에 식초를 적당량 (　㉠　) 목욕을 하면 피로가 풀리는 효과가 있습니다. 식초는 비만을 예방하고 체중을 감소시키는 역할을 합니다. 또 몸 속의 유해한 물질을 배출시키는 기능도 있습니다.

65. ㉠에 들어갈 알맞은 말을 고르십시오. (2점)
    ① 넣어서　　　　　② 넣으면
    ③ 넣지만　　　　　④ 넣어도

66. 이 글의 내용과 같은 것을 고르십시오. (3점)
    ① 목욕물에 식초를 넣으면 피로가 풀립니다.
    ② 식초를 넣은 음식은 식중독이 생길 수 있습니다.
    ③ 뚱뚱한 사람은 식초를 넣은 음식이 좋지 않습니다.
    ④ 식초가 몸 속에 들어가면 유해한 물질로 변합니다.

※ [67~68] 다음을 읽고 물음에 답하십시오. (각 3점)

> 쓰레기를 버리는 방법은 조금 복잡합니다. 먼저 재활용할 수 있는 것과 재활용할 수 없는 것을 나눕니다. 재활용할 수 없는 것은 쓰레기 봉투에 넣어서 버려야 합니다. 재활용할 수 있는 것은 비슷한 종류끼리 나누어서 재활용 쓰레기통에 버립니다. 처음에는 쓰레기를 나누어서 버리는 (   ㉠   ) 환경을 생각하면 반드시 해야 하는 일입니다.

67. ㉠에 들어갈 알맞은 말을 고르십시오.
① 봉투가 많지만
② 일이 귀찮지만
③ 사람들이 없지만
④ 재활용이 당연하지만

68. 이 글의 내용과 같은 것을 고르십시오.
① 쓰레기는 아무 쓰레기통에 버려도 됩니다.
② 재활용 쓰레기는 쓰레기 봉투에 넣습니다.
③ 비슷한 종류의 쓰레기는 재활용할 수 있습니다.
④ 재활용할 수 있는 쓰레기는 나누어서 버려야 합니다.

※ [69~70] 다음을 읽고 물음에 답하십시오. (각 3점)

> 저희 부모님은 작년에 은퇴하시고 올 봄에 시골로 이사를 가셨습니다. 그런데 저는 직장 때문에 부모님을 따라 갈 수가 없었습니다. 할 수 없이 따로 방을 구해서 ( ㉠ ). 저는 밥이나 빨래를 한번도 해 본 적이 없었습니다. 그래서 살기가 아주 힘듭니다. 저는 부모님과 함께 살던 시절이 너무 그립습니다.

69. ㉠에 들어갈 알맞은 말을 고르십시오.
　① 직장을 옮겼습니다　　　　② 동생과 살았습니다
　③ 멀리 시골로 갔습니다　　　④ 혼자 살게 되었습니다

70. 이 글의 내용으로 알 수 있는 것을 고르십시오.
　① 부모님은 작년부터 시골에 삽니다.
　② 저는 지금 혼자 밥하고 빨래합니다.
　③ 부모님은 저와 함께 살고 싶어합니다.
　④ 제가 사는 방은 살기가 아주 힘든 곳입니다.

# 第四週

## 綜合診斷

◎TOPIK I 第1回聽力模擬考試完全解析

◎TOPIK I 第1回閱讀模擬考試完全解析

◎TOPIK I 第2回聽力模擬考試完全解析

◎TOPIK I 第2回閱讀模擬考試完全解析

# TOPIK I 第1回聽力模擬考試完全解析

※ [1~4] 다음을 듣고 <보기>와 같이 물음에 알맞은 대답을 고르십시오.
請聽下列內容，並如同＜範例＞選出符合問題的回答。

---
< 보기 >
範例

가 : 가방이에요?
甲：是包包嗎？
나 : _____
乙：_____

❶ 네, 가방이에요.
　是，是包包。

② 네, 가방이 작아요.
　是，包包很小。

③ 아니요. 가방을 사요.
　不是。買包包。

④ 아니요. 가방이 없어요.
　不是。沒有包包。

---

1. (4점)（4分）

남자 : 공부가 재미있어요?
男生：讀書很有趣嗎？
여자 : _____
女生：_____

① 네, 공부가 아니에요.
　是，不是讀書。

❷ 네, 공부가 재미있어요.
　是，讀書很有趣。

③ 아니요. 공부가 쉬워요.
　不是。讀書很容易。

④ 아니요. 공부가 좋아요.
　不是。讀書很好。

　'있어요'의 대답은 두 가지입니다. "네"로 시작하면 의문문하고 똑같이 "재미있어요"라고 대답을 하면 됩니다. '아니요'로 시작하면 "재미없어요"라고 대답을 해야 합니다.
　針對問句中「있어요」（有）的回答有兩種。用「네」（是）開始的話，

就和問題一樣回答「재미있어요」（有趣）就可以了。用「아니요」（不是）開始的話，應該用和問題相反的「재미없어요」（無趣）來回答。答案是②。

2. (4점)（4分）

여자 : 지금 점심을 먹어요?
女生：現在吃午餐嗎？
남자 : _____
男生：_____

① 네, 점심이 없어요.
　 是，沒有午餐。

② 네, 점심이 싫어요.
　 是，不喜歡午餐。

③ 아니요. 점심을 몰라요.
　 不是。不知道午餐。

❹ 아니요. 점심을 안 먹어요.
　 不是。不吃午餐。

　1번 문제와 같은 방식으로 풀면 됩니다. '네'로 시작하면 "점심을 먹어요"가 되고, '아니요'로 시작하면 "먹어요"의 반대인 "안 먹어요"로 대답하는 것이 맞습니다.

　跟第1題用一樣方式解答就行了。用「네」（是）開始的話，答案是「점심을 먹어요」（吃午餐），用「아니요」（不是）開始的話，用「먹어요」（吃）的相反詞「안 먹어요」（不吃）來回答就對了。答案是④。

3. (3점)（3分）

| |
|---|
| 남자 : 어제 어디에 갔어요? 의문사(장소) |
| 男生：昨天去哪裡了？ |
| 여자 : _____ |
| 女生：_____ |

① 늦게 갔어요.
　去晚了。

② 동생이 갔어요.
　弟弟去了。

❸ 시장에 갔어요.
　去市場了。

④ 오후에 갔어요.
　下午去了。

> '어디'에 갔냐고 물었으므로 장소가 나와야 합니다.
> 問去「어디」（哪裡），所以回答應該要出現地點。答案是③。

4. (3점)（3分）

| |
|---|
| 여자 : 거기서 무엇을 팔아요? 의문사(물건) |
| 女生：那裡賣什麼？ |
| 남자 : _____ |
| 男生：_____ |

① 가끔 가요.
　偶爾去。

② 값이 싸요.
　價格便宜。

❸ 과일을 팔아요.
　賣水果。

④ 쇼핑을 좋아해요.
　喜歡逛街。

> '무엇'을 파느냐고 물었으므로 물건 이름을 말해야 합니다.
> 問賣「무엇」（什麼），因此應該説出東西的名字。答案是③。

※ [5~6] 다음을 듣고 <보기>와 같이 이어지는 말을 고르십시오.
請聽下列內容,並如同<範例>選出銜接的話。

―――― < 보기 > ――――
範例

가 : 많이 파세요.
甲 : 祝生意興隆。

나 : _____
乙 : _____

① 좋습니다
　 好。

② 맛있습니다.
　 好吃。

❸ 고맙습니다.
　 謝謝。

④ 잘 먹겠습니다.
　 開動了。

5. (4점) ( 4分 )

남자 : 정말 고마워요.
男生 : 真的謝謝妳。

여자 : _____
女生 : _____

❶ 아니에요.
　 不會。

② 어려워요.
　 很難。

③ 좋겠어요.
　 真好。

④ 미안해요.
　 對不起。

> '고맙다'는 말에는 겸손한 대답을 해야 예의에 맞습니다.
> 　對於「고맙다」（謝謝）這句話，應該要謙虛地回答「아니에요」（不會）才合乎禮儀。答案是①。

6. (3점)（3分）

> 여자 : 머리가 아프네요.
> 女生：頭很痛。
> 남자 : _____
> 男生：_____

❶ 좀 쉬세요.
　休息一下吧。

② 잘 알겠어요.
　我明白了。

③ 네, 괜찮아요.
　是，沒關係。

④ 네, 안녕히 계세요
　是，再見喔。

누군가 머리가 아프다고 했을 때는 좀 쉬라고 말하는 것이 마땅한 대응입니다.
有人說「머리가 아프다」（頭痛）的時候，說「좀 쉬세요」（休息一下）才是適當的對應。答案是①。

※ [7~10] 여기는 어디입니까? <보기>와 같이 알맞은 것을 고르십시오.
這裡是哪裡?請如同<範例>選出合適的選項。

─────── < 보기 > ───────
範例

가 : 우표 한 장 주세요.
甲：請給我一張郵票。

나 : 여기 있습니다.
乙：在這裡。

① 공원　　② 병원　　③ 학교　　❹ 우체국
　公園　　　醫院　　　學校　　　郵局

7. (3점)（3分）

여자 : 무슨 과일이 좋을까요?
女生：什麼水果好呢？

남자 : 저 수박이 맛있을 것 같아요.
男生：那個西瓜好像很好吃。

① 학원　　② 꽃집　　❸ 시장　　④ 운동장
　補習班　　花店　　　市場　　　運動場

> '과일'을 보면서 '수박'을 고를 수 있는 곳은 시장입니다.
> 看到「과일」（水果）可以選「수박」（西瓜）的地方就是「시장」（市場）。答案是③。

8. (3점)（3分）

> 남자 : 이 책 샀어요?
> 男生：妳買了這本書嗎？
> 여자 : 아니요, 지금 사려고요.
> 女生：沒有。我現在要買。

① 바다　　　　② 극장　　　　③ 은행　　　　❹ 서점
　海　　　　　　電影院　　　　　銀行　　　　　書店

> 책을 살 수 있는 곳은 당연히 서점입니다.
> 可以買「책」（書）的地方當然是「서점」（書店）。答案是④。

9. (3점)（3分）

> 여자 : 산책을 나오니까 기분이 좋아요.
> 女生：出來散步，心情很好。
> 남자 : 여기 경치가 참 예쁘지요?
> 男生：這裡的風景很美吧？

❶ 공원　　　　② 회사　　　　③ 옷가게　　　　④ 박물관
　公園　　　　　公司　　　　　服飾店　　　　　博物館

> 산책을 하면서 예쁜 경치를 볼 수 있는 곳은 공원입니다.
> 可以一邊「산책」（散步）一邊看「예쁜 경치」（漂亮的風景）的地方就是「공원」（公園）。答案是①。

10. (4점)（4分）

> 남자 : 기름 다 넣었습니다.
> 男生：油加好了。
> 여자 : 이 카드로 계산해 주세요.
> 女生：請用這張卡結帳。

① 정류장　　　② 백화점　　　❸ 주유소　　　④ 미술관
　公車站　　　　　百貨公司　　　　加油站　　　　　美術館

> 기름을 넣는 곳은 주유소입니다. 계산은 현금이나 카드로 할 수 있습니다.
> 「기름을 넣다」（加油）的地方就是「주유소」（加油站）。可以用「현금」（現金）或「카드」（信用卡）結帳。答案是③。

※ [11~14] 다음은 무엇에 대해 말하고 있습니까? <보기>와 같이 알맞은 것을 고르십시오.
以下是說關於什麼的話題？請如同<範例>選出合適的選項。

---

<보기>
範例

가 : 몇 권이에요?
甲：有幾本？
나 : 모두 세 권이에요.
乙：總共三本。

❶ 책　　　② 사람　　　③ 주소　　　④ 음식
　書　　　　 人　　　　 地址　　　　食物

---

11. (3점)（3分）

남자 : 형제자매가 몇 명이에요?
男生：妳有幾個兄弟姊妹？
여자 : 여동생이 한 명 있어요.
女生：我有一個妹妹。

① 집　　　❷ 가족　　　③ 공책　　　④ 이름
　家　　　　家人　　　　筆記本　　　名字

> '형제자매'는 모두 나의 가족입니다.
> 「형제자매」（兄弟姊妹）都是我的「가족」（家人）。答案是②。

214

## 12. (3점)（3分）

> 여자：저는 노래방에 자주 가요. 영수 씨는요?
> 女生：我常去KTV。英秀先生你呢？
> 남자：저는 커피숍에 자주 가요.
> 男生：我常去咖啡廳。

① 시간　　　② 선물　　　③ 직장　　　❹ 장소
　時間　　　　禮物　　　　職場　　　　場所

> '노래방'이나 '커피숍'은 모두 장소를 표시하는 명사입니다.
> 「노래방」（KTV）或者「커피숍」（咖啡廳）都是表示「장소」（場所）的名詞。答案是④。

## 13. (4점)（4分）

> 남자：회사에 버스를 타고 가요?
> 男生：妳搭公車去公司嗎？
> 여자：아니요. 저는 지하철로 갑니다.
> 女生：不是。我搭捷運去。

❶ 교통　　　② 직업　　　③ 고향　　　④ 친구
　交通　　　　職業　　　　故鄉　　　　朋友

> '버스'나 '지하철'은 모두 교통 수단입니다.
> 「버스」（公車）或者「지하철」（捷運）都是「교통 수단」（交通工具）。答案是①。

14. (3점) (3分)

> 여자 : 영수 씨는 주말에 뭐 해요?
> 女生：英秀先生週末的時候做什麼？
> 남자 : 저는 보통 ⓢ수영을 해요.
> 男生：我通常會游泳。

① 날씨　　　❷ 취미　　　③ 건강　　　④ 방학
　天氣　　　　興趣　　　　健康　　　　放假

> 수영을 하는 것은 개인의 취미 활동입니다.
> 「수영」（游泳）是個人的「취미 활동」（興趣活動）。答案是②。

※ [15~16] 다음 대화를 듣고 알맞은 그림을 고르십시오. (각 4점)
請聽完下面對話，並選出合適的圖案。（各4分）

15.

> 남자 : 저 그림 멋있지 않아요?
> 男生：不覺得那幅畫很好看嗎？
> 여자 : 네, 아주 크고 멋진 나무가 하나 있네요.
> 女生：是，有一棵巨大又好看的樹。

> 남자는 저쪽에 걸려 있는 그림 중에 나무가 그려진 그림을 가리킵니다. 그 그림에는 아주 크고 멋진 나무가 한 그루 그려져 있습니다. 따라서 정답은 ④번입니다.
> 男生指著掛在那邊的「그림」（畫）中畫著樹的畫，那幅畫裡有一棵「크고 멋진 나무」（又大又好看的樹）。答案是④。

16.

> 여자 : 영수 씨, 다리가 아파요.
> 女生：英秀先生，我的腿很痛。
> 남자 : 그럼 여기 의자에 앉아서 좀 쉬세요.
> 男生：那坐在這裡的椅子休息一下吧。

> 여자는 다리가 아픕니다. 그래서 남자가 의자를 가리키며 앉아서 쉬라고 말합니다. 따라서 정답은 ②번입니다.
> 女生說「다리가 아프다」（腿很痛）。所以男生指著「의자」（椅子）對女生說「앉아서 쉬다」（坐著休息）。答案是②。

※ [17~21] 다음을 듣고 <보기>와 같이 대화 내용과 같은 것을 고르십시오. (각 3점)

請聽下列內容，並如同<範例>選出與對話內容相同的選項。（各3分）

---

<보기>
範例

남자 : 학교가 언제 개학해요?
男生：學校什麼時候開學？

여자 : 내일부터 수업을 시작해요.
女生：明天開始上課。

❶ 여자는 학생입니다.
　 女生是學生。

② 남자는 선생님입니다.
　 男生是老師。

③ 여자는 오늘 수업합니다.
　 女生今天上課。

④ 남자는 내일 개학합니다.
　 男生明天開學。

---

17.

남자 : 수지 씨는 이번 휴가에 무슨 계획 있어요?
男生：秀智小姐這次放假時有什麼計畫嗎？

여자 : 마침 친구가 귀국해서 같이 여행을 갈까 해요.
女生：剛好朋友從國外回來，打算一起去旅行。

남자 : 저는 특별한 계획이 없어요. 책이나 읽어야겠어요.
男生：我沒有特別的計畫。只好看書。

① 여자는 자주 놀러 갑니다.　　X
　 女生常出去玩。

② 여자는 친구가 외국에 있습니다.　　귀국했습니다
　 女生的朋友在國外。

③ 남자는 이번 휴가에 쉬지 않습니다.　　책을 읽으려고 합니다
　 男生這次放假時不休息。

❹ 남자는 휴가 때 책을 읽으려고 합니다.
　 男生放假時想要看書。

218

여자는 휴가 때 외국에서 온 친구와 같이 놀려고 합니다. 그런데 남자는 특별한 휴가 계획이 없어서 책을 읽겠다고 합니다.
女生放假時「외국에서 온 친구와 같이 놀려 한다」（打算和從國外來的朋友一起玩）。不過男生沒有「특별한 휴가 계획」（特別的放假計畫），所以跟女生說要看書。答案是④。

18.

여자 : 시청에 어떻게 가는지 좀 알려 주세요.
女生：請告訴我一下怎麼去市政府。
남자 : 시청이요? 여기서 지하철 2호선을 타고 가면 돼요.
男生：市政府嗎？從這裡搭捷運2號線去就可以了。
여자 : 그래요? 고마워요. 얼마나 걸려요?
女生：啊，謝謝你。要花多久（時間）呢？
남자 : 30분 정도 걸릴 거예요.
男生：大約要花30分鐘吧。

❶ 여자는 시청에 갈 겁니다.
　 女生要去市政府。
② 남자는 지하철을 타러 갑니다.　　여자
　 男生要去搭捷運。
③ 남자는 30분 동안 이야기를 합니다.　30분은 걸리는 시간
　 男生聊天30分鐘。
④ 여자는 남자에게 같이 가자고 합니다.　여자 혼자 갑니다
　 女生跟男生說一起走。

여자는 시청에 가려고 하기 때문에 남자에게 가는 방법을 묻습니다. 시청까지 걸리는 시간은 30분 정도입니다.
女生因為要去「시청」（市政府），所以向男生問去的方法。到市政府「30분 정도 걸릴 거예요」（大約要花30分鐘）。答案是①。

19.

여자 : 영수 씨, 어제는 정말 고마웠어요.
女生：英修先生，昨天真的感謝你了。
남자 : 아니에요. 어려운 일이 있으면 서로 도와야죠.
男生：不會啦。如果有困難的事，應該互相幫忙。
여자 : 영수 씨 덕분에 이삿짐을 빨리 옮길 수 있었어요.
女生：托英修先生的福，很快地搬好了搬家的行李。
남자 : 그럼 제가 이사할 때도 와서 도와 주셔야 돼요.
男生：那我搬家時，妳也應該來幫助我。

① 남자는 오늘 여자를 돕습니다.    어제
男生今天幫助女生。

② 남자는 어제 이사를 했습니다.    여자
男生昨天搬家了。

❸ 여자는 어제 이삿짐을 옮겼습니다.
女生昨天搬了搬家的行李。

④ 여자는 오늘 어려운 일이 있습니다.    어제 이사했습니다
女生今天有困難的事情。

> 여자는 어제 이사를 했습니다. 남자가 가서 이삿짐 옮기는 것을 도와 주었습니다.
> 女生昨天「이사를 했다」（搬家了）。男生去幫助女生「이삿짐을 옮기다」（搬搬家的行李）。答案是③。

20.

> 남자 : 식사 준비 다 됐어요?
> 男生：用餐準備就緒了嗎？
> 여자 : 네, 찌개만 끓으면 돼요.
> 女生：是，只要湯煮滾就行了。
> 남자 : 그럼 제가 상을 차릴까요?
> 男生：那我來擺桌子嗎？
> 여자 : 네, 수저통은 저쪽에 있어요.
> 女生：謝謝你。那裡有湯匙筷子盒。

❶ 남자는 상에 수저를 놓습니다.
男生在餐桌上放湯匙和筷子。

② 여자는 식사를 늦게 할 겁니다.　　곧 같이 먹을 겁니다
女生晚一點要吃飯。

③ 남자는 지금부터 찌개를 끓입니다.　　찌개는 여자가 끓입니다
男生從現在開始煮湯。

④ 여자는 혼자서 모든 준비를 다 합니다.　　남자와 같이 합니다
女生獨自準備好一切。

> 여자는 음식을 만들고 남자는 상을 차리기 위해 상에 수저를 놓으려고 합니다.
> 女生做菜，男生為了「상을 차리다」（擺餐桌）要在餐桌上放湯匙和筷子。答案是①。

21.

> 여자 : 어버이날 선물로 무엇이 좋을까요?
> 女生：父母節送什麼禮物好呢？
> 남자 : 선물은 받는 사람이 갖고 싶은 걸 주는 게 제일 좋죠.
> 男生：我覺得最好的禮物是送對方想要的東西。
> 여자 : 그럼 뭐 추천하고 싶은 선물 있어요? 제가 보니까 선물을 잘 고르는 것 같아서요.
> 女生：那麼你有沒有想推薦的禮物？我看你好像很會選禮物。
> 남자 : 마침 제가 생각해 놓은 물건이 있는데 가 볼래요?
> 男生：剛好我有想好的東西，要不要去看看？

① 남자는 선물을 사고 있습니다. *여자가 사려고 합니다*
　男生正在買禮物。

② 여자는 선물을 받고 싶어합니다. *부모님께 드릴 선물*
　女生想收到禮物。

③ 남자는 갖고 싶은 물건이 있습니다. *추천할 겁니다*
　男生有想要的東西。

❹ 여자는 부모님 선물 때문에 고민입니다.
　女生在煩惱送父母什麼禮物。

> 　여자는 어버이날 부모님께 드릴 선물 때문에 고민입니다. 그래서 남자에게 도움을 요청했고, 남자는 자기가 생각해 놓은 물건을 소개하려고 합니다.
> 　女生正在煩惱「어버이날」（父母節）要送給父母的「선물」（禮物）。所以向男生求助，男生要介紹自己想好的東西。答案是④。

※ [22~24] 다음을 듣고 여자의 중심 생각을 고르십시오. (각 3점)
請聽下列內容，並選出女生的中心思想。（各3分）

22.

> 남자 : 수지 씨는 밖에서 산 지 오래 됐는데 힘들지 않아요?
> 男生：秀智小姐住外面很久了，不覺得辛苦嗎？
> 여자 : 아니요. 얼마나 편하고 좋은지 몰라요.
> 女生：不會。我覺得非常舒服還有方便。
> 남자 : 그래도 부모님하고 같이 사는 게 더 좋지 않을까요?
> 男生：但還是和父母住在一起更好不是嗎？
> 여자 : 대학교 다닐 때부터 혼자 살아서 지금이 훨씬 좋아요.
> 女生：從大學就開始一個人住，我更喜歡現在的生活。

① 요즘 힘든 일이 많습니다.   ✗
　最近辛苦的事情很多。
❷ 혼자 사는 것이 더 좋습니다.
　一個人生活更好。
③ 부모님하고 같이 살면 편합니다.　혼자 사는 게 좋습니다
　和父母住在一起的話很方便。
④ 대학교를 졸업하면 따로 살아야 합니다.   ✗
　大學畢業的話，應該分開住。

> 여자는 부모님과 따로 산 지 오래 됐습니다. 이제는 혼자 사는 것에 익숙해졌기 때문에 지금처럼 혼자 사는 것이 더 좋습니다.
> 　女生已經跟父母分開住很久了。因為早已習慣了單獨生活，所以還是覺得一個人住更好。答案是②。

23.

> 남자 : 이 집 고기가 너무 맛있네요. 더 시켜야겠어요.
> 男生：這家店的肉太好吃了。我要再點一份。
> 여자 : 고기만 먹지 말고 야채도 좀 먹지 그래요?
> 女生：不要光吃肉，吃一點蔬菜怎麼樣？
> 남자 : 저는 고기 먹을 때 야채는 안 먹는데요.
> 男生：我吃肉的時候不吃蔬菜。
> 여자 : 건강을 생각한다면 야채와 반찬을 골고루 먹어야 돼요.
> 女生：為了健康著想，應該均衡攝取蔬菜和小菜。

① 야채가 고기보다 맛있습니다.　✗
　蔬菜比肉還好吃。

② 안 먹는 음식을 더 시키면 안 됩니다.　✗
　不能再點不吃的食物。

❸ 음식을 골고루 먹어야 건강에 좋습니다.
　均衡攝取飲食對健康才好。

④ 고기를 먹을 때는 건강을 생각해야 합니다.　음식을 먹을 때
　吃肉時得考慮到健康。

> 음식을 먹을 때는 한 가지만 먹지 말고 고기, 야채, 반찬을 모두 골고루 먹어야 건강에 좋습니다.
>
> 　吃東西時不要吃光一種，「골고루 먹다」（均衡地吃）「고기, 야채, 반찬」（肉、蔬菜、小菜）之類的，對健康才會好。答案是③。

24.

> 여자: 그 가방하고 똑같은 것을 시장에서 봤어요.
> 女生: 我在市場看過跟這個一樣的包包。
> 남자: 그래요? 이 가방은 백화점에서 아주 비싸게 주고 산 건데요.
> 男生: 是嗎？這個包包可是在百貨公司花很多錢買的。
> 여자: <u>백화점에서 파는 물건이 다 특별한 건 아니에요.</u>
> 女生: 百貨公司賣的東西不一定都是特別的。
> 남자: 그래도 백화점에서 파는 물건이니까 다르기는 다를 거예요.
> 男生: 但因為是在百貨公司賣的東西，還是不一樣。

❶ 비싼 것이 꼭 좋은 것은 아닙니다.
  貴的不一定是好的。

② 백화점에 가서 쇼핑을 하고 싶습니다.　✗
  想去百貨公司購物。

③ 백화점에서 파는 물건은 모두 비쌉니다.　✗
  百貨公司賣的東西都很貴。

④ 시장에 가면 특별한 가방을 살 수 있습니다.　✗
  去市場的話，可以買到特別的包包。

> 남자가 산 가방하고 똑같은 것을 시장에서도 팝니다. 그런데 남자는 비싼 값으로 가방을 샀습니다. 따라서 여자의 생각은 비싼 물건이 반드시 좋은 것은 아니라는 것입니다.
>
> 　市場也賣和男生買的「똑같은 가방」（一樣的包包）。不過男生花「비싼 값」（大筆錢）買了包包。所以女生覺得「비싼 것이 꼭 좋은 것은 아니다」（貴的東西不一定是好的）。答案是①。

225

※ [25~26] 다음을 듣고 물음에 답하십시오.
請聽下列內容，並回答問題。

---

여자 : (딩동댕) 아파트 관리사무소에서 알려 드립니다. 이번 주 토요일에 관리사무소 앞에서 열릴 예정이던 '이웃돕기 행사'를 다음 주로 연기하였습니다. 이번 주말에 큰 비가 예보되어 있어서 날짜를 옮기게 되었습니다. 행사 장소와 행사 내용은 변함이 없습니다. 입주민 여러분들의 많은 참여가 있기를 바랍니다. 감사합니다. (딩동댕)

女生：（叮咚）大樓管理委員會報告。原本預計於本週六在管理委員會前面舉辦的「幫助鄰居活動」將延期到下週。因氣象預報本週末會有大雨而改期。活動場所和活動內容不變。希望各位居民能踴躍參加。謝謝。（叮咚）

---

25. 여자는 왜 이 이야기를 하고 있는지 고르십시오. (3점)
    請選出女生為何說這段話。（3分）

   ① 행사 장소를 말해 주려고    장소는 불변
      想要說活動場所

   ❷ 날짜 변경을 알려 주려고
      想要通知日期變更

   ③ 행사 내용을 정하고 싶어서    행사 내용은 이미 결정
      想決定活動的內容

   ④ 많은 사람의 신청을 받고 싶어서    ✗
      想接受很多人的申請

---

원래 행사 날짜는 이번 주 토요일이었으나 비 예보 때문에 다음 주 토요일로 날짜를 옮기게 되었습니다. 따라서 이런 사실을 알려 주려는 것입니다.
原本的活動日期是本週六，但因為「비 예보」（下雨預報），把日期「다음주 토요일로 옮기다」（移到下週六），所以要告知這件事實。答案是②。

26. 들은 내용과 같은 것을 고르십시오. (4점)
    請選出與聽到內容一樣的選項。（4分）

    ① 행사는 두 주일 동안 열립니다.　　다음 주 토요일
       活動為期兩週。

    ② 토요일에 행사 신청을 받습니다.　　신청은 필요없음
       星期六接受活動申請。

    ③ 다음 주에는 행사 장소가 바뀝니다.　　다음 주로 연기
       下週活動場所改變。

    ❹ 이번 주 토요일에는 비가 올 예정입니다.
       本週六預計會下雨。

    > 행사 날짜를 다음 주로 옮기는 이유는 비 예보가 있기 때문입니다.
    > 活動日期改為下週的理由，是因為這個週末有大雨特報的關係。答案是 ④。

※ [27 ~ 28] 다음을 듣고 물음에 답하십시오.

請聽下列內容，並回答問題。

> 남자 : 친구 문병을 가려고 하는데 무엇을 사야 할지 모르겠어요.
> 男生：我要去（醫院）探望朋友，不知道要買什麼。
> 여자 : 저도 지난달에 병원에 있는 친구 문병을 갔었는데요.
> 女生：我上個月也去醫院探望朋友了。
> 남자 : 아, 그럼 그 때 무엇을 샀는지 좀 알려 주세요.
> 男生：啊，那麼請告訴我那時候買了什麼。
> 여자 : 저는 병원 지하에 있는 편의점에서 과일 바구니를 샀어요.
> 女生：我在醫院地下室的便利商店買了水果籃。
> 남자 : 제 친구는 과일을 싫어하는데, 다른 건 없어요?
> 男生：我朋友討厭水果，沒有別的嗎？
> 여자 : 음료수도 있고, 빵이나 과자도 있는데 먼저 친구에게 물어 보고 결정하는 게 어때요?
> 女生：也有飲料、麵包和餅乾，先問問看朋友再決定怎麼樣？

27. 두 사람이 무엇에 대해 이야기를 하고 있는지 고르십시오. (3점)

請選出兩個人在談關於什麼的話題。（3分）

① 먹기 좋은 음식　✗
　方便吃的食物

② 병원에 가는 이유　✗
　去醫院的理由

❸ 문병 갈 때 살 물건
　去探病時要買的東西

④ 편의점에서 파는 과일　✗
　便利商店賣的水果

> 　　정답에 대한 힌트는 첫째 줄에 있습니다. 사실 모든 문제에 대한 정답은 대화 안에 들어 있습니다. 처음부터 끝까지 귀를 기울여 잘 들어 보세요.
> 　　答案的提示是第一行裡的「문병」（探病）。其實題目的答案就在對話裡面。從頭到尾側耳傾聽吧。答案是③。

28. 들은 내용과 같은 것을 고르십시오. (4점)
    請選出與聽到內容一樣的選項。（4分）

    ❶ 여자는 문병을 간 적이 있습니다.    지난 달
       女生有去探病過。

    ② 남자는 편의점에서 물건을 샀습니다.    여자
       男生在便利商店買了東西。

    ③ 여자는 남자와 같이 문병을 갈 겁니다.    ✗
       女生要跟男生一起去探病。

    ④ 남자는 여자에게 가져 갈 물건을 추천했습니다.    여자가 남자에게
       男生向女生推薦要帶去的東西。

    > 여자는 지난 달에 친구 문병을 갔었습니다. 그때 친구를 위해 지하 편의점에서 과일을 샀습니다. 남자는 아직 문병을 가지 않았습니다.
    > 　女生上個月去醫院探望了朋友。那時候為了朋友到「지하에 있는 편의점」（在地下的便利商店）買了水果。男生還沒去探病。答案是①。

※ [29~30] 다음을 듣고 물음에 답하십시오.
請聽下列內容，並回答問題。

여자 : 한국 음식에 대한 관심이 높아지면서 선생님의 책이 화제가 되고 있습니다. 요즘 바쁘시죠?
女生 : 隨著對韓國食物的興趣增加，老師的書已成為了話題。最近應該很忙吧？

남자 : 네, 여기저기 강연이 많아서 아주 바쁩니다. 우리나라 음식의 종류가 그렇게 많은지 모르는 사람들이 많더라고요.
男生 : 是的，因為到處有演講，所以很忙。還有許多人不知道我國的食物種類那麼多。

여자 : 선생님은 언제부터 한국 음식에 관심을 가지게 되셨나요?
女生 : 老師什麼時候開始對韓國食物有興趣呢？

남자 : 저희 할머니와 어머니가 경기도 음식 전문가입니다. 그러다 보니 어릴 때부터 자연스럽게 관심이 생긴 것 같습니다.
男生 : 我的奶奶和母親都是京畿道食物專家。可能是這樣的關係，從小時候開始自然而然就產生了興趣。

여자 : 이 책이 잘 팔리는 이유는 무엇일까요?
女生 : 這本書暢銷的理由是什麼呢？

남자 : 음식을 만들 때는 반드시 만든 사람의 정성이 담겨야 합니다. 제 책을 읽으면 그 정성을 느낄 수 있습니다.
男生 : 做菜的時候一定要滿含著做菜人的誠意。若看我的書，就可以感受到那種誠意。

29. 남자가 이 책을 쓴 이유를 고르십시오. (3점)
请選出男生寫這本書的理由。（3分）

① 강연을 다니기 위해서 ✗
為了去演講

② 잘 팔리는 책을 쓰고 싶어서   정성을 느낄 수 있는 책
因為想寫暢銷的書

❸ 정성이 들어간 음식을 소개하고 싶어서
因為想介紹含有誠意的食物

④ 어릴 때부터 음식 종류에 대해 관심이 있어서 ✗
因為想介紹有誠意的食物

정답에 대한 힌트는 남자의 마지막 말에 들어 있습니다. 음식을 만들 때는 정성이 담겨야 하는데 책을 읽으면 책 속에서 소개한 음식에서 그 정성을 느낄 수가 있다는 것입니다.

男生所説的最後一句話有正確答案的提示。他説做菜時需要含有「정성」（誠意），看這本書的同時可以從書中所介紹的食物感受到那種誠意。答案是③。

30. 들은 내용과 같은 것을 고르십시오. (4점)
請選出與聽到內容一樣的選項。（4分）

① 남자는 늘 정성이 담긴 음식을 만듭니다.　　**소개합니다**
男生總是做富含誠意的食物。

❷ 남자는 책이 잘 팔려 바쁘게 살고 있습니다.
男生因為書很暢銷而忙得不可開交。

③ 남자는 할머니에게 요리를 배운 적이 있습니다.　　**X**
男生跟奶奶學過料理。

④ 남자는 경기도 음식을 전문적으로 연구할 겁니다.　　**할머니, 어머니**
男生要專門研究京畿道的食物。

남자가 직접 음식을 만드는 것은 아닙니다. 남자는 정성이 담긴 음식을 소개하는 책을 썼는데 그 책이 잘 팔려 강연을 다니느라 바쁜 것입니다.

不是男生親自做菜。男生寫了一本介紹富含滿滿誠意料理的書，因為書很暢銷，所以忙著到處演講。答案是②。

# TOPIK I 第1回 閱讀 模擬考試完全解析

※ [31～33] 무엇에 대한 이야기입니까? <보기>와 같이 알맞은 것을 고르십시오.
　　(각 2점)
　　　　是關於什麼的談話？請如同＜範例＞，選出合適的選項。（各2分）

```
─────────────── <보기> ───────────────
                     範例
눈이 옵니다. 춥습니다.
下雪。很冷。


❶ 날씨         ② 얼굴         ③ 나라         ④ 직장
   天氣           臉             國家           工作
```

31.

아버지는 시계를 줍니다. 어머니는 신발을 줍니다.
爸爸送手錶。媽媽送鞋子。

① 취미　　　　② 친척　　　　③ 요일　　　　❹ 선물
　 興趣　　　　　親戚　　　　　星期　　　　　禮物

> 누군가에게 물건을 주는 행위를 '선물'이라고 합니다.
> 　給某人東西的行為叫做送「선물」（禮物）。答案是④。

32.

> 한국어를 배웁니다. 조금 어렵습니다.
> 我學韓語。有點難。

① 일　　　② 나이　　　❸ 공부　　　④ 교실
　工作　　　　年紀　　　　讀書　　　　教室

> 무엇인가를 배우는 행위를 '공부'라고 합니다.
> 學習某件東西的行為叫做「공부」（讀書）。答案是③。

33.

> 가게에서 사과를 팝니다. 바나나도 팝니다.
> 店裡賣蘋果。香蕉也賣。

① 값　　　❷ 과일　　　③ 시간　　　④ 학교
　價格　　　水果　　　　時間　　　　學校

> 가게에서 파는 물건이 '사과'와 '바나나'입니다. 모두 다 과일입니다.
> 店裡賣的東西是「사과」（蘋果）、「바나나」（香蕉）。都是「과일」（水果）。答案是②。

※ [34~39] <보기>와 같이 (    )에 들어갈 가장 알맞은 것을 고르십시오.
請如同＜範例＞，選出最合適填入（   ）的選項。

> **< 보기 >**
> 範例
>
> ( 공항 )에 갑니다. 비행기를 탑니다.
> 去（ 機場 ）。搭飛機。
>
> ❶ 공항　　　② 호텔　　　③ 백화점　　　④ 기차역
> 　機場　　　　飯店　　　　百貨公司　　　火車站

34. (2점)（2分）

텔레비전이 재미없습니다. 그래서 라디오를 ( 듣습니다 ).
看電視無聊。所以（ 聽 ）收音機。

① 봅니다　　② 합니다　　③ 먹습니다　　❹ 듣습니다
　看　　　　　做　　　　　　吃　　　　　　聽

'텔레비전'은 보는 물건이고, '라디오'는 듣는 물건입니다.
「텔레비전」（電視）是「보다」（看）的東西，「라디오」（收音機）是「듣다」（聽）的東西。答案是④。

35. (2점)（2分）

배가 고픕니다. 그런데 ( 밥 **(먹을 것)** )이 없습니다.
肚子餓。不過沒有（ 飯 **(可以吃的東西)** ）。

❶ 밥　　　② 책　　　③ 수건　　　④ 우산
　飯　　　　書　　　　毛巾　　　　雨傘

배가 고플 때 필요한 것은 무엇일까요? 바로 '밥'입니다.
「배가 고프다」（肚子餓）的時候需要的東西是什麼？就是「밥」（飯）。答案是①。

## 36. (2점)（2分）

> 낮잠을 잡니다. 한 시간 ( 만 ) 잡니다.
> 睡午覺。（ 只 ）睡一個小時。

① 도　　　　② 에　　　　③ 이　　　　❹ 만
　也　　　　　在　　　　　是　　　　　只

> 낮잠을 자는데 겨우 한 시간을 잡니다. '만'은 '겨우'의 뜻이 있습니다.
> 　「낮잠」（睡午覺），僅僅睡一個小時。「만」（只）含有「겨우」（僅僅）的意思。答案是④。

## 37. (3점)（3分）

> 제 동생은 일곱 살입니다. ( 아직 ) 학생이 아닙니다.
> 我弟弟五歲。（ 還 ）不是學生。

❶ 아직　　　② 이미　　　③ 아주　　　④ 항상
　還　　　　　已經　　　　非常　　　　總是

> 학생이 되려면 여덟 살이 돼야 합니다. '아직'은 어떤 정도에 도달하지 않았음을 의미합니다.
> 　要成為「학생」（學生），應該要到八歲。「아직」（還）是沒有達到某種程度的意思。答案是①。

38. (3점)（3分）

> 어제는 ( 추웠습니다 ). 그래서 감기에 걸렸습니다.　왜?
> 昨天很（ 冷 ）。所以感冒了。

① 아팠습니다　　② 맑았습니다　　❸ 추웠습니다　　④ 편안했습니다
　　痛　　　　　　　晴　　　　　　　冷　　　　　　　舒服

> 　　'그래서'는 인과 관계를 표시하는 부사입니다. 즉 감기에 걸린 이유를 찾아야 합니다.
> 　　「그래서」（所以）是表示因果關係的副詞。所以答案應該尋找感冒的理由。答案是③。

39. (2점)（2分）

> 에어컨을 끕니다. 선풍기를 ( 켭니다 ).
> 關冷氣。（ 開 ）電風扇。

① 삽니다　　❷ 켭니다　　③ 씁니다　　④ 닫습니다
　　買　　　　　開　　　　　用　　　　　關

> 　　'끄다'의 반대는 '켜다'입니다.
> 　　「끄다」（關）的相反是「켜다」（開）。答案是②。

236

※ [40~42] 다음을 읽고 맞지 <u>않는</u> 것을 고르십시오. (각 3점)
請閱讀以下內容,並選出<u>不對</u>的選項。(各3分)

40.

**쉬운중국어 학원**
簡單中文補習班

◎위치 : 학교 정문 건너편 3층
位置:學校正門對面3樓
◎수업시간 : 월요일~금요일
上課時間:星期一~星期五
오전 반/ 오후 반/ 저녁 반
上午班/下午班/晚間班

① 주말에 쉽니다.    O
週末休息。

② 삼 층에 있습니다.    O
在三樓。

❸ 날마다 수업을 합니다.
每天上課。

④ 저녁에도 수업이 있습니다.    저녁반
晚上也有課。

> 수업시간은 월요일부터 금요일까지이고 주말에는 수업이 없습니다. '날마다'는 '매일'이라는 뜻입니다.
>
> 「수업시간」(上課時間)是從星期一到星期五,週末沒有課。「날마다」是「每天」的意思。答案是③。

41.

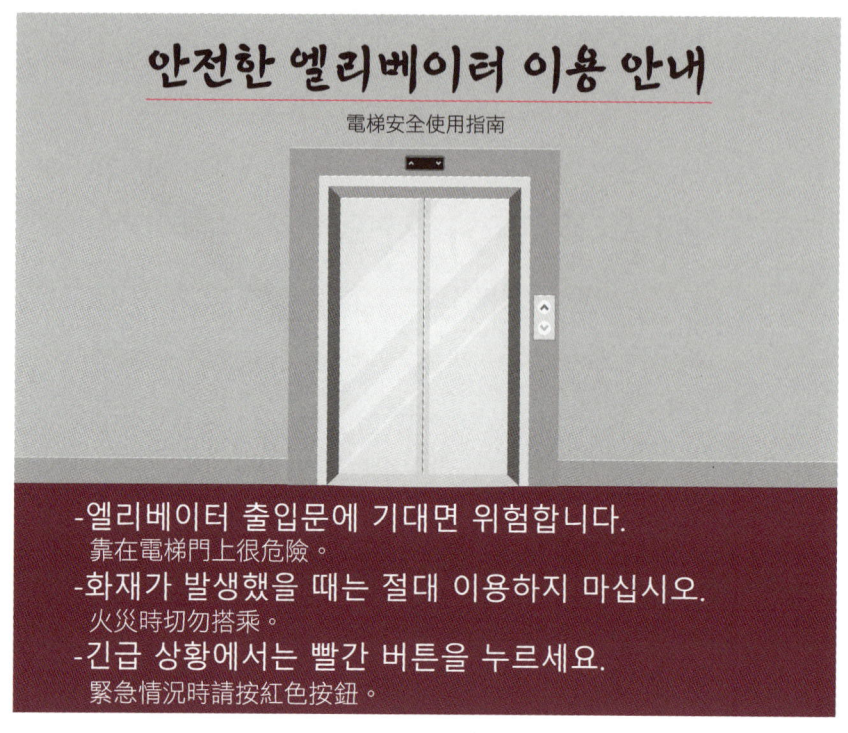

## 안전한 엘리베이터 이용 안내
電梯安全使用指南

- 엘리베이터 출입문에 기대면 위험합니다.
  靠在電梯門上很危險。
- 화재가 발생했을 때는 절대 이용하지 마십시오.
  火災時切勿搭乘。
- 긴급 상황에서는 빨간 버튼을 누르세요.
  緊急情況時請按紅色按鈕。

❶ 출입문에 기대도 됩니다.
   可以倚靠出入門上。

② 불이 나면 엘리베이터를 타지 않습니다.   O
   發生火災的話，不要搭電梯。

③ 사고가 나면 빨간 버튼을 눌러야 합니다.   O
   發生事故的話，應該按紅色按鈕。

④ 엘리베이터는 안전하게 이용해야 합니다.   O
   應該安全使用電梯。

> 엘리베이터 출입문에 기대면 안전하지 않습니다. 나머지는 안전하게 엘리베이터를 이용하는 방법입니다.
>
> 倚靠「엘리베이터 출입문」（電梯門）的話不安全。剩下的內容是安全使用電梯的方法。答案是①。

42.

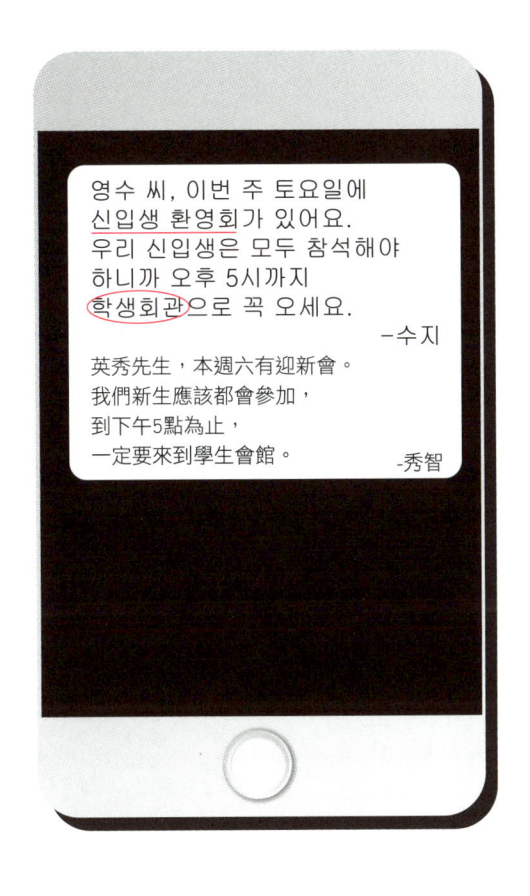

> 영수 씨, 이번 주 토요일에
> 신입생 환영회가 있어요.
> 우리 신입생은 모두 참석해야
> 하니까 오후 5시까지
> 학생회관으로 꼭 오세요.
>                     -수지
>
> 英秀先生，本週六有迎新會。
> 我們新生應該都會參加，
> 到下午5點為止，
> 一定要來到學生會館。
>                     -秀智

① 수지 씨는 학교 신입생입니다.   O
　秀智小姐是學校新生。

❷ 영수 씨는 지금 학생회관에 있습니다.   토요일 오후 5시에 갑니다
　英秀先生現在在學生會館。

③ 영수 씨와 수지 씨는 토요일에 만납니다.   O
　英秀先生和秀智小姐星期六會見面。

④ 수지 씨는 신입생 환영회에 참석할 겁니다.   O
　秀智小姐要參加迎新會。

> 학생회관에서 하는 신입생 환영회는 이번 주 토요일입니다. 두 사람은 그때 만날 예정입니다.
>
> 　在「학생회관」（學生會館）舉辦的「신입생 환영회」（迎新會）是本週六的事。兩個人打算那時候見面。答案是②。

※ **[43~45]** 다음의 내용과 같은 것을 고르십시오.
請選出與下列內容相同的選項。

43. (3점)（3分）

> 저는 일주일에 한 번씩 서점에 갑니다. 거기에서 새로 나온 책을 보고 가끔 커피도 마십니다. <u>즐겁고 행복한 시간입니다.</u>
>
> 我一週去書店一次。在那裡看新上架的書，偶爾喝咖啡。是既開心又幸福的時間。

❶ 저는 서점을 좋아합니다.
　我喜歡書店。

② 저는 매일 서점에 갑니다.　*일주일에 한 번씩*
　我每天去書店。

③ 저는 새로 나온 책을 삽니다.　*책을 봅니다*
　我買新出版的書。

④ 저는 커피를 마시며 책을 봅니다.　✗
　我邊喝咖啡邊看書。

> 일주일에 한 번씩 서점에 가서 책을 보고 커피를 마시는 것은 그 서점을 좋아하기 때문입니다. 그래서 그런 시간이 즐겁고 행복한 것입니다.
>
> 　去書店的頻率是「일주일에 한 번씩」（一週一次），看書且喝咖啡的原因是喜歡那家書店的關係。所以這樣的時間「즐겁고 행복하다」（又開心又幸福）。答案是①。

240

**44.** (2점)（2分）

> 어제 처음 한국 친구 집에 갔습니다. 친구는 맛있는 <u>떡볶이를 준비했습니다</u>. 우리는 같이 음식을 먹고 한국어 공부를 했습니다.
>
> 昨天第一次去韓國朋友家。朋友準備了好吃的辣炒年糕。我們一起吃食物，然後學習韓語。

① 저는 오늘 친구 집에 갔습니다.     어제
　我今天去朋友家。

❷ 친구는 떡볶이를 준비했습니다.
　朋友準備了辣炒年糕。

③ 친구는 떡볶이를 못 먹었습니다.     X
　朋友不能吃辣炒年糕。

④ 저는 집에서 한국어를 공부합니다.     친구 집에서
　我在家裡學韓語。

> 어제 놀러 간 한국 친구 집에서 친구는 떡볶이를 만들어 주었습니다. 그리고 같이 한국어를 공부했습니다.
>
> 昨天去「한국 친구 집」（韓國朋友家）玩，朋友做了「떡볶이」（辣炒年糕）。還有一起學了韓語。答案是②。

45. (3점)（3分）

> 　　10월에는 한강에서 불꽃놀이 행사가 있습니다. 한 시간 넘게 여러 가지 모양의 불꽃을 볼 수 있어서 <u>많은 사람들이 구경하러 옵니다.</u>
> 　　10月在漢江有煙火活動。因為可以看到各式各樣的火花超過一個小時，所以許多人來觀賞。

① 행사는 십일월에 합니다. 　시월
　 活動是十一月舉辦。

② 행사는 한 시 후에 끝납니다. 　불꽃놀이 시간 1시간
　 活動是一點後結束。

❸ 행사에 사람들이 아주 많습니다.
　 活動上有很多人。

④ 사람들이 한강에 많이 놀러 옵니다. 　불꽃놀이 행사
　 很多人來漢江玩。

> 　　사람들이 많이 오는 이유는 한강에서 하는 불꽃놀이 행사를 보기 위해서입니다.
> 　　很多人來的理由是為了看在漢江辦的「불꽃놀이」（煙火活動）。答案是 ③。

242

※ **[46～48] 다음을 읽고 중심 생각을 고르십시오.**
請閱讀下面文章，並選出中心思想。

46. (3점)（3分）

> 저는 여행을 좋아합니다. 방학이 되면 산이나 바다로 여행을 갑니다. 이번 여름 방학에는 바닷가로 여행을 가려고 합니다.
> 我喜歡旅行。一放假就去山上或海邊旅行。這次暑假我打算去海邊旅行。

❶ 저는 방학을 기다립니다.
　我期待放假。

② 저는 바다를 더 좋아합니다.　✗
　我更喜歡海。

③ 저는 빨리 여행을 가고 싶습니다.　*방학이 되면*
　我想趕快去旅行。

④ 저는 여름방학을 제일 좋아합니다.　✗
　我最喜歡暑假。

> 마음 편하게 여행을 갈 수 있는 기간은 방학 때입니다. 그러므로 빨리 방학이 오기를 기다리는 것입니다.
> 可以放鬆心情去旅行的期間是「방학」（放假）的時候。所以十分期待放假趕快來。答案是①。

47. (3점)（3分）

> 저는 어제 마지막 한국어 수업을 했습니다. 일 년 동안 같이 공부했던 친구들과 헤어지게 됐습니다. 너무 슬퍼서 울었습니다.
>
> 我昨天上了最後一堂韓語課。和一起讀書一年的朋友們告別了。太傷心，所以哭了。

① 저는 슬픈 일이 너무 많았습니다.　✗
　我有很多悲傷的事。

② 저는 친구들을 만나서 좋았습니다.　헤어집니다
　我和朋友們見面，所以覺得很好。

③ 저는 한국어를 계속 공부하고 싶습니다.　✗
　我想繼續學習韓語。

❹ 저는 같은 반 친구들과 헤어져서 울었습니다.
　我因為跟同班同學們分別，所以哭了。

> 마지막 수업을 한다는 것은 더 이상 반 친구들과 같이 수업을 할 수 없다는 뜻입니다. 일 년을 같이 보낸 친구들과 헤어지게 되니까 슬퍼서 눈물이 난 것입니다.
>
> 「마지막 수업」（最後一堂課）是再也不能和同學們一起上課的意思，因為要和相處一年的朋友們告別，不禁流下傷心的眼淚。答案是④。

48. (2점)（2分）

> 동네에 새로 생긴 이탈리아 식당이 있습니다. 분위기도 좋고 맛도 최고입니다. 그래서 저는 친구들과 꼭 이 식당에서 약속을 합니다.
>
> 社區內有新開的義大利餐廳。氣氛也好，味道也頂級。所以我跟朋友們一定會約在這家餐廳。

① 저는 친구들을 좋아합니다.　　식당
　 我喜歡朋友們。

❷ 저는 새 식당이 마음에 듭니다.
　 我很滿意新的餐廳。

③ 저는 이탈리아에 가고 싶습니다.　　이탈리아 식당
　 我想去義大利。

④ 저는 새 식당이 생기면 좋겠습니다.　　X
　 我希望有新的餐廳開門。

> 친구들과 만날 때 이탈리아 식당을 가는 이유는 새로 생긴 그 식당이 마음에 들기 때문입니다.
>
> 和朋友們見面時去義大利餐廳的理由是因為「마음에 들다」（很滿意）新開的那家餐廳。答案是②。

245

※ [49~50] 다음을 읽고 물음에 답하십시오. (각 2점)
請閱讀下面文章，並回答問題。（各2分）

> 올 여름에 친구들하고 해외 여행을 가기로 했습니다. 그런데 저만 여권이 없었습니다. 그래서 오늘 여권을 신청할 때 필요한 ( ㉠사진을 찍으러 갑니다 ). 사진이 나오면 바로 가까운 구청에 가서 신청을 하려고 합니다. 처음으로 가는 해외 여행이어서 정말 기대가 됩니다.
>
> 今年的夏天我決定要和朋友們去海外旅行。不過只有我沒有護照，所以今天要（ ㉠去拍 ）申請護照時需要的（ ㉠照片 ）。一拿到照片就要去附近的區公所申請。因為是第一次去海外旅行，真是期待。

49. ㉠에 들어갈 알맞은 말을 고르십시오.
　　請選出適合填入㉠的句子。

　　① 사진이 많습니다　　　　② 사진이 아닙니다
　　　 照片很多　　　　　　　　　 不是照片
　　③ 사진을 사겠습니다　　　**❹ 사진을 찍으러 갑니다**
　　　 要買照片　　　　　　　　　 去拍照片

> 여권을 신청할 때 꼭 필요한 것이 사진입니다. 뒷 문장에서 '사진이 나오면' 이라고 했으니 먼저 사진을 찍으러 가야 합니다.
>
> 申請護照時一定需要的就是照片。在下一句有「사진이 나오면」（拿到照片的話），所以應該要先「사진을 찍다」（拍照片）。答案是④。

246

50. 이 글의 내용과 같은 것을 고르십시오.
    請選出和這篇文章內容一樣的選項。

    ① 저는 이미 여권을 신청했습니다.   신청하려고 합니다
       我已經申請護照了。

    ② 저는 외국에서 사진을 찍었습니다.   X
       我在國外拍照了。

    ❸ 저는 처음으로 외국 여행을 합니다.
       我第一次去海外旅行。

    ④ 저는 친구들하고 같이 구청에 갈 겁니다.   혼자 갈 겁니다
       我要和朋友們一起去區公所。

> 해외 여행을 가 본 적이 없기 때문에 여권이 없었습니다. 이번 여름에 첫 해외 여행을 가기 위해 여권을 신청하려는 것입니다.
> 　　因為沒去過海外旅行，所以沒有護照。為了今年夏天要第一次去海外旅行，要申請護照。答案是③。

247

※ [51~52] 다음을 읽고 물음에 답하십시오.
請閱讀下面文章,並回答問題。

> 박물관에 가면 쉴 수 있는 공간이 적습니다. (　㉠그래서　) 옷과 신발은 편한 것을 선택하는 것이 좋습니다. 전시실 안에서 사진을 찍는 것은 자유롭지만 <u>전시물에 영향을 주거나 다른 사람의 관람을 방해할 수 있는 플래시와 삼각대는 사용할 수 없습니다.</u>
>
> 　去博物館,可以休息的空間很少。(　㉠所以　) 要選舒服的衣服和鞋子比較好。展示室裡可以隨意拍照,但不可使用閃光燈和三腳架,以免影響到展示品或妨礙他人的觀賞。

51. ㉠에 들어갈 알맞은 말을 고르십시오. (3점)
    請選出適合填入㉠的句子。(3分)

    ❶ 그래서　　　　　　② 그래도
    　所以　　　　　　　　還是
    ③ 그런데　　　　　　④ 그러나
    　不過　　　　　　　　但是

> 　옷과 신발을 편한 것으로 선택하는 이유가 쉴 수 있는 공간이 적기 때문입니다. 인과관계를 표시할 때는 '그래서'를 써야 합니다.
>
> 　選擇舒服的衣服和鞋子的理由是因為可以休息的空間很少。表示因果關係時,應該用「그래서」(所以)。答案是①。

52. 무엇에 대한 이야기인지 맞는 것을 고르십시오. (2점)
請選出是關於什麼的談話的正確選項。（2分）

① 박물관의 위치　✗
　　博物館的位置

② 박물관의 전시물　✗
　　博物館的展示品

③ 박물관에서 사진 찍는 법　✗
　　在博物館拍照的方法

❹ 박물관에서 조심해야 할 일
　　在博物館該注意的事

> 문장 중에 '사용할 수 없습니다'는 것은 허가가 필요하니까 조심해야 한다는 것을 의미합니다.
> 　文章裡「사용할 수 없습니다」（不可使用）是需要得到允許，所以要小心的意思。答案是④。

※ [53~54] 다음을 읽고 물음에 답하십시오.

請閱讀下面文章，並回答問題。

> 저는 사회에서 성공한 사람이 되고 싶습니다. 그래서 이 회사에 들어왔습니다. 회사가 아주 크거나 유명하지는 않지만 회사가 가지고 있는 기술은 이미 정상 수준입니다. 저는 이 기술을 더욱 발전시켜서 우리 회사를 전세계에서 최고로 ( ㉠ 훌륭한 ) 회사로 만들고 싶은 꿈을 가지고 있습니다.
>
> 我想成為社會上的成功人士，所以我進了這家公司。雖然公司不是很大，也不是很有名，但是公司已經具有頂尖水準的技術。我的夢想是將這個技術發揚光大，讓公司成為世界上最（ ㉠優秀的 ）的公司。

53. ㉠에 들어갈 알맞은 말을 고르십시오. (2점)

请選擇適合填入㉠的句子。（2分）

① 복잡한
　複雜的

② 어려운
　困難的

❸ 훌륭한
　優秀的

④ 조그만
　小的

> '꿈'은 '희망, 기대'를 뜻하는 말이므로 긍정적 의미의 단어와 함께 쓰여야 합니다. 자기가 다니는 회사를 훌륭한 회사로 만들고 싶은 것이 당연하겠습니다.
>
> 「꿈」（夢想）意味著「希望、期待」，應該和有正面意義的單字一起使用。把自己上班的公司變成「훌륭한」（優秀的）公司就是理所當然的。答案是③。

54. 이 글의 내용과 같은 것을 고르십시오. (3점)
請選出和這篇文章內容一樣的選項。（3分）

① 저는 이 회사에 다니지 않습니다.   다니고 있습니다
我不在這家公司上班。

② 저는 크고 유명한 회사를 선택하였습니다.   X
我選擇了又大又有名氣的公司。

③ 저는 자신이 가진 기술이 최고라고 생각합니다.   회사의 기술
我認為自己擁有的技術是最棒的。

❹ 저는 이 회사를 세계적인 회사로 만들고 싶습니다.
我想把這家公司變成世界級的公司。

> 훌륭한 회사로 만들겠다는 것은 그 회사를 세계적인 명성과 실력을 가진 회사로 만들겠다는 의미입니다.
>
> 所謂要變成「훌륭한 회사」（優秀的公司），意思是把這家公司變成具有世界級的名聲和實力的公司。答案是④。

251

※ [55~56] 다음을 읽고 물음에 답하십시오.
請閱讀下面文章，並回答問題。

> 집에서 고양이를 키울 수 없는 사람은 고양이 카페에서 고양이와 ( ㉠즐거운 시간을 보낼 ) 수 있습니다. 이곳에 들어가면 여기저기 귀엽고 예쁜 고양이들이 보입니다. 고양이와 친해지기 위해서는 고양이 간식을 주면서 익숙해져야 합니다. <u>무릎에 앉은 고양이를 만지고 안을 수 있는 시간이 정말 즐겁습니다.</u>
>
> 家裡無法養貓的人在貓咪咖啡廳可以和貓（ ㉠度過美好的時間 ）。進到這裡，到處都能看到可愛又漂亮的貓。為了和貓變得親近，就要給牠們零食，讓牠們習慣。可以撫摸擁抱趴在膝蓋上的貓咪的時間真的很開心。

55. ㉠에 들어갈 알맞은 말을 고르십시오. (2점)
    請選出適合填入㉠的句子。（2分）

    ① 주인이 같이 살
       跟主人住在一起

    ② 맛있는 간식을 줄
       給貓好吃的零食

    ❸ 즐거운 시간을 보낼
       度過美好的時間

    ④ 편안하게 음식을 먹을
       舒服地吃食物

> 이 문제에 대한 정답은 마지막 문장에 그 힌트가 있습니다. 고양이 카페에서 고양이와 같이 보내는 시간이 정말 즐겁다고 했으므로 정답은 ②번입니다.
>
> 這題的正確答案在最後一句有提示，也就是在貓咪咖啡廳「고양이와 즐거운 시간을 보내다」（和貓一起度過美好的時間）。答案是③。

56. 이 글의 내용과 같은 것을 고르십시오. (3점)
    請選出和這篇文章內容一樣的選項。（3分）

    ❶ 고양이 카페에서 고양이와 놀 수 있습니다.
    　 在貓咪咖啡廳可以和貓玩。

    ② 고양이 카페는 고양이를 빌려 주는 곳입니다.　　같이 노는 곳
    　 貓咪咖啡廳是出租貓的地方。

    ③ 고양이에게 줄 간식은 직접 가지고 가야 합니다.　✗
    　 給貓的零食應該親自帶過去。

    ④ 고양이 카페에서 친해진 고양이는 키울 수 있습니다.　✗
    　 在貓咪咖啡廳變親近的貓（把它帶走）可以飼養。

    > 고양이 카페는 그곳에 있는 고양이와 같이 노는 곳이지 고양이를 빌려 주는 곳이 아닙니다. 고양이 간식에 대한 규정은 특별히 없습니다.
    >
    > 貓咪咖啡廳是可以「그곳에 있는 고양이와 같이 노는 곳」（和在那邊的貓一起玩的地方），不是出租貓的地方。沒有關於貓零食的規定。答案是①。

※ **[57~58] 다음을 순서대로 맞게 나열한 것을 고르십시오.**
請選出下列排列順序正確的選項。

57. (3점) (3分)

(가) 그래도 눈이 내리면 아름답습니다.　　연결
　　 就算是這樣，下雪的話還是很漂亮。

(나) 이번 겨울에는 눈이 많이 왔으면 좋겠습니다.　　결론
　　 我希望今年冬天下大雪。

(다) 그리고 내리는 눈을 보고 있으면 기분이 좋아집니다.　　설명
　　 還有看著下雪的樣子，心情會變好。

(라) 한국의 겨울은 아주 춥습니다.　　전제
　　 韓國的冬天非常冷。

① (가)-(다)-(나)-(라)　　② (나)-(다)-(라)-(가)
③ (다)-(라)-(가)-(나)　　❹ (라)-(가)-(다)-(나)

(라)는 대전제입니다. (가)는 (라)에 대한 다른 의견을 제시한 것입니다. (다)는 (나)에 대한 보충 설명입니다. (나)는 마지막으로 희망을 표현하였습니다.
　　(라)是大前提。(가)是對(라)提出別的意見。(다)是對(나)的補充說明。(나)是最後表現出希望。答案是④。

**58.** (2점)（2分）

| | |
|---|---|
| (가) 비빔밥에는 여러 가지 나물이 들어 있습니다. | 설명1 |
| 拌飯裡包含各種蔬菜。 | |
| (나) 거기에 고추장과 참기름을 넣고 비벼야 맛있습니다. | 설명2 |
| 要放入辣椒醬和芝麻油後拌一拌才好吃。 | |
| (다) 비빔밥은 한국의 전통 음식 중 하나입니다. | 전제 |
| 拌飯是韓國的傳統食物之一。 | |
| (라) 그래서 비빔밥은 맛도 좋고 건강에도 좋은 음식입니다. | 결론 |
| 所以拌飯是有好吃又對身體好的食物。 | |

① (가)-(다)-(라)-(나)　　② (나)-(다)-(가)-(라)
❸ (다)-(가)-(나)-(라)　　④ (라)-(가)-(다)-(나)

> (다)는 대전제입니다. (가)는 (다)에 대한 설명입니다. (나)는 (가)의 보충 설명입니다. (라)는 마지막 결론 부분입니다.
> (다)是大前提。(가)是對(다)的說明。(나)是(가)的補充說明。(라)是最後結論的部分。答案是③。

※ [59~60] 다음을 읽고 물음에 답하십시오.
請閱讀下面文章，並回答問題。

> 우리 학교의 학생은 모두 다 외국에서 온 사람들입니다. ( ㉠ ) 우리 반은 초급반이라서 한국말을 잘하지 못합니다. ( ㉡ ) 그래서 선생님이 수업 중에 질문을 할 때 대답을 전혀 하지 못하는 학생도 있습니다. ( ㉢틀린 대답을 하는 학생도 많습니다. ) 선생님은 친절한 표정으로 정확한 대답을 알려주거나 틀린 곳을 올바르게 고쳐줍니다. ( ㉣ )
>
> 我們學校的學生全都是從國外來的人。( ㉠ ) 因為我們班是初級班，所以都不太會說韓語。( ㉡ ) 因此老師上課中提問時，有的學生完全不會回答。( ㉢答錯的學生也很多。 ) 老師會以親切的表情告知正確的回答，或矯正錯誤的地方。( ㉣ )

59. 다음 문장이 들어갈 곳을 고르십시오. (2점)
    請選出能填入下面句子的地方。（2分）

> 틀린 대답을 하는 학생도 많습니다.
> 答錯的學生也很多。

① ㉠　　　② ㉡　　　❸ ㉢　　　④ ㉣

> 선생님이 수업 중에 질문을 하면 대답을 못하는 학생도 있고 틀린 대답을 하는 학생도 있습니다. 따라서 '선생님이 질문을 하다'는 문장 뒤인 ㉢이 정확한 위치입니다.
>
> 老師上課時提問的話，有無法回答的學生，也有答錯的學生。所以「선생님이 질문을 하다」（老師提問）這句話後面的㉢才是正確的位子。答案是③。

60. 이 글의 내용과 같은 것을 고르십시오. (3점)
    請選出和這篇文章內容一樣的選項。（3分）

    ① 우리 반은 모두 한국말 실력이 좋습니다.　　초급반
    　　我們班的韓語實力都很好。

    ❷ 우리는 학교에서 한국말을 배우고 있습니다.
    　　我們正在學校學韓語。

    ③ 수업 시간에 대답을 못 하는 학생이 많지 않습니다.　　많습니다
    　　上課時間無法回答的學生不多。

    ④ 선생님은 우리 반 학생들에게 친절하게 질문을 합니다.　　알려줍니다
    　　老師向我們班的學生們親切地提問。

    > 이 학교의 학생들은 모두 외국에서 온 사람이므로 학교에서 한국어를 배우고 있습니다. 따라서 정확한 대답을 못하는 사람이 많고, 선생님은 친절하게 설명을 해 줍니다.
    >
    > 這所學校的學生們都是從國外來的人，因此正在學校學韓語。所以無法正確回答的人很多，老師會親切地說明。答案是②。

※ [61~62] 다음을 읽고 물음에 답하십시오. (각 2점)
請閱讀下面文章，並回答問題。（各2分）

> 저는 자전거 타기를 좋아합니다. 그러나 <u>1년 전만 해도 자전거를 전혀 타지 못했습니다</u>. 타다가 넘어지면 ( ㉠다칠까 봐 ) 무서웠기 때문입니다. 저는 친구들과 자전거 소풍을 가고 싶어서 <u>형에게 자전거 타는 법을 배웠습니다</u>. 그리고 매일 학교 운동장에 가서 혼자 연습했습니다.
>
> 我喜歡騎腳踏車。不過1年前我可是完全不會騎腳踏車。因為害怕騎的當中跌倒（ ㉠會受傷 ）。我想和朋友們去騎腳踏車郊遊，所以跟哥哥學了騎腳踏車的方法。然後每天去學校運動場自己練習了。

61. ㉠에 들어갈 알맞은 말을 고르십시오.
    請選出適合填入㉠的句子。

    ① 다치고
       受傷跟

    ❷ 다칠까 봐
       怕受傷

    ③ 다친 후에
       受傷後

    ④ 다치는 대신
       代替受傷

> '-을/ㄹ까 봐'는 어떤 일이 일어날 것을 걱정하는 문형입니다. 나는 자전거를 타다가 넘어져 다치는 일이 무서웠습니다. 따라서 정답은 ②번입니다.
>
> 「-을/ㄹ까 봐」（害怕～會～）是擔心某件事會發生的句型。因為害怕騎腳踏車跌倒會「다치다」（受傷）。答案是②。

62. 이 글의 내용과 같은 것으로 고르십시오.
請選出和這篇文章內容一樣的選項。

① 저는 형 앞에서 연습했습니다.  혼자
我在哥哥面前練習了。

② 저는 연습할 때 너무 무서웠습니다.  배우기 전에
我練習時太害怕。

❸ 저는 1년 전부터 자전거를 타기 시작했습니다.
我從1年前開始騎腳踏車。

④ 자전거를 탈 때 친구들이 옆에서 가르쳐 주었습니다.  형이 가르침
騎腳踏車時朋友們在旁邊教了我。

> 1년 전에는 자전거를 전혀 못 탔으나 형에게 배우면서부터는 탈 수 있게 되었습니다.
> 1年前我完全不會騎腳踏車，但從開始跟哥哥學就會騎了。答案是③。

※ [63~64] 다음을 읽고 물음에 답하십시오.
請閱讀下面文章，並回答問題。

받는 사람 : 0911001@hanguk.com; 0911002@hanguk.com; ...
收 件 人 : 0911001@hanguk.com; 0911002@hanguk.com; ...
보낸 사람 : kys@hanguk.com
寄 件 人 : kys@hanguk.com
제    목 : 학과 체육대회
標    題 : 科系運動會

한국대학교 한국어학과 학생 여러분, 안녕하십니까?
　다음 달 4월 15일에 학과 체육대회를 할 예정입니다. 4월 10일까지 저희 한국어학과 홈페이지에 들어 오셔서 축구와 농구, 발야구 중 하나를 선택하시면 됩니다. 될 수 있으면 학과의 모든 학생들이 다 참가하기를 바랍니다.
　韓國大學韓文系的同學們，大家好嗎？
　下個月4月15號預計舉行科系運動會。4月10號前請上韓文系網站，選擇足球、籃球、足壘球當中的一個即可。可以的話，希望本系的所有同學們都參加。

한국대학교 한국어학과
韓國大學 韓文系

63. 왜 이 글을 썼는지 맞는 것을 고르십시오. (2점)
　　請選出為何寫這篇文章的正確選項。（2分）

　❶ 체육대회 참가를 부탁하려고
　　　要拜託（大家）參加運動會
　② 체육대회에 신청하고 싶어서
　　　想申請運動會
　③ 좋아하는 운동을 알고 싶어서
　　　想知道喜歡的運動
　④ 체육대회가 열리는 날짜를 확인하려고
　　　要確認運動會舉行的日子

> 마지막 문장에 '모든 학생들이 다 참가하기를 바랍니다'에 힌트가 있습니다. 바로 참여를 부탁하는 표현입니다.
> 
> 最後一句有提示,「모든 학생들이 다 참가하기를 바랍니다」(希望所有同學們都參加)就是拜託大家參加的表達。答案是①。

64. 이 글의 내용과 같은 것을 고르십시오. (3점)
    請選出和這篇文章內容一樣的選項。(3分)

    ① 이번 달에 체육대회를 합니다.　　다음 달
    　本月舉行運動會。

    ② 학교 홈페이지를 이용해야 합니다.　　학과 홈페이지
    　應該利用學校的網站。

    ❸ 다음 달 10일까지 신청할 수 있습니다.
    　到下個月10日之前可以申請。

    ④ 학과의 모든 학생이 다 체육대회에 참가합니다.　　참가하기 바랍니다
    　科系的所有同學都會參加運動會。

> 참가 신청일 4월 10일과 체육대회를 하는 4월 15일은 모두 이번 달이 아니고 다음 달입니다. 모든 학생이 참가하기를 바라는 것이지 다 참가한다는 뜻은 아닙니다.
> 
> 參加申請截止日4月10日和舉行運動會的4月15日都不是本月而是下個月。「모든 학생들이 다 참가하기를 바랍니다」(希望所有同學們都參加)並不表示大家都要參加。答案是③。

※ [65~66] 다음을 읽고 물음에 답하십시오.
請閱讀下面文章，並回答問題。

> 사람은 충분히 잠을 자야 건강을 유지할 수 있습니다. 그런데 여러 가지 이유로 잠이 잘 안 올 때가 있습니다. 이럴 때 따뜻한 물에 샤워를 하면 효과가 있습니다. 샤워로 체온이 올랐다가 떨어지면서 자연스럽게 잠이 오기 때문입니다. 잠이 안 온다고 휴대전화를 ( ㉠보거나 ) 컴퓨터 게임을 하면 안됩니다. 이런 행동들은 뇌에 자극을 주어 오히려 잠을 쫓아버립니다.
>
> 人要充足地睡才能維持健康。不過由於各種原因，也有睡不著的時候。這時候用溫水洗澡的話就會有效果。因為洗澡時體溫會先上升後下降，自然而然就會想睡著。睡不著時不要（ ㉠看 ）手機（ ㉠或者 ）或玩電腦遊戲。這樣的行為會刺激腦袋，反而驅趕睡眠。

65. ㉠에 들어갈 알맞은 말을 고르십시오. (2점)
    請選出適合填入㉠的句子。（2分）

    ① 보지만
       看，但是
    ❷ 보거나
       看，或者
    ③ 보는데
       看，不過
    ④ 보더니
       看，結果

> 잠이 안 올 때 하는 행동이 두 가지 중 하나입니다. 휴대전화를 보는 것, 혹은 컴퓨터 게임을 하는 것입니다. 따라서 둘 중 하나는 표시하는 어미는 '-거나'입니다.
>
> 睡不著時所做的行為是兩個當中一個，看手機或者玩電腦遊戲。所以表示兩個當中一個的詞尾就是「-거나」（～或者）。答案是②。

66. 이 글의 내용과 같은 것을 고르십시오. (3점)
    請選出和這篇文章內容一樣的選項。（3分）

    ❶ 건강하려면 충분히 잠을 자야 합니다.
       想要健康，應該充足地睡覺。

    ② 따뜻한 물에 샤워를 하면 체온이 떨어집니다.  올라갑니다
       用溫水洗澡的話，體溫下降了。

    ③ 컴퓨터 게임을 할 때 잠을 자지 말아야 합니다.  X
       玩電腦遊戲的時候不要睡覺。

    ④ 뇌에 자극을 주면 오히려 더 편안하게 잠이 옵니다.  잠이 안 옵니다
       刺激腦袋的話，反而更容易入睡。

    > 잠을 충분히 자야 건강해질 수 있습니다. 잠을 자기 전에 컴퓨터 게임을 하면 뇌에 자극을 줘서 잠을 쫓기 때문에 하지 말아야 합니다.
    >
    > 充足地睡覺才會健康。睡覺前玩電腦遊戲的話，會刺激腦袋驅趕睡眠，所以不應該做。答案是①。

※ **[67~68] 다음을 읽고 물음에 답하십시오. (각 3점)**
請閱讀下面文章，並回答問題。（各3分）

> 　　한국에서 가장 큰 명절은 설날과 추석입니다. 그 중 설날은 새로운 한 해를 시작하는 날이라서 <u>아침에 일어나자마자 집안 어른들에게 세배를 합니다.</u> 그러면 어른들은 '덕담'이라는 좋은 말과 함께 세뱃돈을 줍니다. 세뱃돈 속에는 어른들의 아이를 사랑하는 ( ㉠마음이 담겨 있어서 ) 아이들은 세뱃돈은 받으면서 진심으로 감사해합니다.
>
> 　　韓國最大的節日是春節和中秋節。其中春節是新的一年開始的日子，所以早上一起床就會向家裡的長輩們拜年。這樣做的話，長輩們會邊說所謂「德談」的良言，邊給壓歲錢。壓歲錢裡（ ㉠蘊含 ）長輩們愛孩子的（ ㉠心意 ），孩子們也會真心感謝地收下壓歲錢。

**67.** ㉠에 들어갈 알맞은 말을 고르십시오.
　　請選出適合填入㉠的句子。

① 돈이 들어 있어서
　裝著錢
❷ 마음이 담겨 있어서
　蘊含心意
③ 카드가 쓰여 있어서
　寫著卡片
④ 선물이 포장돼 있어서
　包裝著禮物

> 　　어른이 아이들에게 주는 세뱃돈에는 사랑하는 마음이 담겨 있기 때문에 아이들이 그 돈을 받으면서 진심으로 감사해하는 것입니다.
>
> 　　由於長輩給孩子的壓歲錢裡「사랑하는 마음이 담겨 있다」（蘊含愛心），所以孩子一邊收到那筆錢一邊會真心感謝。答案是②。

68. 이 글의 내용과 같은 것을 고르십시오.
    請選出和這篇文章內容一樣的選項。

    ① 세배는 많이 하면 할수록 좋습니다.　✗
    拜年越多越好。

    ② 어른들은 감사해하며 세뱃돈을 줍니다.　아이들은
    長輩們邊感謝邊給壓歲錢。

    ③ 아이들은 세뱃돈을 받기 위해 세배를 합니다.　감사하는 마음으로
    孩子們為了收到壓歲錢拜年。

    ❹ 설날 아침에는 어른들에게 세배를 해야 합니다.
    春節的早上應該向長輩拜年。

> 　설날 아침에 세배를 하는 행위는 한국의 문화 전통입니다. 세배는 설날에만 하는 것입니다. 세배는 어른에 대한 예의이지 세뱃돈이라는 대가를 바라고 하는 것은 아닙니다.
> 　「설날 아침에 세배를 하다」（春節早上拜年）的行為是韓國的文化傳統。拜年只有春節時才做。拜年是對長輩的禮儀，並不是期望能夠收到壓歲錢。答案是④。

※ **[69~70] 다음을 읽고 물음에 답하십시오. (각 3점)**
請閱讀下面文章，並回答問題。（各3分）

> 저는 학교 때문에 서울에서 혼자 삽니다. 저는 늘 고향에 계신 부모님의 ( ㉠건강을 걱정합니다 ). 왜냐하면 부모님의 연세가 많으시고, 다른 가족이 없이 두 분만 사시기 때문입니다. 그런데 오늘 아버지에게서 소포가 왔습니다. 그 속에는 어머니가 만드신 김치와 반찬이 들어 있었습니다. 냉장고에 음식을 넣으면서 부모님 생각에 눈물이 났습니다.
>
> 我因為學業的關係一個人住在首爾。我總是（ ㉠擔心 ）住在故鄉的父母的（ ㉠健康 ），因為父母年紀大，而且沒有其他家人，只有兩位居住。不過今天收到了父親寄的包裹。那裡面有母親做的泡菜和小菜。一邊把食物放進冰箱裡，一邊想到父母，就掉眼淚了。

**69.** ㉠에 들어갈 알맞은 말을 고르십시오.
請選出適合填入㉠的句子。

❶ 건강을 걱정합니다
　擔心健康

② 생신을 잊었습니다
　忘了生辰

③ 친구와 같이 삽니다
　和朋友住在一起

④ 일을 많이 도왔습니다
　幫助了很多事情

> 나는 서울에 살고 부모님은 고향에 사십니다. 자식의 입장에서 보면 고령에 돌봐주는 사람이 없는 부모님의 건강이 걱정되는 것이 당연한 일입니다.
>
> 我住在首爾，而父母住在故鄉。從子女的立場來說，當然會擔心高齡又沒人照顧父母的健康。答案是①。

70. 이 글의 내용으로 알 수 있는 것을 고르십시오.
請選出和這篇文章內容一樣的選項。

① 부모님은 소포를 잘못 보냈습니다. ✗
　父母寄錯包裹了。

② 제가 사는 곳에는 김치와 반찬이 맛있습니다.　　어머니의 김치와 반찬
　我所住的地方泡菜和小菜好吃。

③ 저는 부모님과 함께 서울에서 살고 싶습니다. ✗
　我想跟父母一起住在首爾。

❹ 저는 소포를 받고 부모님의 사랑을 느꼈습니다.
　我收到包裹後，感受到父母的愛。

> 　어머니가 직접 만든 김치와 반찬을 아버지가 소포로 부쳐 주셨기 때문에 그 소포에 담긴 것은 바로 부모님의 사랑입니다.
> 　　因為母親親自做的泡菜和小菜是父親用包裹寄來的，那個包裹裡裝的就是父母的愛。答案是④。

267

# TOPIK I 第2回聽力模擬考試完全解析

※ [1~4] 다음을 듣고 <보기>와 같이 물음에 알맞은 대답을 고르십시오.
請聽下列內容，並如同<範例>選出符合問題的回答。

---
< 보기 >
範例

가 : 가방이에요?
甲：是包包嗎？

나 : _____
乙：_____

❶ 네, 가방이에요.　　　　　　　② 네, 가방이 작아요.
　是，是包包。　　　　　　　　　是，包包很小。

③ 아니요. 가방을 사요.　　　　　④ 아니요. 가방이 없어요.
　不是。買包包。　　　　　　　　不是。沒有包包。

---

1. (4점)（4分）

남자 : 언니가 있어요?
男生：妳有姊姊嗎？

여자 : _____
女生：_____

① 네, 언니가 갔어요.　　　　　　② 네, 언니가 좋아요.
　是，姊姊去了。　　　　　　　　是，喜歡姊姊。

❸ 아니요. 언니가 없어요.　　　　④ 아니요. 언니가 많아요.
　不是。沒有姊姊。　　　　　　　不是。姊姊很多。

268

> '있어요?'하고 물었을 때 '네'하면 질문과 똑같은 대답이 돼야 하고, '아니요' 하면 '있다'와 반대되는 '없다'로 대답을 해야 합니다.
>
> 問「있어요?」（有～嗎？）時，若說「네」（是），應該回答和問題一樣的內容。若說「아니요」（不是），應該回答跟「있다」（有）相反的「없다」（沒有）。答案是③。

2. (4점)（4分）

여자 : 오늘 수업을 해요?
女生：今天上課嗎？
남자 : _____
男生：_____

❶ 네, 수업을 해요.
　是，上課。

② 네, 수업이 아니에요.
　是，不是上課。

③ 아니요. 수업에 가요.
　不是。去上課。

④ 아니요. 수업이 싫어요.
　不是。不喜歡上課。

> '해요?'하고 물었으므로 '네'하면 질문과 똑같은 대답을 해야 하고, '아니요' 하면 '하다'의 반대인 '안 하다' 혹은 '하지 않다'라고 대답해야 합니다.
>
> 因為是問「해요?」（做～嗎？），若說「네」（是），應該回答跟問題一樣的內容。若說「아니요」（不是），應該回答跟「하다」（做～）的相反「안 하다」（不做～）或「하지 않다」（不做～）。答案是①。

3. (3점)（3分）

| 남자 : 이 과일을 누가 샀어요?　의문사(사람) |
| 男生：這水果是誰買的？ |
| 여자 : _____ |
| 女生：_____ |

❶ 제가 샀어요.
　我買的。

② 어제 샀어요.
　昨天買的。

③ 많이 샀어요.
　買了很多。

④ 가게에서 샀어요.
　在店裡買的。

> '누가'는 사람을 가리키는 대명사입니다.
> 「누가」（誰）是指人的代名詞。答案是①。

4. (3점)（3分）

| 여자 : 언제 또 만날까요?　의문사(시간) |
| 女生：什麼時候再見面呢？ |
| 남자 : _____ |
| 男生：_____ |

① 잘 자요.
　晚安。

② 내일 먹어요.
　明天吃吧。

③ 가고 싶어요.
　想去。

❹ 다음 주에 만나요.
　下週見吧。

> '언제'는 시간을 뜻하는 대명사입니다. '만날까요?'는 상대방의 의사를 묻는 의문형이므로 '만나요'라고 대답해야 합니다.
> 「언제」（何時）是表示時間的代名詞。「만날까요?」（見面嗎？）是問對方意見的疑問句，應該回答說「만나요」（見面）。答案是④。

※ [5~6] 다음을 듣고 <보기>와 같이 이어지는 말을 고르십시오.
請聽下列內容，並如同＜範例＞選出銜接的話。

─── <보기> ───
範例

가 : 많이 파세요.
甲 : 祝生意興隆。
나 : _____
乙 : _____

① 좋습니다.
　好的。
② 맛있습니다.
　好吃。
❸ 고맙습니다.
　謝謝。
④ 잘 먹겠습니다.
　開動了。

5. (4점)（4分）

남자 : 여보세요? 김영수 씨 계세요?
男生 : 喂？金英修先生在嗎？
여자 : _____
女生 : _____

① 알겠습니다.
　我明白了。
② 안녕히 계세요.
　再見。
❸ 안 계시는데요.
　他不在。
④ 만나서 반갑습니다.
　高興見到你。

'○○○ 씨 계세요?'하고 물었을 때 ○○○ 씨가 없다면 '계시다'의 반대말인 '안 계시다'를 써야 합니다.
問「○○○ 씨 계세요?」（○○○先生（小姐）在嗎？）時，若這個人不在，應該用「계시다」（在）的相反詞「안 계시다」（不在）。答案是③。

6. (3점)（3分）

| 여자 : 어서 드세요. |
| 女生：請慢用。 |
| 남자 : _____ |
| 男生：_____ |

① 좋겠습니다.
　很好吧。

❷ 잘 먹겠습니다.
　我要開動了。

③ 빨리 들어오세요.
　快點進來吧。

④ 여기서 기다리겠습니다.
　我要在這裡等妳。

'어서 드세요'는 상대에게 식사를 권할 때 쓰는 말입니다. 이에 대해 대답은 '잘 먹겠습니다'라고 대답하는 것이 제일 좋습니다.

「어서 드세요」（請慢用）是勸對方吃飯的時說的話。對此回答，選項當中最好的回答是「잘 먹겠습니다」（我要開動了）。答案是②。

※ [7~10] 여기는 어디입니까? <보기>와 같이 알맞은 것을 고르십시오.
這裡是哪裡？請如同＜範例＞選出合適的選項。

---
＜ 보기 ＞
範例

가 : 우표 한 장 주세요.
甲：請給我一張郵票。
나 : 여기 있습니다.
乙：在這裡。

① 공원　　　② 병원　　　③ 학교　　　❹ 우체국
　公園　　　　醫院　　　　學校　　　　郵局
---

7. (3점)（3分）

여자 : 제가 예약한 방이 어디예요?
女生：我訂的房間是哪裡？
남자 : 302호실입니다.
男生：是302號。

① 극장　　　❷ 호텔　　　③ 은행　　　④ 서점
　電影院　　　飯店　　　　銀行　　　　書店

> 방을 예약할 수 있는 곳은 호텔이나 여관 등 숙박 시설입니다.
> 可以訂「방」（房）的地方是「호텔」（飯店）或「여관」（旅館）等住宿設施。答案是②。

8. (3점) ( 3分 )

| 남자 : 어디가 안 좋으세요?
| 男生：妳哪裡不舒服？
| 여자 : 목이 좀 아프고 기침도 나요.
| 女生：喉嚨有點痛，也有咳嗽。

❶ 병원　　　② 회사　　　③ 시장　　　④ 박물관
　醫院　　　　公司　　　　市場　　　　博物館

> 목이 아프고 기침이 나는 것은 일반적으로 감기의 초기 증상입니다. 감기 기운이 있을 때 찾아가는 곳은 병원입니다.
> 　一般來説,「목이 아프다」(喉嚨痛)以及「기침이 나다」(咳嗽)是感冒的早期症狀。有感冒症狀時會去的地方就是「병원」(醫院)。答案是①。

9. (3점) ( 3分 )

| 여자 : 이 케이크로 주세요.
| 女生：我要這個蛋糕。
| 남자 : 초는 몇 개 드릴까요?
| 男生：妳要幾根蠟燭？

① 식당　　　② 약국　　　❸ 빵집　　　④ 화장실
　餐廳　　　　藥局　　　　麵包店　　　化妝室

> 케이크를 살 수 있는 곳은 당연히 빵집입니다. '빵가게' 혹은 '제과점'이라고도 합니다.
> 　可以買「케이크」(蛋糕)的地方當然是「빵집」(麵包店)。也可以説「빵가게」(烘焙坊)或「제과점」(製菓店)。答案是③。

10. (4점)（4分）

> 남자 : 여름 방학에 미국으로 놀러 가고 싶은데요.
> 男生：暑假時我想去美國玩。
> 여자 : 네, 손님. 잠시만 기다려 주세요.
> 女生：是，顧客。請稍等。

① 기차역　　　② 방송국　　　③ 도서관　　　❹ 여행사
　 火車站　　　　 電視台　　　　 圖書館　　　　 旅行社

　　남자는 미국으로 놀러 가고 싶다고 하는데 여자는 그 남자에게 '손님'이라고 합니다. 따라서 여자는 여행사의 직원입니다.
　　男生説「미국으로 놀러 가고 싶다」（想去美國玩），女生對男生稱呼「손님」（顧客）。所以女生是「여행사」（旅行社）的員工。答案是④。

※ [11~14] 다음은 무엇에 대해 말하고 있습니까? <보기>와 같이 알맞은 것을 고르십시오.

以下是說關於什麼的話題？請如同<範例>選出合適的選項。

---
<보기>
範例

가 : 몇 권이에요?
甲：有幾本？
나 : 모두 세 권이에요.
乙：總共三本。

❶ 책　　　② 사람　　　③ 주소　　　④ 음식
書　　　　人　　　　　地址　　　　食物

---

11. (3점)（3分）

남자 : 사과 한 개에 얼마예요?
男生：一個蘋果多少？
여자 : 천 원이에요.
女生：一千韓圜。

① 가게　　❷ 가격　　　③ 취미　　　④ 선물
店　　　　價格　　　　興趣　　　　禮物

> '얼마'라는 것은 가격을 묻는 명사입니다. '천 원'이 사과의 가격입니다.
> 說「얼마」（多少）是問價格的名詞。「천 원」（一千韓圜）是蘋果的「가격」（價格）。答案是②。

12. (3점)（3分）

> 여자 : 저는 한국 사람이에요. 마이클 씨는요?
> 女生：我是韓國人。麥可先生你呢？
> 남자 : 저는 영국 사람이에요.
> 男生：我是英國人。

❶ 나라　　　　　② 가족　　　　　③ 이름　　　　　④ 고향
　國家　　　　　　家族　　　　　　名字　　　　　　故鄉

> '한국', '영국'은 모두 나라의 이름입니다.
> 「한국」（韓國）、「영국」（英國）都是「나라」（國家）的名字。答案是①。

13. (4점)（4分）

> 남자 : 오늘이 3월 15일이에요?
> 男生：今天是3月15日嗎？
> 여자 : 아니요. 오늘은 3월 16일입니다.
> 女生：不是。今天是3月16日。

① 요일　　　　　② 색깔　　　　　❸ 날짜　　　　　④ 직업
　星期　　　　　　顏色　　　　　　日期　　　　　　職業

> '몇 월 며칠'은 날짜를 가리킵니다.
> 「몇 월 며칠」（幾月幾日）是指「날짜」（日期）。答案是③。

277

14. (3점)（3分）

> 여자 : 오늘이 어제보다 더 덥지요?
> 女生：今天比昨天更熱吧？
> 남자 : 시원하게 비가 오면 좋겠어요.
> 男生：希望能夠涼爽地下雨就好了。

① 계절　　　　② 휴가　　　　③ 시간　　　　❹ 날씨
　季節　　　　　休假　　　　　時間　　　　　天氣

> '덥다', '시원하다', '비가 오다'는 모두 날씨와 관계되는 말입니다.
> 「덥다」（熱）、「시원하다」（涼）、「비가 오다」（下雨）都是有關「날씨」（天氣）的單字。答案是④。

※ [15~16] 다음 대화를 듣고 알맞은 그림을 고르십시오. (각 4점)
請聽完下面對話，並選出合適的圖案。（各4分）

15.

남자 : 이 의자는 어디에 놓을까요?
男生：這張椅子放在哪裡啊？
여자 : 그건 책상 의자니까 저쪽 방에 갖다 놓으세요.
女生：那個是書桌的椅子，拿請放在那邊的房間。

> 남자가 손에 의자를 들고 여자에게 의자를 놓을 위치를 묻습니다. 여자는 그 의자가 책상에 달린 의자이므로 책상이 있는 방을 가리키면서 저곳에 갖다 놓으라고 합니다. 따라서 정답은 ④번입니다.
> 男生手上拿著「의자」（椅子），問女生把椅子「어디에 놓다」（放在哪裡）。女生指著有「책상」（書桌）的「방」（房間）説那張椅子是跟書桌一套，拿去放在那裡。答案是④。

16.

여자: 영수 씨, 오늘 수업이 몇 호실이죠?
女生：英秀先生，今天的課是幾號教室呢？
남자: 여기 왼쪽에 있는 2호실이에요. 같이 들어가요.
男生：在這裡左邊的2號教室。一起進去吧。

> 여자는 수업을 할 교실을 몰라 남자에게 묻습니다. 남자는 왼쪽에 있는 2호실을 가리키며 같이 가자고 합니다. 따라서 정답은 ①번입니다.
> 女生不知道在哪間教室上課，所以問男生「몇 호실」（幾號教室）。男生邊指著「왼쪽」（左邊）的「2호실」（2號教室），邊説一起去。所以答案是①。

※ [17~21] 다음을 듣고 <보기>와 같이 대화 내용과 같은 것을 고르십시오. (각 3점)
請聽下列內容，並如同＜範例＞選出與對話內容相同的選項。（各3分）

---

＜보기＞
範例

남자 : 학교가 언제 개학해요?
男生：學校什麼時候開學？
여자 : 내일부터 수업을 시작해요.
女生：明天開始上課。

❶ 여자는 학생입니다.　　　　　　② 남자는 선생님입니다.
　女生是學生。　　　　　　　　　　男生是老師。
③ 여자는 오늘 수업합니다.　　　　④ 남자는 내일 개학합니다.
　女生今天上課。　　　　　　　　　男生明天開學。

---

17.

여자 : 영수 씨도 동호회 활동을 하세요?
女生：英修先生也參加社團活動嗎？
남자 : 네, 등산하는 걸 좋아해서 한 달에 한 번씩 산에 가요.
男生：是，我喜歡爬山，一個月去爬一次山。
여자 : 저는 등산을 좋아하지 않아요. 산에 가본 적도 없어요.
女生：我不喜歡爬山。從來沒去過山上。

① 여자는 자주 산에 갑니다.　　　*가본 적이 없습니다*
　女生常去爬山。

② 여자는 동호회 활동을 좋아합니다.　　*✗*
　女生喜歡社團活動。

❸ 남자는 한 달에 한 번씩 등산을 합니다.
　男生一個月去爬山一次。

④ 남자는 한 번도 산에 가보지 않았습니다.　　*여자*
　男生一次也沒去過山上。

280

> 남자는 등산 동호회 활동을 하면서 한 달에 한 번씩 산에 갑니다. 여자는 등산을 싫어해서 산에 가본 적이 없습니다.
>
> 男生有登山「동호회」（社團）活動，「한 달에 한 번씩」（一個月一次）去爬山。女生不喜歡爬山，從來沒去過山上。答案是③。

18.

> 남자 : 어, 문이 안 열리네요. 누가 방문을 잠갔어요?
> 男生：啊，門打不開。誰鎖了門嗎？
> 여자 : 아마 아이가 모르고 잠근 것 같아요.
> 女生：好像是孩子不小心鎖了起來。
> 남자 : 열쇠는 어디 있어요? 제가 한번 열어 볼게요.
> 男生：鑰匙在哪裡啊？我來打開看看。
> 여자 : 서랍 속에 있을 거예요.
> 女生：可能在抽屜裡面吧。

① 여자는 문을 잠갔습니다.　　　아이
   女生把門鎖起來了。
② 남자는 아이를 찾았습니다.　　열쇠
   男生找到了孩子。
❸ 남자는 문을 열려고 합니다.
   男生想要開門。
④ 여자는 남자에게 열쇠를 줍니다.　서랍 속에 있습니다
   女生把鑰匙拿給男生。

> 아이가 실수로 문을 잠가서 남자가 문을 열려고 서랍에 있는 열쇠를 가지러 갑니다.
>
> 孩子不小心把門「잠그다」（鎖）上，男生打算要「문을 열다」（開門），去拿「서랍 속에 있는 열쇠」（抽屜裡面的鑰匙）。答案是③。

281

19.

> 남자 : 오늘 김치찌개를 만들어 준다고요?
> 男生：妳說今天要做泡菜鍋給我吃嗎？
> 여자 : 네, 기대하세요. 맛있을 거예요.
> 女生：是，敬請期待。會很好吃的。
> 남자 : 누구한테서 배웠어요? 정말 맛있어 보이는데요.
> 男生：是跟誰學的？看起來真的很好吃。
> 여자 : 엄마가 가르쳐 주셨어요. 앉아서 조금만 기다리세요.
> 女生：媽媽教我的。你坐著稍等一下。

① 남자는 엄마의 요리를 좋아합니다.    ✗
　男生喜歡媽媽的料理。

❷ 여자는 김치찌개를 만들려고 합니다.
　女生要做泡菜鍋。

③ 두 사람은 같이 음식을 배우려고 합니다.    ✗
　兩個人想要一起學做食物。

④ 두 사람은 식당에서 이야기하고 있습니다.    집
　兩個人正在餐廳聊天。

여자는 남자를 위해 엄마한테 배운 김치찌개를 만들고 있습니다.
女生為了男生正在做跟媽媽學的「김치찌개」（泡菜鍋）。答案是②。

20.

> 여자 : 영수 씨, 우리가 탈 기차가 아직 한 시간이나 남았어요.
> 女生：英修先生，我們要搭的火車還有一個小時。
> 남자 : 그래요? 어디 가서 커피라도 마실까요?
> 男生：是嗎？要不要去哪裡喝杯咖啡？
> 여자 : 마침 편의점에서 살 게 있는데 같이 가요.
> 女生：剛好有東西要在便利商店買，一起去吧。
> 남자 : 잘 됐네요. 편의점 커피도 맛이 괜찮거든요.
> 男生：那太好了。便利商店的咖啡味道也還不錯。

① 두 사람은 기차역에 늦게 왔습니다.  　일찍 왔습니다
　兩個人晚到了火車站。

❷ 두 사람은 같이 편의점에 갈 겁니다.
　兩個人要一起去便利商店。

③ 남자는 한 시간 후에 기차를 타고 갑니다.  　두 사람
　男生一個小時後搭火車走。

④ 남자는 커피숍에서 커피를 마시려고 합니다.  　편의점
　男生打算在咖啡廳喝咖啡。

> 　남자가 기차를 기다리는 동안 커피를 마시고 싶어했는데 마침 여자가 편의점에 볼 일이 있어서 같이 가지고 합니다. 남자는 편의점에 가는 김에 편의점 커피를 마시려고 합니다.
> 　男生等火車的時間想「커피를 마시다」（喝咖啡），剛好女生有事要去「편의점」（便利商店），所以跟男生說「같이 가다」（一起去）。男生去便利商店的時候想要順便喝便利商店的咖啡。答案是②。

21.

> 여자 : 버스를 타고 서울 곳곳을 구경할 수 있다니 놀랐어요.
> 女生：可以搭公車到處逛首爾，真是太驚人了。
> 남자 : 재미있죠? 아마 처음 가보는 곳도 있을 거예요.
> 男生：很有趣吧？有些地方可能還是第一次去呢。
> 여자 : 여행 가이드도 아닌데 이런 걸 어떻게 알았어요? 평소 서울 관광에 대해 관심이 많은가 봐요.
> 女生：你不是導遊，怎麼會知道這些呢？看來你平常就對首爾觀光有興趣吧。
> 남자 : 아니에요. 인터넷에서 우연히 알게 됐어요.
> 男生：不是啦。偶然在網路上知道了。

① 남자는 구경하기를 좋아합니다.   ✗
男生喜歡逛街。

② 여자는 버스를 처음 타 봤습니다.   *서울 관광 버스*
女生第一次搭過公車。

③ 남자는 여행 가이드를 하고 있습니다.   ✗
男生正在當導遊。

❹ 여자는 지금 서울을 관광하고 있습니다.
女生正在觀光首爾。

> 남자는 인터넷에서 버스를 타고 서울 관광을 할 수 있다는 걸 우연히 알게 되었습니다. 그래서 여자와 같이 버스를 타고 서울을 관광 중입니다.
> 男生在網路上偶然知道了搭公車可以「서울 관광」（觀光首爾）。所以和女生一起搭公車正在觀光首爾。答案是④。

284

※ [22～24] 다음을 듣고 여자의 중심 생각을 고르십시오. (각 3점)
　　　　請聽下列內容，並選出女生的中心思想。（各3分）

22.

> 남자 : 작년에는 꼭 유럽 여행을 가려고 했는데 못 갔어요.
> 男生 : 本來想去年一定要去歐洲旅行，結果不能去了。
> 여자 : 왜 그렇게 해외 여행을 가려고 하세요?
> 女生 : 為什麼那麼想要去海外旅行呢？
> 남자 : 주위에 안 가본 사람이 없으니까 저도 가고 싶은 거죠.
> 男生 : 因為身邊沒有人沒去過，所以我也想去嘛。
> 여자 : 국내에도 유럽만큼 멋있고 아름다운 곳이 많아요.
> 女生 : 國內也有很多像歐洲一樣好看又漂亮地方。

① 해외 여행은 꼭 가야 합니다.　　✗
　 一定要去海外旅行。

② 유럽에는 아름다운 곳이 많습니다.　　한국에도 많습니다
　 歐洲有很多漂亮的地方。

❸ 국내 여행도 해외 여행만큼 좋습니다.
　 國內旅行也跟海外旅行一樣好。

④ 국내 여행을 안 가본 사람은 없습니다.　　✗
　 沒有人沒去過國內旅行。

> 여자의 중심 생각은 마지막 문장에 그 힌트가 있습니다. 즉 국내에도 해외와 비슷한 정도의 좋은 곳이 많다는 뜻입니다.
> 　女生的中心思想在最後一句有提示。也就是「국내」（國內）也有很多「해외 여행만큼 좋다」（跟海外差不多好）的地方。答案是③。

285

23.

> 남자 : 운동복을 입은 거 보니 운동 가시나 봐요?
> 男生：看妳穿著運動服，是要去運動嗎？
> 여자 : 네, 오늘부터 달리기를 시작하려고요.
> 女生：是，我想要從今天開始跑步。
> 남자 : 뛰는 것만큼 좋은 운동은 없대요.
> 男生：聽說沒有比跑步更好的運動。
> 여자 : 맞아요. <u>달리기를 하면 건강해지고 살도 뺄 수 있어요.</u>
> 女生：沒錯。跑步的話會變健康，還能夠減肥。

❶ 달리기를 하면 몸에 좋습니다.
　跑步的話對身體好。

② 건강한 사람은 달리기를 해야 합니다.　　건강해지려면
　健康的人應該跑步。

③ 운동을 할 때는 운동복을 입어야 합니다.　✗
　運動的時候應該穿運動服。

④ 사람들이 좋아하는 운동을 하고 싶습니다.　✗
　想做人們喜歡的運動。

> 　　여자의 중심 생각은 마지막 문장에 그 힌트가 있습니다. '달리기'는 두 가지 장점이 있습니다. 둘 다 몸에 좋은 영향을 줍니다.
> 　　女生的中心思想在最後一句有提示。「달리기」（跑步）有兩個優點：「건강해지다」（變健康）、「살을 빼다」（減肥）。兩個都對身體有好處。答案是①。

24.

> 여자 : 우리 도서관에 가서 공부할까요? 시험이 곧 시작인데.
> 女生 : 我們要不要去圖書館看書？考試就快要開始啦。
> 남자 : 꼭 도서관에 가야 돼요? 오늘은 가까운 커피숍에 가서 공부하는 게 어때요?
> 男生 : 一定要去圖書館嗎？今天去附近的咖啡廳看書怎麼樣？
> 여자 : 그래도 공부는 <u>도서관에서 해야 집중이 잘 되잖아요</u>.
> 女生 : 我還是覺得在圖書館看書才會專心啊。
> 남자 : 자유로운 분위기에서 공부하면 공부가 더 잘 될 수도 있어요.
> 男生 : 自由的氣氛下看書的話，看書的效率可能會更好。

① 혼자 공부를 하고 싶습니다.　　도서관에서
　想一個人看書。

② 도서관에서 공부하기가 싫습니다.　　공부하고 싶습니다
　不喜歡在圖書館看書。

③ 공부는 자유로운 분위기에서 해야 합니다.　　남자 생각
　看書應該在自由的氣氛下進行。

❹ 공부에 집중하려면 도서관에 가는 것이 좋습니다.
　想要專心看書，去圖書館比較好。

> 　여자와 남자가 공부하는 장소에 대해 이야기하고 있습니다. 여자는 처음부터 도서관에서 공부하자고 하는데 그 이유는 공부에 집중하기 위해서는 도서관이 좋다고 생각하기 때문입니다.
> 
> 　女生和男生正在談論關於看書的地方。女生從一開始便主張去「도서관」（圖書館）看書，原因是因為為了「집중」（專心）看書，她認為圖書館是「좋다」（好的）。答案是④。

287

※ [25~26] 다음을 듣고 물음에 답하십시오.

請聽下列內容，並回答問題。

> 여자 : (딩동댕) 장미 축제를 보러 오신 손님 여러분, 안녕하십니까? 오늘은 장미 축제가 열리는 첫날입니다. 그래서 오늘 오신 손님 50분에게 특별한 기념품을 드립니다. 기념품을 받고 싶으신 분은 놀이공원 광장에서 열릴 행사에 참가 신청을 하시기 바랍니다. 재미있는 공연도 예정되어 있으니까 많이 신청해 주세요. 감사합니다. (딩동댕)
>
> 女生：（叮咚）來參觀玫瑰花季的各位來賓，大家好嗎？今天是玫瑰花季開幕日。因此我們要贈送給今天蒞臨的50位來賓特別的紀念品。想得到紀念品的來賓，請到遊樂園廣場申請參加活動。也將會有很有趣的表演，請多多申請。謝謝。（叮咚）

25. 어떤 이야기를 하고 있는지 고르십시오. (3점)

請選出正在談論什麼話題。（3分）

① 감사　　　❷ 소개　　　③ 거절　　　④ 추천
　感謝　　　　介紹　　　　拒絕　　　　推薦

> 　장미 축제 첫날을 맞아 행사에 참가하는 손님 50명에게 기념품을 준다는 소식을 알려 주는 방송입니다. 즉 새로운 소식을 소개하는 내용입니다.
>
> 　這是迎接玫瑰花季「첫날」（開幕日），告知要送「기념품」（紀念品）給參加活動的50個來賓的廣播。也就是「새로운 소식을 소개하다」（介紹新的消息）的內容。答案是②。

26. 들은 내용과 같은 것을 고르십시오. (4점)

請選出跟聽到內容一樣的選項。（4分）

❶ 오늘부터 장미 축제를 시작합니다.

從今天開始玫瑰花季。

② 장미 축제는 50명만 볼 수 있습니다.　　50명 → 기념품

玫瑰花季只有50個人可以看到。

③ 놀이공원 광장에서 장미 축제를 합니다.　　X

在遊樂園廣場辦玫瑰花季。

④ 참가 신청을 한 모든 사람에게 기념품을 줍니다.　　50명만

送申請參加的所有人紀念品。

---

오늘은 장미 축제를 시작하는 첫날입니다. 그래서 특별히 50명에게 기념품을 주는 행사가 놀이공원 광장에서 열립니다.

今天是玫瑰花季的「첫날」（開幕日）。所以在「놀이공원 광장」（遊樂園廣場）會舉辦特別贈送「기념품」（紀念品）給50個人的活動。答案是①。

※ [27~28] 다음을 듣고 물음에 답하십시오.
請聽下列內容，並回答問題。

> 남자 : 저는 이번에 장학금을 신청할 건데 수지 씨는요?
> 男生：我這次要申請獎學金，秀智小姐妳呢？
> 여자 : 좋겠어요. 똑같은 과목을 들었어도 저는 성적이 별로 좋지 않아서 신청을 못해요.
> 女生：真好。就算上一樣的科目，因為我的成績不太好，所以不能申請。
> 남자 : 수지 씨는 지난 학기에 장학금을 받았잖아요.
> 男生：秀智小姐上個學期拿到獎學金了嘛。
> 여자 : 네, 그때는 공부가 재미있어서 성적도 잘 나온 것 같아요. 이번 학기에는 여러 가지 활동 때문에 바빴어요.
> 女生：是，那時候我覺得讀書很有趣，所以成績好像也還不錯。這個學期因為很多活動，所以太忙了。
> 남자 : 다음 학기에는 열심히 해서 꼭 받으세요.
> 男生：下個學期認真看書，一定要拿到。
> 여자 : 그럴게요. 장학금 받아서 영수 씨한테 자랑할 거예요.
> 女生：我會的。拿到獎學金後我要跟英秀先生炫耀。

27. 두 사람이 무엇에 대해 이야기를 하고 있는지 고르십시오. (3점)
    請選出兩個人在談論關於什麼的話題。（3分）

    ① 인기 있는 과목　✗
    　熱門的科目

    ② 공부를 하는 이유　✗
    　讀書的理由

    ❸ 장학금 신청의 조건
    　申請獎學金的條件

    ④ 학교에서 해야 하는 일　✗
    　在學校該做的事

남자는 성적이 좋아서 장학금을 신청할 수 있지만 여자는 바쁜 활동 때문에 좋은 성적을 받지 못해서 장학금을 신청하지 못합니다. 장학금을 신청하기 위해서는 좋은 성적이라는 조건이 필요합니다.

男生成績很好，所以可以「장학금을 신청하다」（申請獎學金），但是女生因為忙碌的活動，得不到好的成績，所以不能申請獎學金。申請獎學金需要有好成績的「조건」（條件）。答案是③。

28. 들은 내용과 같은 것을 고르십시오. (4점)
請選出與聽到內容一樣的選項。（4分）

① 여자는 장학금을 받고 있습니다.   지난 학기에
女生正在領獎學金。

❷ 남자는 좋은 성적을 받고 기뻐합니다.
男生得到好成績而高興。

③ 여자는 남자에게 장학금을 주었습니다.   X
女生給了男生獎學金。

④ 남자는 여자와 같이 장학금을 신청할 겁니다.   남자만
男生跟女生要一起申請獎學金。

여자가 남자에게 '좋겠어요'라고 말하는 이유는 남자가 장학금을 신청한다는 말을 하면서 기분 좋은 모습을 하고 있었기 때문입니다.

女生跟男生說「좋겠어요」（真好）的理由，是因為男生邊說申請獎學金時邊露出開心的樣子。答案是②。

※ [29～30] 다음을 듣고 물음에 답하십시오.
　　　請聽下列內容，並回答問題。

> 남자 : 사장님, 이곳에서 빌려주는 한복이 외국인들한테 제일 인기가 많다면서요?
> 男生 : 老闆，聽說這裡出租的韓服最受外國人歡迎？
> 여자 : 네, 맞습니다. 저희 가게는 한국 손님뿐만 아니라 외국 손님들도 가장 많이 찾는 곳입니다.
> 女生 : 是，沒錯。本店不但是韓國人，而且也是外國人最常來訪的地方。
> 남자 : 저쪽에 걸려 있는 옷이 다 한복인가 봐요.
> 男生 : 掛在那邊的衣服好像都是韓服吧。
> 여자 : 저희는 다양한 종류의 한복을 준비해 놓고 손님에게 맞는 한복을 추천해 드리고 있습니다.
> 女生 : 我們備有各式各樣的韓服，並推薦合適的韓服給客人。
> 남자 : 예쁜 한복이 정말 많네요. 저에게도 하나 추천해 주세요.
> 男生 : 漂亮的韓服真的很多。請妳也幫我推薦一個件吧。
> 여자 : 기자님은 얼굴이 하얘서 아무거나 입어도 좋을 것 같은데요.
> 女生 : 因為你（記者）的臉很白，就算隨便穿也好看。

29. 남자가 왜 여자를 찾아왔는지 맞는 것을 고르십시오. (3점)
　　請選出男生為何來找女生的正確選項。（3分）

　① 예쁜 한복을 입고 싶어서　　✗
　　因為想穿漂亮的韓服
　② 외국 손님이 한복을 좋아해서　　✗
　　因為外國客人喜歡韓服
　③ 가게에 다양한 종류의 한복이 있어서　　✗
　　因為店裡有各式各樣的韓服
　❹ 한복의 인기가 높은 이유를 알고 싶어서
　　因為想知道韓服受歡迎的理由

> 남자의 직업은 기자입니다. 남자가 찾아간 곳은 한복을 빌려 주는 곳인데 이 곳에서 빌려 주는 한복이 사람들에게 가장 인기가 높습니다.
>
> 男生的職業是記者。男生去找的地方是出租韓服的店,這裡出租的韓服是「사람들한테 제일 인기가 많다」(最受人們歡迎的)。答案是④。

30. 들은 내용과 같은 것을 고르십시오. (4점)
　　請選出與聽到內容一樣的選項。（4分）

　　❶ 여자는 사람들에게 한복을 빌려 줍니다.　　여자: 사장님
　　　 女生出租韓服給別人。

　　② 여자는 인기가 높은 한복만 준비해 놓았습니다.　　다양한 종류
　　　 女生只有準備受歡迎的韓服。

　　③ 여자는 기자를 위해 하얀색 한복을 추천했습니다.　　하얀 얼굴
　　　 女生為了記者推薦白色的韓服。

　　④ 여자는 가게에서 여러 가지 종류의 한복을 만들었습니다.　　빌려 줍니다
　　　 女生在店裡製作各式各樣的韓服。

> 여자는 사람들에게 한복을 빌려 주는 가게의 주인입니다. 이 가게에서 빌려 주는 한복이 인기가 높은 이유는 다양한 종류는 한복을 준비해 놓고 손님들에게 어울리는 한복을 추천해 주기 때문입니다.
>
> 女生是韓服出租店的老闆。這家店受歡迎的原因是因為有「다양한 종류」（各式各樣）的韓服，而且能針對客人的需求「추천하다」（推薦）合適的衣服。答案是①。

# TOPIK I 第2回 閱讀 模擬考試完全解析

※ [31~33] 무엇에 대한 이야기입니까? <보기>와 같이 알맞은 것을 고르십시오.
　　(각 2점)
　　　　　是關於什麼的談話？請如同<範例>，選出合適的選項。（各2分）

---
<보기>
範例

눈이 옵니다. 춥습니다.
下雪。很冷。

❶ 날씨　　　② 얼굴　　　③ 나라　　　④ 직장
　天氣　　　　臉　　　　　國家　　　　職場
---

31.

저는 반에서 제일 작습니다. 저보다 작은 친구는 없습니다.
我是班上最矮的。沒有朋友比我矮。

❶ 키　　　　② 학생　　　③ 사람　　　④ 이름
　身高　　　　學生　　　　人　　　　　名字

　여기서 '작다'는 것은 '키가 작다'는 뜻입니다. '작다'의 반대말은 '크다'입니다.

　　這裡的「작다」（矮）就是「키가 작다」（身高矮）的意思。「작다」（矮）的相反是「크다」（高）。答案是①。

32.

> 매일 바지를 입습니다. 아주 편합니다.
> 我每天穿褲子。非常舒服。

① 꽃  　　　　❷ 옷　　　　　③ 공부　　　　　④ 요일
　花　　　　　　　衣服　　　　　　讀書　　　　　　星期

> '바지'는 옷의 한 종류입니다.
> 「바지」（褲子）是「옷」（衣服）種類中的一個。答案是②。

33.

> 우리 선생님은 스물 다섯 살입니다. 젊습니다.
> 我們的老師是二十五歲。很年輕。

① 학교　　　　② 직업　　　　❸ 나이　　　　　④ 얼굴
　學校　　　　　職業　　　　　年紀　　　　　　臉

> '젊다'는 '나이가 젊다'의 뜻입니다. '젊다'의 반대말은 '늙다'입니다.
> 「젊다」（年輕）是「年紀很年輕」的意思。「年輕」的相反是「늙다」（老）。答案是③。

※ [34~39] <보기>와 같이 (   )에 들어갈 가장 알맞은 것을 고르십시오.
請如同<範例>，選出最合適填入(   )的選項。

---
<보기>
範例

( 공항 )에 갑니다. 비행기를 탑니다.
去 ( 機場 )。搭飛機。

❶ 공항　　　　② 호텔　　　　③ 백화점　　　　④ 기차역
　機場　　　　　飯店　　　　　百貨公司　　　　火車站
---

**34. (2점)（2分）**

머리가 아픕니다. 그래서 약을 (  먹습니다  ).
頭很痛。所以 ( 吃 ) 藥。

① 팝니다　　　② 봅니다　　　③ 합니다　　　❹ 먹습니다
　賣　　　　　　看　　　　　　做　　　　　　　吃

> 머리가 아플 때는 보통 '두통약'을 먹습니다.
> 「머리가 아프다」（頭痛）的時候通常「두통약을 먹다」（吃頭痛藥、止痛藥）。答案是④。

**35. (2점)（2分）**

책가방을 열었습니다. 그런데 ( 공책 )이 없습니다.
打開書包了。不過沒有 ( 筆記本 )。

① 돈　　　　　② 빵　　　　　❸ 공책　　　　④ 그릇
　錢　　　　　　麵包　　　　　筆記本　　　　　碗

> 책가방을 열었을 때 그 안에 들어 있어야 할 물건이 정답입니다.
> 打開「책가방」（書包）時，裡面應該要有的東西就是正確的答案。答案是③。

36. (2점)（2分）

숙제를 합니다. 연필( 로 ) 씁니다.
寫作業。（ 用 ）鉛筆寫。

❶ 로　　　　② 도　　　　③ 를　　　　④ 에서
　用　　　　　也　　　　　把　　　　　從

> 수단이나 방법을 표시할 때 조사 '(으)로'를 씁니다.
> 表示手段或方法時使用助詞「(으)로」（用～）。答案是①。

37. (3점)（3分）

이 외투는 두껍습니다. ( 매우 ) 따뜻합니다.
這件外套很厚。（ 非常 ）溫暖。

① 잘　　　　❷ 매우　　　③ 빨리　　　④ 자주
　好好地　　　非常　　　　快點　　　　常常

> 외투가 두꺼우면 겨울에 입었을 때 따뜻합니다. 따뜻한 정도를 표시하는 부사는 '매우'입니다.
> 外套厚的話，冬天穿的時候會很溫暖。表示「따뜻하다」（溫暖）的程度的副詞就是「매우」（非常）。答案是②。

38. (3점)（3分）

> 방이 너무 ( 더러웠습니다 ). 그래서 깨끗하게 청소했습니다.
> 房間太（ 髒 ）。所以打掃乾淨了。

① 넓었습니다　　② 좁았습니다　　③ 더웠습니다　　❹ 더러웠습니다
　　寬　　　　　　　窄　　　　　　　熱　　　　　　　髒

> 　　깨끗하게 청소했다는 것은 원래 방이 더러웠다는 뜻입니다. 그러니까 청소 후에 깨끗해진 것입니다.
> 　　「깨끗하게 청소하다」（打掃乾淨）的意思是房間原本很「더럽다」（髒），所以打掃後變乾淨了。答案是④。

39. (2점)（2分）

> 수업은 매일 아침 아홉 시에 시작합니다. 오후 한 시에 ( 끝납니다 ).
> 每天早上九點開始上課。下午一點（ 結束 ）。

❶ 끝납니다　　② 앉습니다　　③ 열립니다　　④ 기다립니다
　結束　　　　　　坐　　　　　　開　　　　　　等待

> 　　수업이 시작했으면 반드시 끝나는 시간이 있습니다. '시작하다'의 반대말은 '끝나다'입니다.
> 　　開始上課的話，一定都有結束的時間。「시작하다」（開始）的相反是「끝나다」（結束）。答案是①。

※ [40~42] 다음을 읽고 맞지 <u>않는</u> 것을 고르십시오. (각 3점)
請閱讀以下內容，並選出<u>不對</u>的選項。（各3分）

40.

### 고추떡볶이
辣椒辣炒年糕

위　　　치 : <u>학교 정문 건너편</u>
영업시간 : 오전 11시 ~ 오후 7시
位　　　置 : 學校正門對面
營業時間 : 上午11點～晚上7點

진짜진짜 매워요
真的真的辣

① 떡볶이를 팝니다.　　O
　賣辣炒年糕。

② 고추처럼 맵습니다.　O
　像辣椒一樣辣。

❸ 학교 옆에 있습니다.　건너편
　在學校旁邊。

④ 저녁 일곱 시까지 엽니다.　O
　開到晚上七點。

> '고추떡볶이'는 떡볶이가 고추처럼 맵기 때문에 붙여진 이름입니다. '건너편'이라는 말은 '마주 대하고 있는 저쪽'이라는 뜻입니다.
> 「고추떡볶이」（辣椒辣炒年糕）是因為辣炒年糕像辣椒一樣辣而命名。而「건너편」（對面）是「마주 대하고 있는 저쪽」（面對的那邊）的意思。答案是③。

41.

**새학기 교복 특가**
新的學期校服特價

새 교복이 작년 가격과 똑같은 200,000원
新的校服跟去年的價格一樣200,000元
할인 기간: 2020년 2월 3일(월) ~ 2월 21일(금)
打折期間：2020年2月3日（一）～2月21日（五）
교복은 예쁜교복
校服是美麗校服

① 일주일 동안 할인합니다.　　*19일 동안*
　打折為期一週。

② 교복 가격이 이십 만원입니다.　　*O*
　校服的價格是二十萬元。

③ 이월 이십 일일까지 할인합니다.　　*O*
　打折到二月二十一日。

④ 예쁜교복 가게에서 교복을 팝니다.　　*가게 이름*
　在美麗校服店賣校服。

> '예쁜교복' 가게에서는 교복을 할인하여 작년과 같은 가격인 이십 만원에 팔고 있습니다. 할인 기간은 십 구일 동안입니다.
> 在「예쁜교복」（美麗校服）店校服打折，跟去年一樣的價格賣二十萬韓圜。「할인」（打折）期間是總共「십 구일」（十九天）。答案是①。

42.

**어린이 음악 발표회**
兒童音樂發表會

강북구 초등학교 친구들의 노래와 연주
江北區國小同學們的唱歌與演奏
일시 : 2020년 8월 15일 토요일 오후 5시
日　期 : 2020年8月15日星期六下午5點
장소 : 강북예술회관 1층
地　點 : 江北藝術會館1樓

① 초등학생들의 발표회입니다.　　　강북구 초등학생
是國小學生的發表會。

❷ 토요일마다 발표회가 있습니다.　　8월 15일 하루만
每週六有發表會。

③ 이 발표회는 8월 15일 하루입니다.　　O
這次發表會是8月15日這一天。

④ 이 발표회는 강북예술회관에서 합니다.　　O
這次發表會在江北藝術會館舉行。

> 　이 발표회는 강북구의 초등학생들이 8월 15일 토요일 하루만 하는 행사입니다. '장소'는 행사를 하는 곳을 말합니다.
> 　這次發表會是江北區國小學生們「8월 15일 토요일 하루만」（只有8月15日星期六一天）舉行的活動。「장소」（地點）是指舉行活動的地方。答案是②。

301

※ [43~45] 다음의 내용과 같은 것을 고르십시오.
請選出與下列內容相同的選項。

43. (3점) (3分)

> 저는 집에서 언니에게 피아노를 배웁니다. <u>언니가 없을 때 연습을 하다 보면</u> 자꾸 틀립니다. 빨리 언니처럼 잘 치고 싶습니다.
>
> 我在家裡跟姊姊學鋼琴。姊姊不在時練習的話會一直彈錯。我想快點跟姊姊一樣很會彈琴。

① 저는 가족이 없습니다.   언니
   我沒有家人。

② 저는 피아노를 잘 칩니다.   ✗
   我很會彈鋼琴。

❸ 저는 집에서 혼자 연습합니다.
   我一個人在家裡練習。

④ 저는 언니에게 피아노를 가르칩니다.   언니가 나에게
   我教姊姊彈鋼琴。

> 피아노를 가르쳐주는 언니는 나의 가족입니다. 지금은 잘 못 치기 때문에 혼자 연습하면 자꾸 틀리는 것입니다.
>
> 教我彈鋼琴的姊姊就是我的家人。因為現在不太會彈,「혼자 연습하다」(一個人練習) 時常常出錯。答案是③。

302

**44.** (2점)（2分）

> 지난 주에 온 가족이 스키장에 갔습니다. 저는 처음으로 가 보는 스키장이었습니다. 아버지가 저에게 스키를 가르쳐 주었습니다.
> 上週整個家族去了滑雪場。我是第一次去滑雪場。爸爸教我滑雪。

❶ 저는 스키장이 처음이었습니다.
　我是第一次去滑雪場。

② 저는 이번 주에 스키장에 갔습니다.　　**지난 주**
　我本週去滑雪場了。

③ 아버지는 나에게 스키를 배웠습니다.　　**내가 아버지에게**
　爸爸跟我學滑雪了。

④ 가족들은 모두 스키를 탈 줄 모릅니다.　　**나만**
　整個家族都不會滑雪。

> 처음 가 보는 스키장이므로 당연히 스키를 타지 못합니다. 그래서 스키를 잘 타시는 아버지한테 스키를 배우는 것입니다.
> 「처음」（第一次）去的滑雪場，當然不會滑雪。所以跟很會滑雪的爸爸「스키를 배우다」（學滑雪）。答案是①。

45. (3점)（3分）

> 방학 때 학교에서 중고품 시장이 열립니다. 집에 있는 물건 중에 필요 없는 것을 가져와 팝니다. 쓸 수 없는 물건은 팔 수 없습니다.
> 　　放假時在學校舉辦二手市場。將家裡不需要的東西拿出來賣。不能使用的東西不能賣。

① 시장은 여름에 엽니다.　　방학 때
　市場是夏天舉辦。

❷ 시장에서 중고품을 팝니다.
　在市場賣二手貨。

③ 집에 필요 없는 물건이 많습니다.　　✗
　家裡不需要的東西很多。

④ 쓸 수 없는 물건을 팔아야 합니다.　　쓸 수 있는 물건
　應該要賣不能使用的東西。

　　학교에서는 방학 때, 즉 여름방학과 겨울방학에 중고품 시장이 열립니다. 이름에서도 알 수 있듯이 중고품을 가져와서 파는 시장입니다. 그러나 반드시 쓸 수 있는 물건이어야 합니다.
　　學校「방학」（放假）時，就是利用暑假、寒假時舉辦二手市場。顧名思義，是「중고품을 팔다」（賣二手貨）的市場。但是一定要「쓸 수 있다」（可以使用）的東西。答案是②。

※ **[46~48]** 다음을 읽고 중심 생각을 고르십시오.

請閱讀下面文章,並選出中心思想。

46. (3점)（3分）

> 저는 자주 종이를 접어 동생에게 줍니다. 동생은 기뻐하며 친구들에게 자랑합니다. 방학 때는 새 종이 접기를 배워야겠습니다.
>
> 我常常折紙送給弟弟。弟弟很高興，總跟朋友們炫耀。放假時我應該要學新的折紙。

① 저는 늘 시간이 많습니다. ✗
我總是有很多時間。

② 저는 새 종이 접기를 배웠습니다. 배우려고 합니다
我學了新的折紙。

③ 저는 빨리 방학이 되면 좋겠습니다. ✗
我希望趕快放假。

❹ 저는 동생을 위해 종이를 접습니다.
我為了弟弟折紙。

> 동생이 내가 접어 준 종이를 기뻐하며 친구들에게 자랑하기 때문에 나는 동생을 위해 자주 종이를 접어 줍니다. 새 종이 접기를 배우려는 이유도 동생을 위해서입니다.
>
> 因為弟弟拿到我給的「종이를 접다」（折紙）很高興，跟朋友們炫耀，所以我為了弟弟常常折紙給他。想要學新的折紙也是「동생을 위하다」（為了弟弟）。答案是④。

47. (3점)（3分）

> 오늘 길에서 고등학교 동창을 만났습니다. 학교 다닐 때 사이가 안 좋았던 아이였습니다. 우리는 인사도 없이 헤어졌습니다.
> 今天在路上遇到了高中同學。是我上學時（跟我）關係不好的孩子。我們沒有打招呼就分開了。

① 저는 동창과 반갑게 만났습니다.　　반갑지 X
　我和同學高興地見面了。

② 저는 다시 학교를 다니고 싶습니다.　　X
　我想再上學。

❸ 저는 동창을 만나서 마음이 불편했습니다.
　我遇到同學，所以心裡不舒服了。

④ 저는 동창이 저를 반가워서해서 좋았습니다.　　기분이 안 좋았습니다
　因為同學看到我很高興，所以心情好了。

> 내가 길에서 만난 동창은 학교 다닐 때 나와 사이가 좋지 않았기 때문에 마음이 불편해서 서로 인사도 없이 헤어진 것입니다.
> 我在路上遇到的同學，因為上學時他跟我「사이가 안 좋다」（關係不好），所以「마음이 불편하다」（心裡不舒服），互相沒有打招呼就告別了。答案是③。

## 48. (2점)（2分）

> 친구 동네에는 큰 공원이 있습니다. 여러 가지 운동을 할 수 있고 자전거 도로도 있습니다. 친구 동네로 이사를 가고 싶습니다.
>
> 朋友的社區有一個很大的公園。可以做各種運動，也有腳踏車道。我想搬到朋友的社區去。

① 저는 운동을 좋아합니다.     큰 공원
　我喜歡運動。

❷ 저는 큰 공원이 부럽습니다.
　我羨慕有大的公園。

③ 저는 자전거를 타고 싶습니다.     X
　我想騎腳踏車。

④ 저는 친구 동네로 이사가려고 합니다.     이사가고 싶습니다
　我打算搬到朋友的社區去。

---

내가 친구 동네로 이사를 가고 싶은 이유는 큰 공원이 부럽기 때문입니다. 그런데 주의할 점은 '-고 싶다'는 희망을 표현하고, '-(으)려고 하다'는 계획을 표현하는 문형입니다.

　我想搬到朋友的社區去的理由，是因為「부럽다」（羨慕）有大公園。不過要注意的是「-고 싶다」（想～）是表示希望，「-(으)려고 하다」（打算～）是表示計畫的句型。答案是②。

※ [49~50] 다음을 읽고 물음에 답하십시오. (각 2점)
請閱讀下面文章，並回答問題。（各2分）

> 학교 수업이 끝나고 집에 오니 손님들이 있었습니다. 부엌에서는 어머니가 손님들을 위해 음식을 ( ㉠만들고 있었습니다 ). 옆에 앉아 몰래 몇 개 집어 먹었습니다. 그런데 갑자기 배가 아프기 시작했습니다. 배가 고픈데 너무 급하게 먹다가 체한 것입니다.
>
> 下課後回家，發現有客人。在廚房，媽媽為了客人們（ ㉠正在做 ）菜。坐在旁邊偷偷吃了幾口。但是突然肚子開始痛了起來。肚子餓，但吃得太急，噎住了。

49 ㉠에 들어갈 알맞은 말을 고르십시오.
　　請選出適合填入㉠的句子。

① 만들면 안 됩니다　　　　② 만들 수 있습니다
　 做的話不行　　　　　　　　可以做

③ 만들지 않았습니다　　　❹ 만들고 있었습니다
　 沒有做　　　　　　　　　　正在做

> 어머니는 집에 온 손님들을 위해 음식을 만드는 중입니다. 즉, 동작의 진행을 표현하는 문형 '-고 있다'가 쓰인 ④번이 정답입니다.
>
> 媽媽為了來家裡的客人正在「음식을 만들다」（做菜）。正確的答案就是包含表示進行動作「-고 있다」（正在～）的句型。答案是④。

50. 이 글의 내용과 같은 것을 고르십시오.

    請選出和這篇文章內容一樣的選項。

    ❶ 저는 몰래 음식을 먹었습니다.

    　我偷吃了東西。

    ② 저는 학교에서 배가 아팠습니다.　급하게 먹어서

    　我在學校就開始肚子痛了。

    ③ 저는 부엌에서 어머니를 도왔습니다.　X

    　我在廚房幫了媽媽忙。

    ④ 저는 배가 너무 고파서 집에 왔습니다.　학교가 끝나서

    　因為我肚子太餓，所以回家了。

> 내가 갑자기 배가 아픈 이유는 어머니 몰래 음식을 집어 먹었기 때문입니다.
>
> 　我的「배가 갑자기 아프다」（肚子突然會痛）的理由是因為趁媽媽不注意時「집어 먹다」（偷吃）東西。答案是①。

※ [51~52] 다음을 읽고 물음에 답하십시오.
請閱讀下面文章，並回答問題。

> 개나리는 병과 추위에 강해서 서울의 날씨와 땅에 잘 맞는 식물입니다. 이것이 서울의 꽃으로 정한 이유입니다. 예로부터 사람들은 아침에 까치 소리를 들으면 좋은 소식이 온다고 믿었습니다. ( ㉠그래서 ) 서울에 좋은 일만 생기라는 뜻에서 까치를 서울의 새로 정한 것입니다.
>
> 迎春花由於耐寒又不容易生病，所以是適合首爾氣候和土壤的植物，這就是定為首爾市花的理由。自古以來，人們相信如果早上聽到喜鵲的叫聲，就會有好消息，( ㉠所以 ) 以把喜鵲定為首爾的市鳥，希望在首爾只發生好事情。

51. ㉠에 알맞은 말을 고르십시오. (3점)
    請選出適合填入㉠的句子。（3分）

    ① 그러나　　　　　　　② 그런데
　　　可是　　　　　　　　　不過

    ❸ 그래서　　　　　　　④ 그리고
　　　所以　　　　　　　　　而且

> 까치를 서울의 새로 정한 이유가 바로 아침에 까치 소리를 들으면 좋은 소식이 온다고 믿었기 때문입니다. 따라서 인과 관계를 표현하는 ③번이 정답입니다.
>
> 把「까치」（喜鵲）決定為首爾市鳥的理由，是因為人們相信早上聽到喜鵲的聲音，就有「좋은 소식이 온다」（好消息來）。「그래서」（所以）用來表現因果關係。答案是③。

52. 무엇에 대한 이야기인지 맞는 것을 고르십시오. (2점)
請選出是關於什麼的談話的正確選項。（2分）

❶ 서울의 꽃과 새
   首爾的花和鳥

② 서울의 추운 날씨    X
   首爾的寒冷天氣

③ 서울에서 볼 수 있는 것    X
   可以在首爾看到的東西

④ 서울에서 들을 수 있는 소리    X
   可以在首爾聽到的聲音

> 윗 글에서는 개나리와 까치를 서울의 꽃과 서울의 새로 정한 이유에 대해 설명하고 있습니다.
> 　上面的文章在説明把「개나리」（迎春花）和「까치」（喜鵲）定為「서울의 꽃과 서울의 새」（首爾的花和首爾的鳥）的理由。答案是①。

※ [53~54] 다음을 읽고 물음에 답하십시오.
請閱讀下面文章，並回答問題。

> 저는 영어를 잘하고 싶습니다. 그래서 학원에서 영어를 배웁니다. 학교에서는 영어 동아리에 들어갔습니다. 동아리에는 미국에서 온 유학생이 있어서 학원에서 배운 표현을 ( ㉠편안하게 ) 연습할 수 있습니다. 우리 학교는 해마다 교환학생을 뽑습니다. 저는 다음 학기에 신청하려고 합니다.
>
> 我想很會說英文。所以在補習班學英文。在學校加入了英文社團。社團裡有從美國來的留學生，所以可以（ ㉠舒服地 ）練習在補習班學到的表達。我們學校每年會選拔交換學生。我打算下學期申請。

53. ㉠에 알맞은 말을 고르십시오. (2점)
    請選出適合填入㉠的句子。（2分）

    ① 불편하게
    不方便地

    ② 간단하게
    簡單地

    ③ 조용하게
    安靜地

    ❹ 편안하게
    舒服地

> 보통 학원에서 영어를 배울 때는 긴장을 하게 되지만 학교 동아리에서는 마음 편하게 영어 표현을 연습할 수 있습니다.
>
> 平常在補習班學英文時會緊張，但在學校的社團裡可以「마음이 편하게 연습하다」（放鬆心情地練習）英文表達。答案是④。

54. 이 글의 내용과 같은 것을 고르십시오. (3점)
    請選出和這篇文章內容一樣的選項。（3分）

    ① 저는 교환학생으로 뽑혔습니다.　　신청하려고 합니다
    　 我被選為交換學生了。

    ② 저는 미국에서 온 유학생입니다.　　X
    　 我是從美國來的留學生。

    ❸ 저는 영어 동아리에서 활동합니다.
    　 我在英文社團活動。

    ④ 저는 학원에서 영어 표현을 연습합니다.　　영어 동아리에서
    　 我在補習班練習英文表達。

> 　나는 영어를 잘하고 싶어서 학교의 영어 동아리에 들어가 미국에서 온 유학생과 같이 영어 표현을 연습합니다.
> 　我想很會說英文，所以加入學校的「영어 동아리」（英文社團），跟從美國來的留學生一起「영어 표현을 연습하다」（練習英文表達）。答案是③。

※ [55~56] 다음을 읽고 물음에 답하십시오.
請閱讀下面文章，並回答問題。

친척이나 친구가 이사를 한 후에 처음으로 ( ㉠초대를 했을 ) 때는 세제나 휴지를 선물합니다. 세제는 쓸 때 생기는 거품처럼 초대한 사람이 큰 부자가 되기를 바라는 의미입니다. 휴지는 모든 일이 잘 풀리라는 의미가 있습니다. 이런 물건에는 초대해준 것에 감사하고 행복을 생각하는 마음이 들어 있습니다.

親戚或朋友搬家後第一次（ ㉠邀請客人 ）的時候，客人會送招待的人清潔劑或衛生紙。使用清潔劑時會產生很多泡沫一樣，有祝福招待的人成為富翁的含意。衛生紙則有一切順利的意思。這些東西裡含有感謝邀請並祝福的心意。

55. ㉠에 들어갈 알맞은 말을 고르십시오. (2점)
請選出適合填入㉠的句子。（2分）

① 선물이 좋을
　　禮物很好

❷ 초대를 했을
　　邀請客人

③ 선물을 받았을
　　收到禮物

④ 초대한 사람이 많을
　　邀請的人很多

세제나 휴지를 선물하는 것은 친척이나 친구가 이사를 해서 처음 초대를 할 때입니다.

會送「세제나 휴지」（清潔劑或衛生紙）是在親戚或朋友搬家後第一次「초대」（邀請）的時候。答案是②。

56. 이 글의 내용과 같은 것을 고르십시오. (3점)
　　請選出和這篇文章內容一樣的選項。（3分）

　　① 휴지는 부자가 되는 것을 의미합니다.　　모든 일이 순리대로
　　　衛生紙意味著成為富翁。

　　② 세재가 있으면 모든 일이 다 잘 됩니다.　　희망
　　　有清潔劑的話，所有事都會很順利。

　　❸ 새 집에 갈 때는 선물을 준비해야 합니다.
　　　去拜訪新家應該準備禮物。

　　④ 처음 이사를 하면 자기 가족만 초대합니다.　　친척이나 친구
　　　第一次搬家只邀請自己的家人。

> 　새로 이사를 한 집에 초대를 받아 갈 때는 휴지나 세제 등의 선물을 준비해서 가지고 가야 합니다.
> 　　被邀請去別人新搬的家時，應該準備衛生紙或清潔劑帶去。答案是③。

※ [57~58] 다음을 순서대로 맞게 나열한 것을 고르십시오.
請選出下列排列順序正確的選項。

57. (2점)（2分）

> (가) 아침에는 날씨가 맑았습니다.    사건
> 　　早上天氣很晴朗。
>
> (나) 그래서 우산을 챙기지 않았습니다.    연결
> 　　所以沒有帶著雨傘出去。
>
> (다) 집에 가는 중에 온몸이 젖어 버렸습니다.    결론
> 　　回家的途中全身溼透了。
>
> (라) 그런데 오후에 갑자기 비가 왔습니다.    반전
> 　　不過下午突然下雨了。

❶ (가)-(나)-(라)-(다)　　　② (나)-(다)-(가)-(라)
③ (다)-(라)-(가)-(나)　　　④ (라)-(다)-(나)-(가)

　　(가)는 대전제입니다. (나)의 '그래서'는 (가)의 결과입니다. (라)의 '그런데'는 반전을 의미합니다. (다)는 마지막으로 생긴 일입니다.
　　(가)是大前提。(나)是「그래서」（所以）是(가)的結果。(라)的「그런데」（不過）意味著反轉。(다)是最後發生的事情。答案是①。

**58.** (3점)（3分）

> (가) 바꾸려고 회사에 전화를 했습니다.    행동
> 想要換而打電話到公司。
>
> (나) 받아서 입어 보니 조금 작았습니다.    연결
> 收到後穿看看，有點小。
>
> (다) 인터넷에서 치마를 샀습니다.    사건
> 在網路上買了衣服。
>
> (라) 그런데 아무도 전화를 받지 않았습니다.    반전(결론)
> 不過沒人接電話。

① (가)-(다)-(라)-(나)　　② (나)-(다)-(가)-(라)
③ (다)-(가)-(나)-(라)　　❹ (다)-(나)-(가)-(라)

> (다)는 대전제입니다. (나)는 (다)와 연결된 사건입니다. (가)는 (나)로 인해 생긴 일을 해결하기 위한 행동입니다. (라)의 '그런데'는 반전의 결론으로 (가)에서 생각했던 것과는 다른 결과가 생겼다는 뜻입니다.
> 　　(다)是大前提。(나)是跟(다)連結的事件。(가)是為了解決因(나)而發生的事情的行為。(라)的「그런데」（不過）是反轉的結論，意思是發生了與(가)所想的不一樣的結果。答案是④。

※ **[59~60]** 다음을 읽고 물음에 답하십시오.

請閱讀下面文章，並回答問題。

> 　제 친구는 백화점 구경하는 것을 아주 좋아합니다. ( ㉠ ) 특별한 행사가 없어도 백화점에 가서 여기저기 둘러봅니다. ( ㉡ ) 그러나 저는 전통시장을 더 좋아합니다. ( ㉢전통시장에서는 따뜻한 정을 느낄 수 있습니다. ) 장사하시는 분이 가까운 친척처럼 친절하게 대해 주기 때문입니다. ( ㉣ ) 제가 학생인 것을 알고 물건값을 깎아 줄 때도 있습니다.
>
> 　我朋友非常喜歡逛百貨公司。( ㉠ ) 就算沒有特別的活動也會去百貨公司到處逛。( ㉡ ) 可是我更喜歡傳統市場。( ㉢在傳統市場可以感受到人情味。 ) 這是因為做生意的人會像近親般親切地對待。( ㉣ ) 他們知道我是學生，有時候還會賣我便宜一點。

59. 다음 문장이 들어갈 곳을 고르십시오. (2점)
　　請選出能填入下面句子的地方。（2分）

> 전통시장에서는 따뜻한 정을 느낄 수 있습니다.
> 在傳統市場可以感受到人情味。

① ㉠　　　② ㉡　　　❸ ㉢　　　④ ㉣

> 　전통시장에서 따뜻한 정을 느낄 수 있는 이유는 시장에서 장사하는 사람들이 마치 가까운 친척처럼 친절하게 손님들을 대하기 때문입니다.
> 　在傳統市場感受到「따뜻한 정」（人情味）的理由是因為在市場做生意的人「가까운 친척처럼 친절하게 대해 주다」（像近親般親切地對待客人）。答案是③。

60. 이 글의 내용과 같은 것을 고르십시오. (3점)
   請選出和這篇文章內容一樣的選項。（3分）

   ❶ 학생은 물건값을 깎아 주기도 합니다.    친절한 행동
      學生的話還會算便宜一點。

   ② 전통시장에는 가까운 친척이 많습니다.    친척처럼
      在傳統市場親人很多。

   ③ 백화점에는 특별한 행사가 있어서 좋습니다.    X
      因為百貨公司有特別活動，所以很好。

   ④ 친구와 저는 전통시장 구경하는 것을 싫어합니다.    친구
      朋友和我討厭逛傳統市場。

> 시장에서는 학생이 물건을 살 때는 특별히 값을 깎아 주는 경우도 있습니다. 친구는 백화점을 좋아하고, 나는 전통시장을 좋아합니다.
>
> 　　在市場，學生買東西時也有「값을 깎아 주다」（算便宜）的情況。朋友喜歡「백화점」（百貨公司），我喜歡「전통시장」（傳統市場）。答案是①。

※ [61~62] 다음을 읽고 물음에 답하십시오. (각 2점)
請閱讀下面文章，並回答問題。（各2分）

> 친구하고 약속을 했는데 어쩔 수 없이 ( ㉠지키지 못하는 ) 경우가 있습니다. 그럴 때는 친구에게 미리 사정 얘기를 하고 취소해야 합니다. 적어도 몇 시간 전에는 알려주는 것이 좋습니다. 만약 급하게 취소하는 것이라면 꼭 전화나 문자로 용서를 구해야 합니다.
>
> 有時和朋友有約，卻有不得已而（ ㉠無法遵守的 ）情況。那時候應該先跟朋友說情況再取消。至少在幾個小時前告知比較好。如果是急著取消，一定要用電話或訊息來請求原諒。

61. ㉠에 들어갈 알맞은 말을 고르십시오.
    請選擇出適合填入㉠的句子。

    ① 지켜야 하는　　　　　② 지킬 수 있는
    　該遵守的　　　　　　　　會遵守的

    ❸ 지키지 못하는　　　　④ 지키려고 하면
    　無法遵守的　　　　　　　想要遵守的話

> 보통 약속을 취소해야 하는 이유는 약속을 지키지 못하는 특별한 사정이 있을 때에 그렇습니다. '어쩔 수 없이'가 그 힌트입니다.
>
> 通常取消約會的理由，是因為有「지키지 못하다」（無法遵守）約定的特殊情況時才會那樣。「어쩔 수 없이」（不得已）就是提示。答案是③。

62. 이 글의 내용과 같은 것으로 고르십시오.
    請選出和這篇文章內容一樣的選項。

    ① 약속은 지키지 않아도 괜찮습니다.    지켜야 합니다
    　不遵守約定也沒關係。

    ② 사정을 얘기하면 친구가 용서해 줍니다.    미리 얘기해야
    　說出情況的話，朋友會原諒。

    ③ 급한 일이 있어도 약속을 취소하면 안 됩니다.    어쩔 수 없는 경우
    　就算有急事，也不能取消約定。

    ❹ 약속을 취소할 때는 친구에게 미리 알려줘야 합니다.
    　取消約定時，應該先告訴朋友。

> 친구와 한 약속은 꼭 지켜야 하지만 어쩔 수 없는 급한 사정 때문에 취소해야 할 경우가 있습니다. 그럴 때는 당연히 친구에게 미리 알려주고 용서를 구해야 합니다.
>
> 和朋友的約定一定要遵守，但是因為迫不得已的緊急事情，有時候不得不取消。這時候當然要「친구에게 미리 알려주고 용서를 구하다」（先告訴朋友再請求原諒）。答案是④。

※ [63~64] 다음을 읽고 물음에 답하십시오.
請閱讀下面文章，並回答問題。

받는 사람 : ghk@minguk.com
收 件 人 : ghk@minguk.com
보낸 사람 : service@hanguk.com
寄 件 人 : service@hanguk.com
제    목 : 비행기표 환불 안내
標    題 : 機票退票指南

고객 여러분 안녕하십니까? 한국항공에서 알려 드립니다. 태풍으로 인해 고객님의 일정이 취소되었습니다. 홈페이지의 '나의 예약'에서 취소된 일정을 확인하시고 오늘부터 환불을 신청하시면 되겠습니다. 문의 전화가 너무 많아서 직접 통화는 어렵습니다. 죄송하지만 홈페이지를 이용해 주시기 바랍니다.

各位顧客，您好嗎？韓國航空通知您。由於颱風，顧客的行程已被取消。請於網站「我的預約」中確認被取消的行程，並從今天起可以申請退票。由於來電洽詢太多，以致無法直接通話。很抱歉敬請使用網站。

63. 왜 이 글을 썼는지 맞는 것을 고르십시오. (2점)
請選出為何寫這篇文章的正確選項。（2分）

① 새로 예약을 하려고
  想要重新預約

② 일정을 확인하고 싶어서
  想要確認行程

③ 홈페이지를 바꾸고 싶어서
  想要換網站

❹ 비행기표 환불 방법을 알려주려고
  想要通知機票退票的方法

이메일의 제목을 보면 이 글을 쓴 목적을 바로 알 수 있습니다. '안내'는 어떤 사실을 알려 준다는 뜻이므로 비행기표 환불하는 방법을 알려주기 위해 쓴 글이라는 것을 의미합니다.

看email的標題就知道這篇文章的目的。「안내」（通知）是告知某種事情的意思，因此這封email是告訴大家「환불 방법」（退票的方法）。答案是④。

64. 이 글의 내용과 같은 것을 고르십시오. (3점)
請選出和這篇文章內容一樣的選項。（3分）

① 태풍으로 일정이 바뀌었습니다.   취소됐습니다
因為颱風，行程改變了。

② 오늘까지 환불이 다 끝났습니다.   오늘부터 시작
到今天為止退票結束了。

❸ 홈페이지에서 환불을 신청해야 합니다.
得在網站上申請退票。

④ 항공사에 전화해서 일정을 취소할 수 있습니다.   홈페이지 이용
打電話給航空公司可以取消行程。

태풍으로 인해 일정이 이미 취소됐고 따라서 비행기표를 환불 받아야 합니다. 환불을 신청할 때는 전화로는 할 수 없고 홈페이지를 이용해야 합니다.

由於颱風，行程已經取消了，所以機票應該要退票。申請退票時不能用電話，得「홈페이지를 이용하다」（使用網站）。答案是③。

323

※ [65~66] 다음을 읽고 물음에 답하십시오.
請閱讀下面文章，並回答問題。

　(식초)는 신맛이 나는 양념입니다. 김밥을 만들 때나 생선요리 위에 뿌리면 맛도 좋아지고 식중독도 예방할 수 있습니다. 그런데 식초는 맛을 내는 데만 쓰는 것은 아닙니다. 심한 운동을 한 후 물에 식초를 적당량 ( ㉠넣어서 ) 목욕을 하면 피로가 풀리는 효과가 있습니다. 식초는 비만을 예방하고 체중을 감소시키는 역할을 합니다. 또 몸 속의 유해한 물질을 배출시키는 기능도 있습니다.

　醋是有酸味的調味料。做飯捲時或撒在魚類料理上的話，味道會變好，還可以預防食物中毒。不過醋不一定只能用在調味。在激烈運動過後，若在水裡（ ㉠放入 ）適量的醋洗澡，有緩解疲勞的效果。醋有預防肥胖和減輕體重的作用。而且也有排出體內有害的物質的功能。

65. ㉠에 들어갈 알맞은 말을 고르십시오. (2점)
　　請選出適合填入㉠的句子。（2分）

　❶ 넣어서　　　　　　② 넣으면
　　放入　　　　　　　　放入的話
　③ 넣지만　　　　　　④ 넣어도
　　雖然放入　　　　　　放入也

　　물에 식초를 넣는 행위와 목욕을 하는 행위는 시간상 선후 관계에 있습니다. 따라서 시간의 선후 관계를 표시하는 어미 '-어서'가 있는 ①번이 정답입니다.
　　「물에 식초를 넣다」（在水裡放入醋）和「목욕을 하다」（洗澡）的動作是時間先後的關係。所以要選擇句子上有表示時間先後的詞尾「-어서」。答案是①。

66. 이 글의 내용과 같은 것을 고르십시오. (3점)
   請選出和這篇文章內容一樣的選項。（3分）

   ❶ 목욕물에 식초를 넣으면 피로가 풀립니다.
      洗澡水裡放入醋的話能緩解疲勞。

   ② 식초를 넣은 음식은 식중독이 생길 수 있습니다.　　식중독 예방
      加入醋的食物，會產生食物中毒。

   ③ 뚱뚱한 사람은 식초를 넣은 음식이 좋지 않습니다.　　다이어트 효과
      對胖子來說，加醋的食物不好。

   ④ 식초가 몸 속에 들어가면 유해한 물질로 변합니다.　　유해한 물질 배출
      醋若進入體內，會變成有害的物質。

> 이 글은 식초의 효능에 대해 설명하고 있습니다. 식초는 식중독 예방, 피로 해소, 다이어트 등 몸에 좋은 여러 가지 효능을 가지고 있습니다.
>
> 這篇文章是說明關於醋的效能。醋具有「식중독 예방」（預防食物中毒）、「피로 해소」（緩解疲勞）、「다이어트」（減肥）等對身體好的各種效能。答案是①。

※ [67~68] 다음을 읽고 물음에 답하십시오. (각 3점)
請閱讀下面文章，並回答問題。（各3分）

> 쓰레기를 버리는 방법은 조금 복잡합니다. 먼저 재활용할 수 있는 것과 재활용할 수 없는 것을 나눕니다. 재활용할 수 없는 것은 쓰레기 봉투에 넣어서 버려야 합니다. 재활용할 수 있는 것은 비슷한 종류끼리 나누어서 재활용 쓰레기통에 버립니다. 처음에는 쓰레기를 나누어서 버리는 ( ㉠일이 귀찮지만 ) 환경을 생각하면 반드시 해야 하는 일입니다.
>
> 倒垃圾的方法有點複雜。首先分為可回收和不可回收。不可回收的垃圾應該放在專用垃圾袋裡丟掉。可回收物的垃圾要分類再放入專用垃圾桶。一開始垃圾分類的 ( ㉠事很麻煩 )，但是若考慮到環境，是一定要做的事。

67. ㉠에 들어갈 알맞은 말을 고르십시오.
    請選出適合填入㉠的句子。

    ① 봉투가 많지만
       垃圾袋很多
    ❷ 일이 귀찮지만
       事很麻煩
    ③ 사람들이 없지만
       人們都沒有
    ④ 재활용이 당연하지만
       回收是當然的

> 쓰레기를 분리해서 재활용할 수 있는 것과 없는 것으로 분류하고, 그 중 재활용할 수 있는 것은 다시 비슷한 종류끼리 나누어서 재활용 쓰레기통에 버리는 행위는 아주 귀찮은 일입니다. 하지만 환경을 생각한다면 꼭 해야만 하는 일입니다.
>
> 將垃圾分為「재활용 할 수 있다」（可回收）和「재활용 할 수 없다」（不可回收），其中把可回收的垃圾再加以「분류하다」（分類），然後分別丟在專用垃圾桶的動作「아주 귀찮다」（非常麻煩），可是考慮到環境，這是一定要做的事。答案是②。

68. 이 글의 내용과 같은 것을 고르십시오.
    請選出和這篇文章內容一樣的選項。

    ① 쓰레기는 아무 쓰레기통에 버려도 됩니다.    쓰레기 봉투에 담아서
       垃圾可以丟在任何垃圾桶。

    ② 재활용 쓰레기는 쓰레기 봉투에 넣습니다.    분리 수거
       可回收的垃圾要放在垃圾袋。

    ③ 비슷한 종류의 쓰레기는 재활용할 수 있습니다.    재활용할 수 있는 것
       類似種類的垃圾可以回收。

    ❹ 재활용할 수 있는 쓰레기는 나누어서 버려야 합니다.
       可回收的垃圾應該分開丟。

> 일반 쓰레기는 쓰레기 봉투에 넣어서 버리고, 재활용할 수 있는 것은 비슷한 종류끼리 나누어서 버려야 합니다.
>
> 一般垃圾要放在專用垃圾袋裡然後丟棄，可以回收的要先「종류끼리 나누다」（分類）再丟。答案是④。

※ **[69~70] 다음을 읽고 물음에 답하십시오. (각 3점)**
請閱讀下面文章,並回答問題。(各3分)

> 저희 부모님은 작년에 은퇴하시고 올 봄에 시골로 이사를 가셨습니다. 그런데 저는 직장 때문에 부모님을 따라 갈 수가 없었습니다. 할 수 없이 따로 방을 구해서 ( ㉠혼자 살게 되었습니다 ). 저는 밥이나 빨래를 한번도 해 본 적이 없었습니다. 그래서 살기가 아주 힘듭니다. 저는 부모님과 함께 살던 시절이 너무 그립습니다.
>
> 我的父母去年退休,今年春天搬到鄉下去了。但是我因為工作不能跟著父母去。不得已只好另外找個房間( ㉠獨自生活了 )。我從來沒有煮過飯、洗過衣服。所以生活得非常辛苦。我太懷念和父母住在一起的時候。

69. ㉠에 들어갈 알맞은 말을 고르십시오.
    請選出適合填入㉠的句子。

    ① 직장을 옮겼습니다　　　　② 동생과 살았습니다
    　　換工作了　　　　　　　　　和弟弟同住了
    ③ 멀리 시골로 갔습니다　　　❹ 혼자 살게 되었습니다
    　　去很遠的鄉下了　　　　　　獨自生活了

> 나는 직장 때문에 부모님과 같이 시골에 살 수 없기 때문에 따로 방을 구해 혼자 살게 된 것입니다.
>
> 我因為工作不能和父母住在鄉下,另外找個房間「혼자 살게 되다」(獨自生活)。答案是④。

70. 이 글의 내용으로 알 수 있는 것을 고르십시오.
    請選出和這篇文章內容一樣的選項。

    ① 부모님은 작년부터 시골에 삽니다.   온 봄부터
       父母從去年起住在鄉下。

    ❷ 저는 지금 혼자 밥하고 빨래합니다.
       我現在獨自煮飯洗衣服。

    ③ 부모님은 저와 함께 살고 싶어합니다.   X
       父母想和我住在一起。

    ④ 제가 사는 방은 살기가 아주 힘든 곳입니다.   혼자 살기가 힘듭니다
       我住的房間是很難住的地方。

> 부모님하고 살 때는 어머니가 밥하고 빨래를 해 주지만 지금은 혼자 살고 있으므로 당연히 그런 일을 혼자 해야만 합니다. 부모님과 함께 살던 시절이 그리운 이유는 혼자 사는 일이 힘들기 때문입니다.
>
> 和父母住在一起時，媽媽幫我「밥하고 빨래를 하다」（煮飯洗衣服），但是現在獨自生活，所以那種事當然自己要做。懷念和父母一起生活時的理由，是因為一個人生活很辛苦。答案是②。

# 附錄

## 附錄一　詞彙
（一）1級必考單字整理
（二）1級重要單字索引
（三）2級重要單字索引

## 附錄二　文法
（一）조사　助詞
（二）동사와 결합하는 문형　與動詞結合的句型
（三）형용사와 결합하는 문형　與形容詞結合的句型
（四）동사/형용사와 결합하는 문형　與動詞/形容詞結合的句型
（五）명사와 관계되는 문형　與名詞有關的句型
（六）동사/형용사/명사와 관계되는 문형
　　　與動詞/形容詞/名詞有關的句型

## 附錄三　第三週模擬考試解答
◎TOPIK I　第1回聽力模擬考試解答
◎TOPIK I　第1回閱讀模擬考試解答
◎TOPIK I　第2回聽力模擬考試解答
◎TOPIK I　第2回閱讀模擬考試解答

# 附錄一　詞彙

## （一）1級必考單字整理

### 1. 숫자 數字

|  | 漢字 | 韓文 | 序數 |  |  | 漢字 | 韓文 |
|---|---|---|---|---|---|---|---|
| 1 | 일 一 | 하나 | 첫째 | 20 |  | 이십 二十 | 스물 |
| 2 | 이 二 | 둘 | 둘째 | 30 |  | 삼십 三十 | 서른 |
| 3 | 삼 三 | 셋 | 셋째 | 40 |  | 사십 四十 | 마흔 |
| 4 | 사 四 | 넷 | 넷째 | 50 |  | 오십 五十 | 쉰 |
| 5 | 오 五 | 다섯 | 다섯째 | 60 |  | 육십 六十 | 예순 |
| 6 | 육 六 | 여섯 | 여섯째 | 70 |  | 칠십 七十 | 일흔 |
| 7 | 칠 七 | 일곱 | 일곱째 | 80 |  | 팔십 八十 | 여든 |
| 8 | 팔 八 | 여덟 | 여덟째 | 90 |  | 구십 九十 | 아흔 |
| 9 | 구 九 | 아홉 | 아홉째 | 100 |  | 백 一百 |  |
| 10 | 십 十 | 열 | 열째 | 1,000 |  | 천 一千 |  |
|  |  |  |  | 100,000 |  | 만 一萬 |  |

### 2. 요일 星期

| 월요일 | 화요일 | 수요일 | 목요일 | 금요일 | 토요일 | 일요일 |
|---|---|---|---|---|---|---|
| 星期一 | 星期二 | 星期三 | 星期四 | 星期五 | 星期六 | 星期日 |
| 주중 平日 |||| 주말 週末 |||

### 3. 달 月

| 일월 | 이월 | 삼월 | 사월 | 오월 | 유월 | 칠월 | 팔월 | 구월 | 시월 | 십일월 | 십이월 |
|---|---|---|---|---|---|---|---|---|---|---|---|
| 一月 | 二月 | 三月 | 四月 | 五月 | 六月 | 七月 | 八月 | 九月 | 十月 | 十一月 | 十二月 |

### 4. 날짜 日期

| 漢字語 | 일일 | 이일 | 삼일 | 사일 | 오일 | 육일 | 칠일 | 팔일 | 구일 | 십일 |
|---|---|---|---|---|---|---|---|---|---|---|
| 純韓語 | 하루 | 이틀 | 사흘 | 나흘 | 닷새 | 엿새 | 이레 | 여드레 | 아흐레 | 열흘 |
|  | 一天 | 兩天 | 三天 | 四天 | 五天 | 六天 | 七天 | 八天 | 九天 | 十天 |

| 그제 그저께 | 어제 어저께 | 오늘 | 내일 | 모레 내일모레 | 글피 |
|---|---|---|---|---|---|
| 前天 | 昨天 | 今天 | 明天 | 後天 | 大後天 |

| 재작년 | 작년 | 올해 | 내년 | 후년 | 내후년 |
|---|---|---|---|---|---|
| 前年 | 去年 | 今年 | 明年 | 後年 | 大後年 |

## 5. 시간 時間

| 오전 | 上午 | 새벽 | 凌晨 | 낮 | 晝 |
|---|---|---|---|---|---|
| | | 아침 | 早上 | | |
| 오후 | 下午 | 점심 | 中午 | | |
| | | 저녁 | 晚上 | | |
| 밤 | | 夜間 | | 밤 | 夜 |

## 6. 시계 時鐘

韓文的時間表現較多元，時（點）會以純韓文數字表現，而分、秒則以漢字數字表現。

| 한글 숫자<br>（純韓文數字） | 시<br>時 | 한자 숫자<br>（漢字數字） | 분<br>分 | 한자 숫자<br>（漢字數字） | 초<br>秒 |
|---|---|---|---|---|---|

| | 시<br>（純韓文數字） | 點/時 | 분<br>（漢字數字） | 分 | 초<br>（漢字數字） | 秒 |
|---|---|---|---|---|---|---|
| 1 | 한 시 | 一點 | 일 분 | 一分 | 일 초 | 一秒 |
| 2 | 두 시 | 兩點 | 이 분 | 二分 | 이 초 | 二秒 |
| 3 | 세 시 | 三點 | 삼 분 | 三分 | 삼 초 | 三秒 |
| 4 | 네 시 | 四點 | 사 분 | 四分 | 사 초 | 四秒 |
| 5 | 다섯 시 | 五點 | 오 분 | 五分 | 오 초 | 五秒 |
| 6 | 여섯 시 | 六點 | 육 분 | 六分 | 육 초 | 六秒 |
| 7 | 일곱 시 | 七點 | 칠 분 | 七分 | 칠 초 | 七秒 |
| 8 | 여덟 시 | 八點 | 팔 분 | 八分 | 팔 초 | 八秒 |
| 9 | 아홉 시 | 九點 | 구 분 | 九分 | 구 초 | 九秒 |
| 10 | 열 시 | 十點 | 십 분 | 十分 | 십 초 | 十秒 |
| 11 | 열한 시 | 十一點 | | | | |
| 12 | 열두 시 | 十二點 | | | | |

| | | | | | |
|---|---|---|---|---|---|
| 20 | | 이십 분 | 二十分 | 이십 초 | 二十秒 |
| 30 | | 삼십 분 = 반 | 三十分 = 半 | 삼십 초 | 三十秒 |
| 40 | | 사십 분 | 四十分 | 사십 초 | 四十秒 |
| 50 | | 오십 분 | 五十分 | 오십 초 | 五十秒 |

## 7. 가족 家族

| 조부모 祖父母 |||
|---|---|---|
| 할아버지 爺爺 || 할머니 奶奶 |

| 친척 親戚 | 부모 父母 || 친척 親戚 ||
|---|---|---|---|---|
| 큰아버지 伯父 | 아버지(아빠) 父親（爸爸） | 어머니(엄마) 母親（媽媽） | 작은아버지 叔父 | 고모 姑姑 |

| 형제자매 兄弟姊妹 |||||
|---|---|---|---|---|
| 사촌형/오빠 (누나/언니) | 형/오빠 | 누나/언니 | 나 | 동생 (동생/여동생) | 사촌동생 |
| 堂（表）哥/ 堂（表）姊 | 哥哥 | 姊姊 | 我 | 弟弟/妹妹 | 堂（表）弟/ 堂（表）妹 |

| 손자/손녀 孫子/孫女 |
|---|

| 외조부모 外祖父母 | 외할아버지 外公 | 외할머니 外婆 |
|---|---|---|
| 이모 阿姨 || 외삼촌 舅舅 |

## 8. 신체 身體

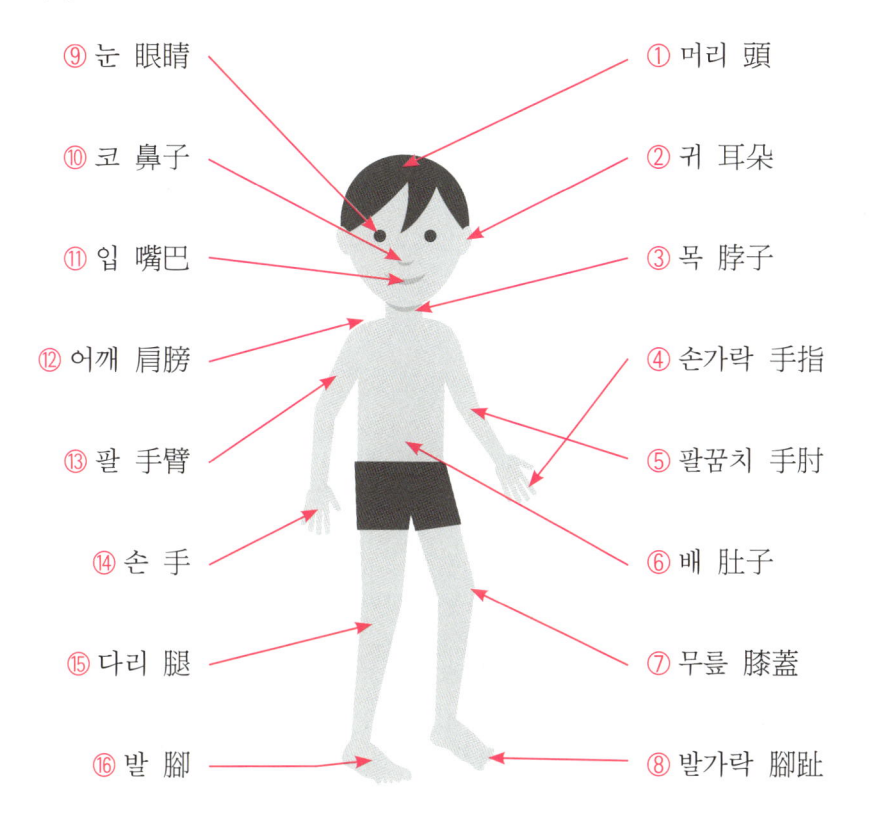

- ⑨ 눈 眼睛
- ⑩ 코 鼻子
- ⑪ 입 嘴巴
- ⑫ 어깨 肩膀
- ⑬ 팔 手臂
- ⑭ 손 手
- ⑮ 다리 腿
- ⑯ 발 腳
- ① 머리 頭
- ② 귀 耳朵
- ③ 목 脖子
- ④ 손가락 手指
- ⑤ 팔꿈치 手肘
- ⑥ 배 肚子
- ⑦ 무릎 膝蓋
- ⑧ 발가락 腳趾

## 9. 위치 位置

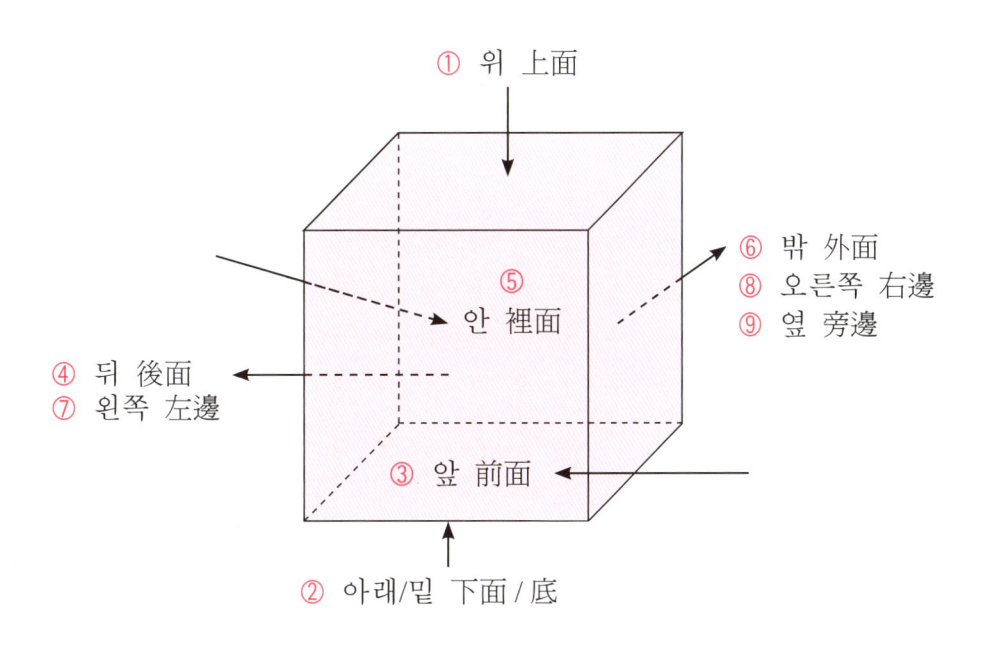

- ① 위 上面
- ② 아래/밑 下面 / 底
- ③ 앞 前面
- ④ 뒤 後面
- ⑤ 안 裡面
- ⑥ 밖 外面
- ⑦ 왼쪽 左邊
- ⑧ 오른쪽 右邊
- ⑨ 옆 旁邊

附錄一：詞彙 1級

附錄二：文法

附錄三：第三週模擬考試解答

335

## 10. 색깔 顏色

| 韓文 | 中文 | ＋색（色） | |
|---|---|---|---|
| 까맣다/검다 | 黑 | 까만색/검은색 | 黑色 |
| 노랗다 | 黃 | 노란색 | 黃色 |
| 빨갛다 | 紅 | 빨간색 | 紅色 |
| 파랗다 | 藍 | 파란색 | 藍色 |
| 하얗다/희다 | 白 | 하얀색/흰색 | 白色 |

## 11. 맛 味道

쓰다 苦　　　　　　　　　　짜다 鹹
달다 甜　　　　　　　　　　맵다 辣
시다 酸

## 12. 과일 水果

귤 橘子　　　　　　　　　　사과 蘋果
딸기 草莓　　　　　　　　　수박 西瓜
바나나（banana） 香蕉　　　토마토（tomato） 番茄
배 梨子　　　　　　　　　　포도 葡萄

## 13. 음식 食物

갈비탕 排骨湯　　　　　　　비빔밥 拌飯
김밥 海苔捲飯　　　　　　　삼계탕 人蔘雞
김치 泡菜 ▶ 김치찌개 泡菜鍋　식빵 白吐司
냉면 冷麵　　　　　　　　　식혜（食醯） 甜米露
떡 年糕　　　　　　　　　　우유 牛奶
떡볶이 辣炒年糕　　　　　　주스（juice） 果汁
라면 泡麵　　　　　　　　　치킨（chicken） 炸雞
불고기 烤肉

## 14. 운동 경기 運動比賽

농구 籃球 ▶ 농구를 하다 打籃球
수영 游泳 ▶ 수영을 하다 游泳
발야구 足壘球 ▶ 발야구를 하다 踢足壘球
배드민턴（badminton） 羽毛球 ▶ 배드민턴을 치다 打羽毛球
야구 棒球 ▶ 야구를 하다 ▶ 야구장 棒球場
축구 足球 ▶ 축구를 하다 踢足球
테니스（tennis） 網球 ▶ 테니스를 치다 打網球

## 5. 동물 動物

| | |
|---|---|
| 개(강아지) 狗（小狗） | 까치 喜鵲 |
| 고양이 貓 | 말 馬 |
| 곰 熊 | 토끼 兔子 |

## 16. 나라 國家

| | |
|---|---|
| 미국 美國 | 일본 日本 |
| 베트남（Vietnam） 越南 | 중국 中國 |
| 영국 英國 | 프랑스（France） 法國 |
| 유럽 歐洲 | 한국 韓國 |
| 이탈리아（Italia） 義大利 | |

## 17. 한국의 주요 도시(지방) 韓國主要城市（地方）

| | |
|---|---|
| 강릉 江陵 | 설악산 雪嶽山 |
| 경주 慶州 ▶경주빵 慶州麵包 | 부산 釜山 |
| 광주 光州 | 인천 仁川 ▶인천공항 仁川機場 |
| 동해 東海 | 제주도 濟州島 |
| 여수 麗水 | 지리산 智異山 |
| 서울 首爾 ▶서울역 首爾站 ▷ | 춘천 春川 |
| 명동 明洞 ▷ 강북구 江北區 | |

## 18. 한국의 휴일 韓國的假日

| 한국어 韓文（漢字） | 날짜 日期 | 중국어 中文 |
|---|---|---|
| 원단（元旦） | 1월 1일 | 元旦 |
| 설날 | 農曆 1월 1일 | 春節 |
| 삼일절（三一節） | 3월 1일 | 三一節 |
| 부처님 오신 날（釋迦誕辰日） | 農曆 4월 8일 | 佛誕日 |
| 어린이날 | 5월 5일 | 兒童節 |
| 현충일（顯忠日） | 6월 6일 | 陣亡將士紀念日 |
| 광복절（光復節） | 8월 15일 | 光復節 |
| 추석（秋夕） | 農曆 8월 15일 | 中秋節 |
| 개천절（開天節） | 10월 3일 | 開天節 |
| 한글날 | 10월 9일 | 韓文節 |
| 크리스마스/성탄절（Christmas/聖誕節） | 12월 25일 | 聖誕節 |

## 19. 서울의 주요 고궁 首爾主要古宮

경복궁 景福宮　　　　　　　　창경궁 昌慶宮

창덕궁 昌德宮　　　　　　　　덕수궁 德壽宮

## （二）1級重要單字索引

以下單字整理出TOPIK I 第35、36、37、41、47、52、60、64回考古題的所有單字，及本書中所出現的單字。

單字中以 ▊ 標示的，即表示為本書模擬試題中出現過的單字。

凡例：
- 명：명사（名詞） / 동：동사（動詞） / 형：형용사（形容詞）
- 부：부사（副詞） / 관：관형사（冠形詞） / 감：감탄사（感歎詞）
- 접：접사（接辭）

符號說明：
= ：同義詞　↔ ：反義詞　▷ ：相似詞　▶ ：衍生詞　☞ ：相關的文法句型

### ㄱ

- 명 가게 店
- 명 가격 價格 = 값 價格
- 명 가구 家具
- 형 가깝다 近 ↔ 멀다 遠
- 동 가꾸다 栽培
- 부 가끔 偶爾
- 동 가다 去、走
- 동 가르치다 教
- 명 가방 包包
- 명 가수 歌手
- 명 가위 剪刀
- 명 가족 家人
- 동 가지다 帶 ▷ 데리다 帶
- 명 가짜 假的 ↔ 진짜 真的
- 형 간단하다 簡單 ↔ 복잡하다 複雜
- 명 간식 零食
- 명 간장 醬油
- 명 감기 感冒
- 동 （눈을）감다 閉上（眼睛）
- 명 감사 感謝 ▶ 감사(를) 하다 感謝
　▷ 고맙다 謝謝
- 동 감탄하다 感嘆
- 부 갑자기 突然
- 명 값 價格 = 가격 價格
- 형 강하다 強 ↔ 약하다 弱
- 형 같다 一樣 ↔ 다르다 不一樣
- 부 같이 一起 ▷ 함께 一起
- 명 개나리 連翹、迎春花
- 명 개학 開學
- 명 거기 那裡（較近的）
　▷ 여기/저기 這裡/那裡（較遠的）
- 명 거실 客廳
- 명 거울 鏡子
- 명 거절 拒絕

- ㊓거의 幾乎
- ㊔걱정 擔心 ▶ 걱정(을) 하다 擔心
- ㊔건강 健康
- ㊔건너편 對面
- ㊔건물 建築物
- ㊕걷다 走（路）
  - ▶ 걷기 走（「걷다」的名詞）
- ㊕걸다 打（電話）、掛
  - ▷ 걸리다（「걸다」的被動詞）
- ㊕걸리다 花（時間）；得（病）；掛（「걸다」的被動詞）
- ㊕결정하다 決定 ▶ 정하다 決定
- ㊔결혼 結婚 ▶ 결혼(을) 하다 婚禮
  - ▶ 결혼식 婚禮
- ㊔결혼식 婚禮
- ㊔경기 比賽
- ㊔경치 風景、景色
- ㊔경험 經驗 ▶ 경험(을) 하다 經驗
- ㊔계단 樓梯
- ㊔㊓계속 繼續、一直
- ㊕계시다 在（「있다」的敬語）
- ㊔계획 計畫 ▶ 계획(을) 하다 計畫
- ㊔고기 肉
- ㊕고르다 選擇 ▷ 선택하다 選擇
- ㊖고맙다 謝謝 ▷ 감사하다 感謝
- ㊔고민 煩惱 ▶ 고민(을) 하다 煩惱
- ㊔고장 故障 ▶ 고장(이) 나다 發生故障
- ㊔고추장 辣椒醬
- ㊕고치다 修正、矯正
- ㊖고프다 餓
- ㊔고향 故鄉
- ㊓곧 馬上
- ㊔곳 地方 ▶ 곳곳 到處
- ㊔곳곳 到處
- ㊔공 球
- ㊔공간 空間
- ㊔공기 空氣
- ㊔공부 讀書 ▶ 공부(를) 하다 讀書
  - ▶ 공부방 書房
- ㊔공부방 書房
- ㊔공연 表演
- ㊔공원 公園
- ㊔공장 工廠
- ㊔공책 筆記本
- ㊔공항 機場 ▶ 공항버스 機場巴士
- ㊔공항버스 機場巴士
- ㊔과자 餅乾
- ㊔과장님 課長＋님（尊稱）
- ㊔관계 關係
- ㊔관광 觀光 ▶ 관광지 觀光地
- ㊔관광지 觀光地
- ㊔관리 管理
  - ▷ 사무소 事務所、辦公處
- ㊔관심 興趣
- ㊔광장 廣場
- ㊖괜찮다 沒關係、沒事
- ㊔교복 校服
- ㊔교실 教室
- ㊔교통 交通 ▶ 교통사고 交通事故
  - ▶ 교통경찰 交通警察
- ㊔교통사고 交通事故 ＝ 車禍
- ㊔교통경찰 交通警察

- 몡교환 交換 ▶ 교환(을) 하다
  - ▶ 교환권 交換券 ▶ 교환학생 交換學生
  - ▷ 바꾸다 調換、替換
- 몡교회 教會
- 몡구경 參觀 ▶ 구경(을) 하다 參觀
- 몡구두 皮鞋
- 동구하다 徵求
- 몡국가 國家 ▷ 나라 國家
- 몡국물 湯汁
- 몡국제 國際
- 동귀국하다 回國
- 형귀엽다 可愛
- 형귀찮다 麻煩
- 몡규칙 規則
- 부그냥 只是
- 부그래도 還是
- 부그래서 所以
- 부그러나 但是
- 부그러니까 因此、所以
- 부그런데 不過
- 부그럼 那麼、這樣的話
  - = 그러면 那麼
- 형그렇다 這樣、這麼
- 부그렇지만 但是、可是
  - ▷ 하지만 但是、可是
- 부그리고 而且
- 동그리다 畫
- 몡그림 畫 (「그리다」的名詞)
  - ◀ 그리다 畫 ▶ 그림책 繪本
- 몡그림책 繪本
- 형그립다 懷念、思念
- 몡그릇 碗
- 몡극장 電影院 ▷ 영화관 電影院
- 몡근처 附近
- 몡글 文章
- 몡글씨 (寫)字
- 부금방 馬上、立刻 = 금세 立即
- 형급하다 急
- 몡기간 期間
- 몡기념품 紀念品
- 동기다리다 等待
- 몡기대 期待
- 동기대다 靠
- 동기르다 養(動物)、養成(習慣)
- 몡기름 油
- 몡기분 心情
- 형기쁘다 高興 ▶ 기쁨 高興、喜悅
  - ▷ 반갑다 高興 ↔ 슬프다 傷心
- 몡기쁨 高興、喜悅 (「기쁘다」的名詞) ◀ 기쁘다
- 몡기숙사 宿舍
- 동기억하다 記得
- 몡기차 火車 ▶ 기차역 火車站
  - ▶ 기찻길 鐵路、鐵軌
- 몡기차역 火車站
- 몡기찻길 鐵路、鐵軌
- 몡기침 咳嗽 ▶ 기침이 나다 咳嗽
- 몡기회 機會
- 몡긴장 緊張 ▶ 긴장(을) 하다 緊張
- 몡길 路
- 몡김치박물관 泡菜博物館
- 동깎다 殺(價);削

- 㘴깜짝 （嚇）一跳
- 㘯깨끗하다 乾淨↔더럽다 髒亂
- 㘦깨다 睡醒
- 㘴꼭 一定 ▷ 반드시 一定
- 㘡꽃 花 ▶ 꽃병 花瓶 ▶ 꽃집 花店
- 㘡꽃병 花瓶
- 㘡꽃집 花店 ＝ 꽃가게 花店

- 㘡꿈 （做）夢、夢想
- 㘦끄다 關↔켜다 開
- 㘦끓이다 煮
- 㘦끝나다 結束↔시작하다 開始
- 㘦끝내다 做完（「끝나다」的使動詞）
- 㘦끼다 戴

## ㄴ

- 㘡나 我 ▷ 저 我（「나」的謙稱）
- 㘦나누다 分享
- 㘦나다 長出、發生、發（燒）、流（眼淚）▷ 생기다 發生、產生
- 㘡나라 國家 ▷ 국가 國家
- 㘡나무 樹
- 㘡나물 蔬菜
- 㘦나오다 出來↔들어가다 進去
- 㘡나이 歲、年紀 ▷ 연세 年紀
- 㘯나쁘다 壞、不好↔좋다 好
- 㘴날마다 每天 ▶ 매일 每天
- 㘡날씨 天氣
- 㘦남기다 留下（「남다」的使動詞）
- 㘦남다 剩下
  ▷ 남기다 留下（「남다」的使動詞）
- 㘡남자 男生↔여자 女生
- 㘯낫다 好；痊癒
- 㘯낮다 低↔높다 高
- 㘡낮잠 午覺 ▶ 낮잠(을) 자다 睡午覺
- 㘦내다 交；付；繳
- 㘦내리다 下↔타다 搭乘
- 㘡내용 內容

- 㘡냄새 香味
- 㘡냉장고 冰箱
- 㘴너무 太
- 㘯넓다 寬↔좁다 窄
- 㘦넘어지다 跌倒
- 㘦넣다 放入
- 㘧네 是、對
- 㘡노래 歌 ▶ 노래방 KTV
- 㘡노래방 KTV
- 㘦놀다 玩
- 㘦놀라다 吃驚、驚訝
- 㘯놀랍다 令人驚訝
- 㘦놓다 放
- 㘡누구 誰
- 㘡눈 雪 ▶ 눈길 雪路；目光
  ▶ 눈꽃 雪花 ▶ 눈사람 雪人
- 㘡눈꽃 雪花
- 㘡눈물 眼淚
- 㘡눈사람 雪人
- 㘦눕다 躺
- 㘦느끼다 感受到
- 㘡느낌 感覺

- 부늘 總是 ▷ 언제나 隨時 ▷ 항상 總是
- 형느리다 慢 ↔ 빠르다 快
- 부늦게 晚 ↔ 일찍 早

## ㄷ

- 동다녀오다 去一趟
- 동다니다 （固定）來回
- 형다르다 不一樣、不同 ↔ 같다 一樣
- 부다시 再
- 형다양하다 各式各樣的
- 동다치다 受傷
- 명다행 幸運
- 동닦다 洗
- 명단맛 甜味 ◀ 달다 甜
- 명단어 單字
- 동닫다 關 ↔ 열다 開 ▷ 닫히다 被關
- 동닫히다 被關（「닫다」的被動詞）
- 명달걀 雞蛋 ▶ 계란 雞蛋
- 명달력 月曆
- 동달리다 跑步 ▶ 달리기 奔跑
  ▷ 뛰다 跑
- 동담다 裝
- 형당연하다 當然
- 명답장 回信
- 동답하다 回答
- 명대답 回答 ▶ 대답(을) 하다 回答
- 명대리님 代理＋님（尊稱）
- 명대사관 大使館
- 명대신 代替
- 명대학교 大學
- 명대화 對話
- 명대회 大會

- 명댁 家（「집」的敬語）
- 부더 多 ↔ 덜 少、不太
- 형더럽다 髒 ↔ 깨끗하다 乾淨
- 명덕분 功勞、托福
- 부덜 少；不太 ↔ 더 多
- 명더위 暑熱 ↔ 더위 寒冷 ◀ 덥다 熱
- 동덥다 熱 ↔ 춥다 冷
- 동데리다 帶 ▷ 가지다 帶
- 명데 地方
- 명도로 道路
- 명도서관 圖書館
- 명도시 城市 ↔ 시골 鄉村
- 명도움 幫助（「돕다」的名詞）
  ◀ 돕다 幫助
- 동도착하다 到達 ↔ 출발하다 出發
- 명돈 錢
- 명돌 週歲（滿一歲）
- 동돌려주다 償還
- 동돌아가다 回去 ↔ 돌아오다 回來
- 동돌아오다 回來 ↔ 돌아가다 回去
- 동돕다 幫助 ▶ 도움 幫助
- 명동네 社區
- 명동아리 （學校）社團
  ▷ 동호회 （社會上）社團
- 명동안 期間
- 명동전 銅板、硬幣
  ▷ 지폐 紙鈔、紙幣

343

- 명동창 同學
- 명동화책 童話書
- 형두껍다 厚↔얇다 薄
- 동두다 放（置）
  - ☞ -아/어/여 두다 做好～
- 동두드리다 敲、打
- 동둘러보다 環顧、張望
- 부드디어 終於
- 동듣다 聽
- 동들다 喜歡（滿意）；裝；需要（錢）
- 동들어가다 進去↔나오다 出來
- 명등산 登山 ▶ 등산(을) 하다 登山
- 형따뜻하다 溫暖
- 부따로 另外；分開

- 동따르다 跟從、跟著
- 부딱 正好、剛好
- 명땅 土地
- 명때 時候 ☞ -을/ㄹ 때 ～的時候
- 명때문 因為
- 동떠나다 離開
- 동떨다 發抖
- 동떨어지다 下降、落下
- 부또 再、又
- 형똑같다 一模一樣
- 형뚱뚱하다 胖
- 동뛰다 跑 ▷ 달리다 奔跑
- 형뜨겁다 燙↔차갑다 涼
- 명뜻 意思 ▷ 의미 意思

## ㅁ

- 형마르다 乾
- 명마을 村子 ▶ 동네 社區
- 명마음 心
- 부마주 面對
- 명마지막 最後
- 부마침 剛好
- 동막다 擋住、攔住
- 동막히다 堵塞（「막다」的被動詞）
- 동만나다 見面
- 동만들다 做
- 동만지다 摸
- 명만화 漫畫 ▶ 만화책 漫畫書
  - ▶ 만화가 漫畫家
- 명만화책 漫畫書

- 명만화가 漫畫家
- 형많다 多↔적다 少
- 부많이 多
- 명말 話 ▶ 말씀 話
- 명말씀 話（「말」的敬語）
- 동말하다 說話 ▶ 말하기 대회 演講比賽
- 형맑다 晴↔흐리다 陰暗
- 형맛있다 好吃↔맛없다 不好吃
- 동맞다 對↔틀리다 錯誤
- 동맡다 擔任、負責、保管
- 동맡기다 委託（「맡다」的使動詞）
- 명매력 魅力
- 명머리색 髮色
- 동머물다 待

- 동먹다 吃
  ▷ 드시다/잡수시다 吃（「먹다」的敬語）
- 명부먼저 首先 ▷ 우선 優先
- 형멀다 遠 ↔ 가깝다 近
- 동멈추다 停止
- 형멋있다 棒；帥
- 명며칠 幾天
- 명매일 每天 ▷ 날마다 每天
- 명부모두 總共、全部
- 관모든 所有的
- 동모르다 不知道、不認識
  ↔ 알다 知道、認識
- 명모습 容貌
- 명모양 樣子
- 동모으다 湊、收集
- 동모이다 聚合 ▶ 모임 聚會
- 명모임 聚會（「모이다」的名詞）
- 명모자 帽子
- 명목걸이 項鍊 ▶ 꽃목걸이 花項鍊
- 명목소리 （人的）聲音
  ▶ 소리 聲音、聲響
- 명목욕 洗澡 ▶ 목욕물 洗澡水
- 명목욕물 洗澡水
- 부몰래 偷偷地
- 명몸 身體 ▶ 온몸 全身、渾身
- 명무료 免費
- 형무섭다 可怕、害怕
- 관무슨 什麼 ▷ 무엇 什麼
- 명무엇 什麼
- 부무척 非常
- 명문 門
- 명문구점 文具行
- 명문제 問題
- 명문화 文化
- 동묻다 問 ☞ -아/어/여 보다 試做~
- 명물 水 ▶ 물탱크 水塔
- 명물건 東西
- 명물고기 魚 ▶ 생선 鮮魚
- 부미리 提前、提早
- 명미술관 美術館
- 형미안하다 對不起、抱歉
  ▷ 죄송하다 對不起
- 동믿다 相信
- 명밀가루 麵粉

## ㅂ

- 동바꾸다 換
- 동바뀌다 變（「바꾸다」的被動詞）
- 명바다 海、海邊
- 명바닥 地板
- 동바라다 希望 ☞ -기(를) 바라다 希望~
- 명바람 風
- 부바로 馬上、就
- 명바지 褲子 ▶ 청바지 牛仔褲
  ▷ 치마 裙子
- 형바쁘다 忙碌
- 명박물관 博物館

345

- 명박수 拍手 ▶ 박수(를) 치다 拍手
- 명밖 外面
- 형반갑다 高興 ▷ 기쁘다 高興
- 부반드시 一定 ▷ 꼭 一定
- 명반찬 小菜
- 동받다 接受（申請）；接（電話）
- 부밤늦게 深夜
- 명발음 發音
- 명발표 發表 ▶ 발표회 發表會
  ▶ 발표(를) 하다 發表
- 형밝다 亮 ↔ 어둡다 暗
- 명밥 飯
- 명방 房間 ▶ 방문 房門
- 명방문 房門
- 명방문 訪問、拜訪
  ▶ 방문(을) 하다 訪問
- 명방법 方法
- 명방송국 電視台
- 명방학 放假（暑假、寒假）
- 명배우 演員
- 동배우다 學習
- 명백화점 百貨公司
- 동버리다 丟、仍
- 명번호 號碼
- 동벌다 賺（錢）
- 부벌써 已經 ▷ 이미 已經
- 동벗다 脫 ↔ 신다 穿
- 부별로 不太
  ※後面一定搭配＋부정사（否定詞）
- 명병 疾病
- 명병원 醫院

- 명보고서 報告
- 명보기 範例
- 동보다 看 ▷ 보이다 看到
  ☞ -아/어/여 보다 試做～
- 동보이다 看到（「보다」的被動詞）
- 동보내다 寄、送 ▷ 부치다 寄
- 동보내다 度過
- 명보물 寶物
- 명부보통 普通、平常
- 형복잡하다 複雜 ↔ 간단하다 簡單
- 명봉투 袋子、信封
- 형부끄럽다 害羞
- 형부럽다 羨慕
- 동부르다 唱（歌）；叫
- 명부엌 廚房
- 명부자 富翁
- 동부치다 寄 ▷ 보내다 寄、送
- 동부탁하다 拜託
- 형부드럽다 柔軟；溫柔
- 명분위기 氣氛
- 명불 火
- 명불꽃 火花 ▶ 불꽃놀이 煙火表演
- 동불다 颳（風）；吹（笛子）
- 형불쌍하다 可憐
- 형불편하다 不方便、不舒服
  ↔ 편하다 方便、舒服
- 동붓다 潑、倒
- 동붙다 黏住
- 명비 雨
- 명비누 香皂
- 동비비다 拌 ▶ 비빔밥 拌飯

346

- 형비슷하다 相似、類似
- 형비싸다 貴 ↔ 싸다 便宜
- 명비용 費用
- 명비행기 飛機
- 동빌리다 借
- 동빨다 洗（衣服）
- 명빨래 洗衣服 ▶ 빨래(를) 하다 洗衣服
- 부빨리 趕快
- 명빵집 麵包店
- 동뽑다 選拔
  ▶ 뽑히다 選拔（「뽑다」的被動詞）
- 동뿌리다 撒
- 명뿐 只、只是

## ㅅ

- 명사고 事故
- 동사귀다 交往
- 동사다 買 ↔ 팔다 賣
- 명사람 人
- 명사랑 愛 ▶ 사랑을 하다 愛
- 명사무소 事務所 ▶ 사무실 辦公室
- 명사무실 辦公室 ▶ 사무소 事務所
- 명사실 事實
- 동사용하다 使用 ▷ 쓰다 使用
- 명사장님 老闆＋님（尊稱）
- 명사전 辭典
- 명사진 照片 ▶ 사진관 照相館
  ▶ 사진기 照相機
- 명사진관 照相館
- 명사진기 照相機
  ▷ 카메라（camera） 照相機
- 명사탕 糖果
- 명산 山 ▶ 산길 山路 ▶ 산새 山鳥
- 명산책 散步 ▶ 산책(을) 하다 散步
- 동살다 住；生活；活著
- 명상 獎賞
- 명상대팀（-team） 對手隊
- 명상자 箱子
- 관새 新的
- 명새집 新家
- 명생각 想 ▶ 생각(을) 하다 想
- 동생기다 發生、有 ▷ 나다 發生、有
- 명생선요리 魚菜
- 명생일 生日 ▷ 생신 生辰
- 명생신 生辰（「생일」的敬語）
- 명생활 生活 ▶ 생활관 生活館
- 동서다 站 ↔ 앉다 坐
- 명서랍 抽屜
- 부서로 互相
- 명서류 文件
- 명서점 書店
- 명선물 禮物 ▶ 선물(을) 하다 送禮物
- 명선배 前輩 ↔ 후배 後輩
- 명선생님 老師＋님（尊稱）
- 명선수 選手
- 동선택하다 選擇 ▷ 고르다 選擇
- 명선풍기 電風扇
- 명설탕 砂糖
- 명섬 島

347

- 동성공하다 成功
- 명성장 成長
- 명성적 成績
- 명관세계적 世界級的
- 명세상 世界
- 동세우다 制定（計畫）
- 명세탁기 洗衣機
- 명세탁소 洗衣店
- 동소개하다 介紹
- 명소고기 牛肉
- 명소금 鹽 ▶ 소금물 鹽水
- 명소금물 鹽水
- 명소리 聲音、聲響 ▶ 목소리 聲音
- 명소식 消息
- 형소중하다 珍貴
- 명소포 包裹
- 명소풍 郊遊
- 명소화 消化
- 명손님 客人、賓客＋님（尊稱）
- 명수건 毛巾
- 명수돗물 自來水
- 명수업 課 ▶ 수업(을) 하다 授課
- 명수영장 游泳池
- 명수저 湯匙和筷子
  ▶ 수저통 湯匙筷子盒
- 명수학 數學
- 명숙제 作業 ▶ 숙제(를) 하다 寫作業
- 명순서 順序
- 명술 酒
- 동쉬다 休息
- 형쉽다 容易 ↔ 어렵다 難

- 형슬프다 悲哀 ↔ 기쁘다 高興
- 명습관 習慣
- 명승객 乘客
- 명시간 時間
- 명시골 鄉下 ↔ 도시 都市
- 명시댁 婆家
- 형시원하다 涼快
- 동시작하다 開始
  ☞ 동사/형용사＋-기 시작하다 開始~
- 명시장 市場
- 명시청 市政府
- 동시키다 點餐；訂貨
  ▶ 주문하다 點（菜）；訂貨
- 명시험 考試 ▶ 시험을 보다 考試
- 명식당 餐廳
- 명식물 植物 ↔ 동물 動物
- 명식사 飲食 ▶ 식사(를) 하다 吃飯
- 명식초 醋
- 명식탁 餐桌
- 동신다 穿（鞋子）▷ 입다 穿
  ↔ 벗다 脫
- 명신랑 新郎 ↔ 신부 新娘
- 명신문 報紙
- 명신발 鞋子
- 명신부 新娘
- 명신분증 身分證
- 형신선하다 新鮮的 ↔ 오래되다 舊的
- 명신청 申請 ▶ 신청(을) 하다 申請
  ▶ 신청서 申請書
- 명신청서 申請書
- 명실내 室內

- 동실례하다 失禮
- 명실수 失誤 ▶ 실수(를) 하다 犯錯
- 동싫어하다 討厭 ↔ 좋아하다 喜歡
- 동심다 種（樹）
- 형심하다 嚴重、過度
- 형싸다 便宜 ↔ 비싸다 貴

- 명쌀 白米
- 동씻다 洗
- 동쓰다 寫；戴；撐 ▶ 쓰기 寫作（「쓰다」（寫）的名詞）
- 명쓰레기 垃圾

## ㅇ

- 명아까 剛剛
- 명아내 妻子
- 형아름답다 美麗
- 부아마 可能
- 명아무 任何
- 명아이 孩子 ↔ 어른 大人
- 부아주 非常
- 명아주머니 大嬸、太太
  ▶ 아줌마 大嬸、太太
- 명아줌마 大嬸、太太（「아주머니」的縮寫）
- 부아직 還
- 형아프다 生病、痛、不舒服
- 명악기 樂器
- 명안경 眼鏡
- 명안내 指南、通知 ▶ 안내소 服務台
  ▶ 안내원 解說員 ▶ 안내도 路線圖
- 형안녕하다 好；平安
- 부안녕히 好好地
- 동안다 抱
- 형안전하다 安全
- 동앉다 坐 ↔ 서다 站
- 동알다 知道、認識

  ↔ 모르다 不知道、不認識
- 동알리다 告訴、通知
- 동알맞다 合適、適當
- 명앞머리 瀏海
- 명약 藥 ▶ 약국 藥局
- 명부약간 若干、一點點
- 명약국 藥局
- 명약속 約定 ▶ 약속(을) 하다 約定
- 형약하다 弱 ↔ 강하다 強
- 형얇다 薄 ↔ 두껍다 厚
- 명양념 醬料、調味料
- 명양말 襪子
- 명어디 哪裡
- 부어떻게 怎麼
- 형어떻다 怎麼樣 ▶ 어떻게 怎樣
- 형어렵다 難 ↔ 쉽다 容易
- 명어른 大人 ↔ 아이 孩子
- 명어린이 兒童
- 감어머 哎呀
- 형어색하다 不自然、尷尬
- 부어서 快
- 동어울리다 適合、搭配
- 명어젯밤 昨晚

- 명언제 什麼時候
- 부언제나 總是 ▷ 늘 總是 ▷ 항상 總是
- 명얼굴 臉
- 명얼마 多少
- 부얼마나 多久、多麼
- 명얼음 冰塊 ▶ 얼음낚시 冰釣
- 동없애다 消除、去掉
- 명여권 護照
- 명역할 角色
- 명여기 這裡
  ▷ 거기/저기 那裡/那裡（較遠的）
  ▶ 여기저기 到處
- 명여기저기 到處 ▷ 곳곳 到處
- 관여러 很多
- 명여러분 大家、各位
- 명여자 女生 ↔ 남자 男生
- 명여행 旅行 ▶ 여행사 旅行社
- 명여행사 旅行社
- 명역 火車站
- 명역사 歷史
- 명연극 話劇
- 명연기 演戲 ▶ 연기(를) 하다 演戲
- 명연락 聯絡 ▶ 연락(을) 하다 聯絡
- 명연세 年紀（「나이」的敬語）
- 명연습 練習 ▶ 연습(을) 하다 練習
- 명연예인 藝人
- 명연주 演奏 ▶ 연주(를) 하다 演奏
- 명연휴 連假
- 명열 熱、燒 ▶ 열이 나다 發燒
- 동열다 開 ↔ 닫다 關
- 명열쇠 鑰匙

- 부열심히 認真地
- 명연필 鉛筆
- 명엽서 明信片
- 명영어 英文
- 명영화 電影 ▶ 영화관 電影院
  ▶ 영화배우 電影演員
  ▶ 영화표 電影票
- 명영화관 電影院 ▷ 극장 電影院
- 명영화표 電影票
- 명영향 影響
- 명예 例
- 형예쁘다 漂亮
- 명예상 預想
- 명예약 預約、預訂
  ▶ 예약(을) 하다 預約、預定
- 명예전 以前
- 명예절 禮節
- 명옛날 很久以前 ▶ 옛날이야기 傳說
- 명옛날이야기 傳說
- 동오다 來 ↔ 가다 去
- 부오래 很久
- 형오래되다 舊的 ↔ 신선하다 新鮮的
- 명오랜만 隔了很久
  = 오래간만 隔了很久
- 명오랫동안 很久、很長時間
- 명오른손 右手 ↔ 왼손 左手
- 명온도 溫度
- 명온몸 全身、渾身 ◀ 몸 身體
- 명옷 衣服 ▶ 옷장 衣櫥
- 명옷장 衣櫥
- 감와 哇

- 튀왜 為什麼
- 튀왜냐하면 因為
- 몡외국 外國 ▶ 외국인 外國人
- 몡외국인 外國人 = 외국 사람 外國人
- 휑외롭다 孤單
- 몡외투 外套
- 몡왼손 左手 ↔ 오른손 右手
- 몡요금 費、費用
- 몡요리 料理 ▶ 요리(를) 하다 做料理
  ▶ 요리책 料理書
- 몡요리책 食譜
- 몡요즘 最近
- 몡용서 饒恕、原諒
- 몡우리 我們
  ▷ 저희 我們（「우리」的謙稱語）
- 몡우산 雨傘
- 튀우선 首先 ▷ 먼저 首先
- 튀우연히 偶然
- 몡우체국 郵局
- 몡우표 郵票
- 몡운동 運動 ▶ 운동복 運動服
  ▶ 운동장 運動場
  ▶ 운동선수 運動選手
  ▶ 운동화 運動鞋 ▶ 운동(을) 하다 運動
- 몡운동복 運動服
- 몡운동장 運動場
- 몡운동선수 運動選手
- 몡운동화 運動鞋
- 몡운전 駕駛、操作
  ▶ 운전(을) 하다 駕駛
- 동울다 哭 ↔ 웃다 笑

- 동움직이다 動
- 몡튀원래 原本、本來
- 동원하다 願意
- 동웃다 笑 ▶ 웃음 笑 ↔ 울다 哭
- 몡웃음 微笑（「웃다」的名詞）
- 휑유명하다 有名、知名
- 몡유학생 留學生
- 동유행하다 流行
- 몡위생 衛生
- 휑위험하다 危險
- 몡은행 銀行
- 감음 嗯
- 몡음료 飲料 ▶ 음료수 飲料
- 몡음식 食物 ▶ 음식물 飲食、食物
- 몡음식물 飲食、食物
- 몡음악 音樂 ▶ 음악회 音樂會
- 몡음악회 音樂會
- 몡의미 意思 ▶ 의미하다 意味
  ▷ 뜻 意思
- 동의미하다 意味
- 몡의사 醫生
- 몡의자 椅子
- 동이기다 贏 ↔ 지다 輸
- 튀이따가 等一下
- 몡이름 名字
- 튀이미 已經 ▷ 벌써 已經
- 몡이번 這次 ▷ 저번 上次
- 몡이사 搬家
- 몡이야기 故事、話
  ▶ 이야기(를) 하다 說故事、說話
- 몡이용 利用 ▶ 이용(을) 하다 利用

351

- 몡이유 理由
- 몡뷔이제 現在、從此以後
- 몡이하 以下
- 동이해하다 了解
- 형익숙하다 熟悉
- 몡인기 人氣
- 몡인사 招呼 ▶ 인사(를) 하다 打招呼
- 몡인삼 人蔘
- 몡인형 娃娃
- 몡일 事、事情
- 몡일본어 日文

- 동일어나다 起床、站起來
- 몡일정 行程
- 뷔일찍 早 ↔ 늦게 晚
- 동읽다 讀、看
- 몡입구 入口 ↔ 출구 出口
- 동입다 穿 ↔ 벗다 脫
- 몡입학 入學 ↔ 졸업 畢業
- 동잊다 忘記 ☞ -아/어/여 버리다 ～掉
- 몡은행 銀行 ▶ 은행원 銀行員
- 몡은행원 銀行員

## ㅈ

- 뷔자꾸 一直
- 동자다 睡 ▷ 주무시다 就寢
- 몡자동차 汽車
- 동자라다 長大、成長
- 형자랑하다 炫耀
- 몡자료 資料
- 동자르다 剪
- 몡자리 位子
- 뷔자세히 仔細地
- 몡자신 自信
- 몡자연 自然
- 형자연스럽다 自然
- 형자유롭다 自由
- 몡자전거 腳踏車
- 뷔자주 常常
- 몡작가님 作家＋님（尊稱）
- 형작다 小 ↔ 크다 大
- 몡잔 杯子

- 몡잔치 宴會
- 몡잘못 錯 ▶ 잘못(을) 하다 做錯
  - ☞ 잘못＋동사 做錯～
- 동잘하다 很會做
- 몡잠 睡眠
- 몡뷔잠깐 稍微
- 몡뷔잠시 暫時
- 동잡다 抓
- 몡잡지 雜誌
- 몡장갑 手套
- 몡장난감 玩具
- 몡장미(꽃) 玫瑰（花）
- 몡장소 場所、地點
- 몡장학금 獎學金
- 몡재료 材料
- 형재미없다 無趣 ↔ 재미있다 有趣
- 형재미있다 有趣 ↔ 재미없다 無趣
- 몡저 我（「나」的謙稱詞）

- 명 저기 那裡（較遠的） ▷ 거기 那裡 ▷ 여기 這裡
- 명 저희 我們（「우리」的謙稱詞）
- 형 적다 少 ↔ 많다 多
- 부 적어도 至少
- 명 전 前 ↔ 후 後 ☞ -기 전에 ～前
- 명 전 세계 全世界
- 명 전시 展示 ▶ 전시(를) 하다 展示 ▶ 전시물 展覽品 ▶ 전시실 展覽室
- 명 전철 電鐵 ▷ 지하철 捷運
- 명 전통 傳統
- 동 전하다 轉交、傳達
- 부 전혀 完全
- 명 전화 電話 ▶ 전화번호 電話號碼 ▶ 전화기 電話（指機器） ▶ 휴대전화 手機
- 명 전화번호 電話號碼
- 명 전화기 電話（指機器）
- 명 부 절대 絕對
- 형 젊다 年輕 ↔ 늙다 老
- 명 점 點
- 부 점점 漸漸
- 명 정(情) 情感、人情味
- 명 정기 定期
- 명 정류장 公車站
- 동 정리하다 整理
- 명 부 정말 真的 ＝ 진짜 真的 ＝ 참 真的
- 명 정문 正門
- 명 정상 山頂；國家元首
- 명 정원 庭園

- 동 정하다 決定 ▶ 결정하다 決定
- 형 정확하다 正確 ▶ 올바르다 正確
- 동 젖다 濕
- 명 부 제일 第一、最 ▷ 가장 最
- 형 조그맣다 矮小 ↔ 커다랗다 巨大
- 명 부 조금 一點點 ▶ 좀 一點點（「조금」的縮寫）
- 부 조금씩 一點一點地
- 형 조용하다 安靜 ↔ 시끄럽다 吵鬧
- 부 조용히 安靜地
- 동 졸다 打瞌睡
- 명 졸업 畢業 ▶ 졸업을 하다 畢業 ▶ 졸업식 畢業典禮 ↔ 입학 入學
- 명 졸업식 畢業典禮
- 부 좀 一點點（「조금」的縮寫）
- 명 종이컵（-cup） 紙杯
- 명 종일 整天
- 형 좋다 好 ↔ 싫다 討厭
- 동 좋아하다 喜歡 ↔ 싫어하다 討厭
- 형 죄송하다 對不起、抱歉 ▷ 미안하다 對不起
- 동 주다 給、送 ▷ 드리다 呈
- 부 주로 大部分
- 명 주머니 口袋
- 동 주무시다 睡（「자다」的敬語）
- 동 주문하다 點（菜）、訂貨 ▷ 시키다 點餐；訂貨
- 명 주민 居民
- 명 주변 周邊 ▷ 주위 周圍
- 명 주소 地址
- 명 주위 周圍 ▷ 주변 周邊

353

- 명 주인 老闆
- 명 주차 停車 ▶ 주차장 停車場
  ▶ 주차를 하다 停車
- 명 주차장 停車場
- 명 준비 準備 ▶ 준비를 하다 準備
  ▷ 준비되다 準備
- 동 줄다 減少
- 동 줄이다 縮小(「줄다」的使動詞)
- 명 중 中 ☞ 동사＋-는 중이다 正在~
- 명 중간 中間
- 명 중심 中心
- 형 중요하다 重要
- 형 즐겁다 開心
- 명 지갑 錢包、皮夾
- 명부 지금 現在 ▷ 현재 現在
- 동 지나가다 通過、經過
- 동 지내다 度過
- 명 지도 地圖
- 동 지르다 喊叫
- 명 지방 地方
- 동 지우다 擦 ▶ 지우개 橡皮擦
- 명 지우개 橡皮擦

- 동 지키다 守護
- 명 지하 地下
- 명 지하철 捷運(地下鐵)
  ▶ 지하철역 捷運站(地鐵站)
  ▷ 전철 電鐵
- 명 지하철역 捷運站
- 명 직업 職業
- 명 직원 員工
- 명 직장 職場
- 명부 직접 直接；親自
- 명부 진짜 真的 ↔ 가짜 假的
- 명 질문 疑問 ▶ 질문(을) 하다 提問
- 명 짐 行李
- 명 집 家 ▶ 집안 家裡
- 명 집안 家裡
- 동 집다 夾(菜)
- 명 집중 專心、集中
- 동 짓다 蓋、取(名)
- 형 짧다 短 ↔ 길다 長
- 명 쪽 邊
- 명 찌꺼기 殘渣、沉澱物
- 동 찍다 拍攝

## ㅊ

- 명 차 茶
- 형 차다 冰
- 형 차갑다 冰 ↔ 뜨겁다 熱
- 명부 참 真的 ▷ 정말 真的 ▶ 진짜 真的
- 동 참가하다 參加 ▶ 참가비 參加費
- 명 참기름 芝麻油
- 동 참석하다 參加

- 명 창문 窗戶
- 동 찾다 找
- 명 채소 蔬菜
- 명 책 書 ▶ 책가방 書包 ▶ 책상 書桌
  ▶ 책장 書櫃
- 명 책가방 書包
- 명 책상 書桌

- 동챙기다 準備；照顧
- 명처음 第一次
- 부천천히 慢慢地 ↔ 빨리 趕快
- 명첫날 第一天
- 명청바지 牛仔褲 ◀ 바지 褲子
- 명청소 打掃 ▶ 청소(를) 하다 打掃
- 명초 蠟燭
- 명초대 邀請 ▶ 초대(를) 하다 邀請
- 명초등학교 國小
- 명최고 最佳
- 명추억 回憶
- 명추위 寒冷 ↔ 더위 暑熱 ◀ 춥다 冷
- 동추천하다 推薦
- 동축복하다 祝福
- 명축제 慶典
- 동축하하다 恭喜、祝賀
- 명출근 上班 ▶ 출근(을) 하다 去上班 ↔ 퇴근 下班
- 동출발하다 出發 ↔ 도착하다 抵達
- 명춤 舞蹈 ▶ 춤(을) 추다 跳舞
- 형춥다 冷 ↔ 덥다 熱
- 형충분하다 充分
- 부충분히 充分地
- 명취미 興趣
- 동취소하다 取消
- 명취직 就業 ▶ 취직(을) 하다 就業
- 동치다 彈（吉他、鋼琴）
- 명치마 裙子 ↔ 바지 褲子
- 명친구 朋友
- 형친절하다 親切
- 형친하다 親密、要好
- 명침대 床

## ㅋ

- 형커다랗다 巨大 ↔ 조그맣다 矮小
- 동켜다 開 ↔ 끄다 關
- 형크다 大 ↔ 작다 小
- 명큰절 大禮、磕頭
- 명키 身高、個子
- 동키우다 養（「크다」的使動詞）

## ㅌ

- 동타다 騎、搭 ↔ 내리다 下
- 명태권도 跆拳道
- 동태어나다 出生
- 명태풍 颱風
- 명통장 存摺 ▶ 통장을 만들다 開戶
- 동통하다 透氣
- 명퇴근 下班 ▶ 퇴근(을) 하다 下班 ↔ 출근 上班
- 형특별하다 特別
- 부특히 尤其、特別
- 형튼튼하다 堅固、結實
- 동틀리다 錯誤 ↔ 맞다 正確

## ㅍ

- 동팔다 賣 ↔ 사다 買
- 동팔리다 賣出（「팔다」的被動詞）

- 형편안하다 舒適 ↔ 불편하다 不舒服
  ▶ 편하다 舒服
- 형편리하다 便利、方便
- 명편지 書信
- 형편하다 方便、舒服 ↔ 불편하다
  ▶ 편안하다 舒適
- 부편히 舒服地
- 명평소 平常
- 명평일 平日
- 명포장 包裝 ▶ 포장(을) 하다 包裝
  ▶ 포장되다 包裝
- 동포함하다 包含
- 명표 票
- 명표현 表現 ▶ 표현(을) 하다 表現
- 부푹 好好地、充分地
- 동풀다 解（題）、紓解
- 명풍경 風景
- 형피곤하다 疲憊、累 ▶ 힘들다 累
- 명피로 疲勞
- 명피부 皮膚
- 형필요하다 需要
- 명필통 鉛筆盒、筆筒

## ㅎ

- 명하늘 天空
- 동하다 做
- 명하루 一天
- 부하지만 但是
- 명학교 學校
- 명학기 學期
- 명학생 學生
- 명학원 補習班
- 형한가하다 悠閒
- 명한국어 韓語
  ▶ 한국어학과 韓國語學系
- 명한글 韓文
- 명부한번 一下
- 명한복 韓服
- 명할인 折扣 ▶ 할인권 折價券
  ▶ 할인(을) 하다 打折
- 동할인하다 打折
- 부함께 一起 ▶ 함께하다 一起做
  ▶ 같이 一起、一同
- 부항상 總是 ▶ 늘 總是 ▶ 언제나 隨時
- 명햇빛 陽光
- 명행복 幸福 ▶ 행복하다 幸福
- 명행사 活動
- 동헤어지다 告別、分手
- 명호수 湖
- 명부혼자(서) 一個人、單獨
- 명화가 畫家
- 명화분 花盆
- 명화장실 化妝室、廁所
- 동확인하다 確認
- 명환영 歡迎 ▶ 환영회 歡迎會
  ▶ 환영하다 歡迎
- 명환영회 歡迎會
- 명활동 活動
- 명회사 公司 ▶ 회사원 上班族
- 명회사원 上班族

- 명 회의 會議 ▶ 회의실 會議室
- 명 회의실 會議室
- 명 효과 效果
- 동 후회하다 後悔
  ▶ 후회되다 後悔（「후회하다」的被動詞）
- 부 훨씬 更加
- 명 휴가 休假
- 명 휴대전화 手機
- 명 휴지 （捲筒式）衛生紙、廢紙
- 명 흙 土
- 형 힘들다 累 ▷ 피곤하다 疲憊、累

# （三）2級重要單字索引

## ㄱ

- 관각 各、各個
- 동감소시키다 （使）減少
- 명강당 禮堂、演講廳
- 명강연 演講
- 명거품 泡沫
- 명걷기 步行、走路
- 동검색하다 搜尋
- 명게시판 布告欄
- 명겨울잠 冬眠
- 부골고루 均勻
- 명관람 觀賞
- 명교환권 交換券
- 명교환학생 交換學生
- 명구청 區公所
- 명그때그때 當場
- 부그러면 那麼、這樣的話
  = 그럼 那麼、這樣的話（「그러면」的縮語）
- 명기능 功能
- 명긴급 緊急
- 명긴팔 長袖 ↔ 반팔 短袖
- 명꽃길 花路、比喻平坦順利的路
- 명꽃목걸이 花項鍊、花圈、花環
- 명꽃차 花車

## ㄴ

- 명낚시 釣魚 ▶ 낚시(를) 하다 釣魚
- 동내다 （料理）提味；（書籍）出版
- 동녹다 融化
- 명뇌 腦
- 명눈길 雪路；目光
- 명님 尊稱，用於職位或身分的名詞後表示尊敬

## ㄷ

- 명단것 甜食 ◀ 달다 甜
- 명단풍 楓葉
- 명달리기 跑步（「달리다」的名詞）◀ 달리다 奔跑
- 명담기다 被裝、含著（「담다」的被動詞）
- 동담그다 泡
- 명담당자 負責人
- 동대다 貼近；停靠
- 명덕담 祝願、祝福
- 명도장 印章
- 명동호회 （社會上）社團 ▷ 동아리 （學校）社團
- 명뒷자리 後排座位 ↔ 앞자리 前排座位
- 동드리다 送/給（「주다」的敬語）

- ☞ -아/어/여 주다 給～
- 동 드시다 吃、喝（「먹다/마시다」的敬語）
- 동 등록하다 報名
- 부 딩동댕 （廣播聲）叮咚噹咚
- 부 따르릉 （電鈴、電話聲）叮鈴鈴
- 부 뚜벅뚜벅 （腳步聲）咯噔咯噔

## ㅁ

- 명 말투 口氣
- 명 말하기 대회 演講比賽
- 명 매표소 售票處
- 형 멋지다 棒；優美
- 명 문병 探病
- 명 문의 詢問
- 명 문자 簡訊
- 명 물질 物質
- 명 물탱크（-tank） 水塔
- 명 미용사 美容師
- 명 미용실 美容院

## ㅂ

- 명 반값 半價
- 명 반팔 短袖↔긴팔 長袖
- 동 발전시키다 （使）發展
- 명 발표회 發表會
- 명 밤경치 夜景
- 동 방해하다 妨礙、打擾
- 명 배낭여행 背包旅行
- 명 배달 外送、配送
  - ▶ 배달(을) 하다 外送、配送
- 동 배출시키다 （使）排出
- 동 뵈다/뵙다 看（「보다」的敬語）
- 명 부담 負擔
- 명 불꽃놀이 煙火
- 명 비만 肥胖
- 동 빠져들다 沉醉
- 동 뽑히다 被選拔（「뽑다」的被動詞）

## ㅅ

- 명 산길 山路
- 명 산새 山鳥
- 명 삼각대 三腳架
- 명 상가 商店街
- 명 상황 狀況、情況
- 관 새 新的
- 형 새롭다 新的
- 명 생활관 生活館
- 명 서울타워（-tower） 首爾塔
- 명 석(席) 座位
- 명 세배 拜年 ▶ 세뱃돈 壓歲錢
- 명 세뱃돈 壓歲錢
- 명 세제 清潔劑
- 명 수리비 修理費

359

- 명 수저통 湯匙筷子盒
- 명 시험공부 準備考試
- 명 식중독 食物中毒
- 동 신나다 開心

## ㅇ

- 명 안내소 服務台
- 명 안내원 解說員、嚮導
- 명 안내도 導覽圖
- 명 앞자리 前排座位 ↔ 뒷자리 後排座位
- 명 약손 藥手（指治百病人之手）
- 명 얼음낚시 冰釣
- 명 영상 影像
- 명 영양분 營養成分
- 명 영업시간 營業時間
- 명 영화배우 電影演員
- 동 예보되다 預報（「예보하다」的被動詞）
- 명 예술회관 藝術會館
- 접 씩 各、每
- 명 쓰기 寫作（「쓰다」的名詞）
  ◀ 쓰다 寫；戴；撐
- 부 오히려 反而
- 명 옥상 屋頂
- 동 올리다 行（禮）
- 형 올바르다 正確 ▶ 정확하다 正確
- 명 용품 用品
- 명 위생 衛生
- 동 유지하다 保持
- 형 유해하다 有害
- 명 은퇴 退休 ▶ 은퇴(를) 하다 退休
- 동 이어지다 連結
- 명 일기도 氣象圖
- 명 일시 日期
- 명 입장료 入場費
- 동 잇다 連接

## ㅈ

- 명 자극 刺激
- 명 자랑 炫耀 ▶ 자랑(을) 하다 炫耀
- 명 자판 鍵盤
- 동 잠그다 鎖
- 동 재우다 哄人睡覺（「자다」的使動詞）
- 명 재활용 回收利用
- 명 적당량 適量
- 명관 전문적 專門
- 명 전시물 展示品
- 명 전시실 展示室
- 명 전용 專用
- 동 접다 折
- 명 정기적 定期
- 명 정성 誠意
- 명 종류 種類
- 명 중고품 中古品
- 명 중앙공원 中央公園

- 명 지폐 紙鈔 ▷ 동전 硬幣
- 명 진료 看診
- 명 진심 真心
- 명 쫓다 趕走
- 부 쭉 一直
- 접 쯤 左右
- 동 찢어지다 破裂

## ㅊ

- 명 참가비 參加費用
- 명 참여 參與
- 명 창구 櫃台
- 명 책값 書價、書款
- 명 책장 書櫃
- 명 체온 體溫
- 명 체육관 體育館
- 명 체육대회 運動會
- 동 체하다 噎住、積食（食物滯留胃內，消化不良）
- 명 초등학생 國小生
- 동 치르다 辦；舉行

## ㅌ

- 명 타자 打者
- 명 통화 通話
- 명 특가 特價
- 명 특급 特級
- 명 팀장（team-） 組長

## ㅍ

- 명 편의점 便利商店
- 동 풀리다 解開、解決；舒緩（「풀다」的使動詞）

## ㅎ

- 명 학과 學系
- 명 학생회관 學生會館
- 명 한강공원 漢江公園
- 명 한국어교육원 韓國語教育院
- 명 한국어학과 韓國語學系
- 명 한옥마을 韓屋村
- 명 한참 老半天
- 동 할인되다 被打折（「할인하다」的被動詞）
- 명 할인권 折價券
- 동 함께하다 一起做
- 명 행사장 活動場所
- 명 호실 ～號室、房間
- 명 호차 （幾）號車（車廂號碼）
- 부 혹시 或許
- 동 혼나다 被罵
- 명 화면 畫面
- 동 화장하다 化妝

- 명환불 退錢
- 명환전소 換錢所
- 명회(回) 回
- 동후회되다 後悔（「후회하다」的被動詞）

## ◐外來語

- 가이드（guide） 導遊
- 게임（game） 遊戲
- 기타（guitar） 吉他
- 뉴스（news） 新聞
- 드라마（drama） 連續劇
- 디자인（design） 設計
- 라디오（radio） 收音機
- 레몬（lemon） 檸檬
- 마라톤（marathon） 馬拉松
- 마이크（mike）（原：microphone） 麥克風
- 마트（mart） 大賣場
- 메가（mega） 大型
- 메뉴（menu） 菜單
- 메모（memo） 備忘錄、便條
  - ▶ 메모(를) 하다 留言
  - ▶ 메모지 便條紙
- 뮤지컬（musical） 音樂劇
- 버스（bus） 公車
- 버튼（button） 按鈕
- 벨（bell） 鈴鐺
- 볼펜（ballpen） 原子筆
- 빌딩（building） 大樓
- 빵（pao）（原：葡萄牙文pão） 麵包
- 사이즈（size） 尺寸
- 사인（sign） 簽名
- 샤워（shower）하다 洗澡
- 서비스（service） 服務 ▶ 서비스 센터（service center） 客服中心
- 세일（sale） 打折
- 소파（sofa） 沙發
- 쇼핑（shopping） 購物 ▶ 쇼핑몰（shopping mall） 購物商場
- 슈퍼（super）（原：super market） 超市
- 스키（ski） 滑雪 ▶ 스키장（ski場） 滑雪場
- 스트레스（stress） 壓力
- 스프（soup） 濃湯
- 아르바이트（Arbeit）（原：德文） 打工
- 아이스크림（ice cream） 冰淇淋
- 아파트（apartment） 大廈
- 에어컨（air conditioner） 冷氣
- 엘리베이터（elevator） 電梯
- 요가（yoga） 瑜珈
- 이메일（email） 電子郵件
- 인터넷（internet） 網路
- 주스（juice） 果汁
- 카드（card） 卡片
- 카페（cafe） 小餐館
- 커피（coffee） 咖啡 ▶ 커피숍（coffee

- shop） 咖啡廳
- 컴퓨터（computer） 電腦
- 컵（cup） 杯子
- 케이크（cake） 蛋糕
- K-POP 韓國流行音樂
- 택시（taxi） 計程車
- 텔레비전（television） 電視＝TV
- 투어（tour） 旅遊
- 티셔츠（T-shirts） T恤
- 팀（team） 隊、團
- 파티（party） 派對
- 프라이팬（frying pan） 平底鍋
- 프로그램（program） 節目
- 플래시（flash） 閃光燈
- 피아노（piano） 鋼琴
- 호텔（hotel） 飯店
- 홈페이지（homepage） 首頁

# 附錄二　文法

## （一）조사　助詞

以下文法中的例句，都是出現在本書中的句子。

### 1. 격조사 格助詞

- **이다** 為「敘述語助詞」（서술격조사），相當於中文的「是」。
  - 像動詞般有變化。
  - 和前面的助詞「이/가」或「은/는」搭配。

| 구어체 口語（비격식체 非格式體） | 격식체 格式體 |
|---|---|
| 이에요/예요 | 입니다 |

베트남어는 꼭 배워야 하는 외국어입니다.
越南語是一定要學的外文。

- **이/가**（表示主詞）▷ 께서（「이/가」的敬語，表示尊重的主詞）

  언니가 샀어요.
  姊姊買了。

- **을/를**（表示受詞）

  오늘 김치찌개를 만들어 준다고요?
  聽說今天做泡菜鍋給我吃嗎？

- **와/과, 하고, (이)랑　～和～、～跟～**

  ① 와/과（多用於書面語）

  먼저 여기에 주소와 이름을 쓰세요.
  首先請在這裡寫上地址和名字。

② 하고, (이)랑（多用於口語）
저 어제 친구하고 우리나라 전통 악기 음악회에 갔다왔어요.
我昨天和朋友去我國傳統樂器音樂會了。

- 에 在～、目的地、時間
① 在～（表示地點）
학교 옆에 있습니다.
在學校旁。

② （表示目的地）
저는 오늘 외할머니댁에 왔습니다.
我今天來到了外婆家。

③ （表示時間）
수업은 매일 아침 아홉 시에 시작합니다.
每天早上九點開始上課。

- 에서 在～
남자는 음악회에서 잠을 잤습니다.
男生在音樂會上睡著了。

- 에게, 한테（表示行為的對象） ▷ 께（「에게」的敬語）
① 에게（書面語）
여자는 남자에게 같이 가자고 합니다.
女生對男生說一起走。

② 한테（口語）
외국인들한테 제일 인기가 많다면서요?
聽說是最受外國人歡迎的嗎？

365

- 한테서 = 한테+서　跟～、向～（表示來源）
  누구한테서 배웠어요?
  跟誰學的？

- 에서, 부터　從～
  ① 에서（一般用於場所）
  　저는 미국에서 온 유학생입니다.
  　我是從美國來的留學生。

  ② 부터（一般用於時間）
  　내일부터 수업을 시작해요.
  　從明天開始上課。

- 까지　到～為止
  5시까지 학생회관으로 꼭 오세요.
  到5點為止一定要來學生會館。

- (으)로　用～、以～
  지하철로 갑니다.
  搭捷運去。

## 2. 특수조사　特殊助詞

- 은/는　▷ 께서는（「은/는」的敬語）
  ①（表示主詞）
  　저는 반에서 제일 작습니다.
  　我是班上最矮的。

  ②（表示強調）
  　전통시장에서는 따뜻한 정을 느낄 수 있습니다.
  　在傳統市場可以感受到人情味。

- 같이/처럼 像～一樣（般）

  고추처럼 맵습니다.

  像辣椒一樣辣。

- 도 也～

  저는 이번에도 경복궁만 가겠습니다.

  我這次也只要去景福宮。

- 들（表示複數）

  생활관은 학생들의 부담이 적습니다.

  生活館對學生們的負擔較輕。

- 마다 每～

  토요일마다 발표회가 있습니다.

  每週六有發表會。

- 만 只～

  한 번만 쓸 수 있습니다.

  只能使用一次。

- 만큼（表示程度）

  국내에도 유럽만큼 멋있고 아름다운 곳이 많아요.

  國內也有很多像歐洲好看又漂亮的地方。

- 보다 比～

  야채가 고기보다 맛있습니다.

  蔬菜比肉還好吃。

- (이)나 只好～、還～ ☞（表示選擇「(이)나」）

  ①（退而求其次的表現）

  　책이나 읽어야겠어요.

  　只好看書。

② （比預期還多的表現）

한 시간이나 남았어요.
還剩下一個小時。

- **(이)라도**（表示假設情況，有「至少」的意思）

어디 가서 커피라도 마실까요?
要不要去哪裡喝杯咖啡？

※動詞 / 形容詞的變化形

| 시제<br>時態 | 구어체(비격식체)<br>口語（非格式體） | | 격식체<br>格式體 | |
|---|---|---|---|---|
| 과거<br>過去 | 동사<br>動詞 | -았/었/였어요 | 동사<br>動詞 | -았/었/였습니다 |
| | 형용사<br>形容詞 | | 형용사<br>形容詞 | |
| 현재<br>現在 | 동사<br>動詞 | -아/어/여요 | 동사<br>動詞 | -습니다/ㅂ니다 |
| | 형용사<br>形容詞 | | 형용사<br>形容詞 | |
| 미래<br>未來 | 동사<br>動詞 | -을/ㄹ 거예요<br>-겠어요 | 동사<br>動詞 | -을/ㄹ 것입니다<br>-겠습니다 |
| | 형용사<br>形容詞 | × | 형용사<br>形容詞 | × |

## （二）동사와 결합하는 문형  與動詞結合的句型

- **있다** 在～ ↔ **없다** 不在～

남자는 보통 주말에 집에 있습니다.
男生通常週末在家裡。

- **부정 표현**（表示否定）

① 안 + 동사/형용사  不～

사이가 안 좋았던 아이였습니다.
（他）是跟我關係不好的孩子。

② 동사/형용사 +-지 않다　不~

저는 성적이 별로 좋지 않아서 신청을 못해요.
我成績不好，所以不能申請。

- 경험（表示經驗）

① 동사 +-아/어/여 봤다　~過

여자는 버스를 처음 타 봤습니다.
女生第一次搭公車。

② 동사 +-(은/ㄴ) 적이 있다/없다　有~過~/沒有~過~

저는 편의점에서 외국인을 만난 적이 없습니다.
我沒有在便利商店見過外國人。

③ 동사 +-아/어/여 본 적이 있다/없다　有~過~/沒有~過~

빨래를 한번도 해 본 적이 없었습니다.
（我）從來沒有洗過衣服。

- -게 되다（表示因為其他原因而造成的狀況）

일 년 동안 같이 공부했던 친구들과 헤어지게 됐습니다.
和一起讀書一年的朋友們告別了。

- -고 나서　~後

요즘 퇴근하고 나서 어디 가세요?
最近下班後去哪裡啊？

- -고 싶다　想~

저는 빨리 눈사람을 만들고 싶습니다.
我想快點堆雪人。

- -고요（表示附加說明）

우리나라 음식의 종류가 그렇게 많은지 모르는 사람들이 많더라고요.
還有許多人不知道我國的食物種類那麼多。

369

- -고 있다  正在～（表示動作的進行）

  돈을 모으고 있습니다.

  我正在存錢。

- -기 시작하다  開始～（表示開始做某件事）

  저는 1년 전부터 자전거를 타기 시작했습니다.

  我從1年前開始起騎腳踏車。

- -기 전에  ～之前  ↔  -은/ㄴ 후에  ～之後

  어른이 식사를 시작하기 전에 먼저 수저를 들면 안 되고…

  長輩開始吃飯前（晚輩）不可以先拿起湯匙筷子……

- 동사＋-기(가)＋형용사

  도서관에서 공부하기가 싫습니다.

  不喜歡在圖書館看書。

- -기로 하다  決定～、要～（表示選擇、決定）

  올 여름에 친구들하고 해외 여행을 가기로 했습니다.

  今年夏天（我）決定和朋友們去海外旅行。

- -기(를) 바라다  希望～  ☞ -(으)면 좋겠다  希望～

  남자는 이 책이 외국인들에게 도움이 되기를 바랍니다.

  男生希望這本書對外國人有幫助。

- -는 것（將動詞名詞化）

  저는 사진 찍는 것이 즐겁습니다.

  我覺得拍照很開心。

- -는 것이 좋다 ＝ -는 게 좋다  喜歡～、～比較好

  저는 편의점에서 일하는 것이 좋습니다.

  我喜歡在便利商店工作。

- **-는지**（表示原因、根據）

  왜 이 글을 썼는지 맞는 것을 고르십시오.

  請選出為何寫這篇文章。

- **-다 보니**（表示持續某行為的結果）

  계속 듣다 보니 아름다운 소리에 빠져들게 되지요?

  繼續聽下去就沉醉在天籟之音了吧？

- **-다 보면**（表示持續某行為而引起的結果）

  언니가 없을 때 연습을 하다 보면 자꾸 틀립니다.

  姊姊不在時練習的話，會一直彈錯。

- **-던**（表示回想＋經驗）

  제가 늘 가던 환전소.

  我常去的換錢所

- **-아/어/여 놓다/두다**（表示動作完成後維持其動作）

  다양한 종류의 한복을 준비해 놓고…

  備好各式各樣的韓服……

- **-아/어/여 보다 試~（做）** ☞（表示經驗）

  받아서 입어 보니 조금 작았습니다.

  收到後試穿看看，覺得有點小。

- **-아/어/여 주다**（表示為人做某種事）

  이 카드로 계산해 주세요.

  請用這張卡結帳。

- **-아/어/여도 雖然~也~**

  특별한 행사가 없어도 백화점에 가서 여기저기 둘러봅니다.

  雖然沒有特別的活動，也會去百貨公司到處逛。

371

- **-아/어/여도 되다, 안 되다** 可以～/不可以～、行～/不行～ ☞ **-(으)면 되다** ～就可以

  생활관에서 살면 비용을 안 내도 됩니다.
  住在生活館的話，可以不用付費用。

- **-아/어/여야 하다/되다** 應該～、得～

  운동을 할 때는 운동복을 입어야 합니다.
  運動的時候應該穿運動服。

- **-아/어/여서**（表示時間上的先後）☞ （因果關係的表現「-아/어/여서」）

  잔에 술을 부어서 함께 나누어 마십니다.
  把酒倒在杯子裡，然後一起分著喝。

- **-은/ㄴ 지**（事情從發生開始，到話者說出這句話的這段時間）

  밖에서 산 지 오래 됐는데 힘들지 않아요?
  （妳）住外面很久了，不辛苦嗎？

- **-은/ㄴ 후에** ～之後 ↔ **-기 전에** ～之前

  신부 집에서 며칠을 머문 후에 신랑의 집으로 갑니다.
  會在新娘家住幾天後去新郎家。

- **-을/ㄹ게요**（表示話者（第一人稱）的主動行為）

  ①（表示通知）

  　제가 한번 열어 볼게요.
  　我來打開看看。

  ②（表示約定）

  　저도 영수 씨 졸업식에 꼭 갈게요.
  　我也一定要去英秀先生的畢業典禮。

- **-을/ㄹ까 하다**（表示心裡打算）

  　마침 외국 친구가 놀러 와서 같이 여행을 갈까 해요.
  　剛好外國朋友來玩，（我們）打算一起去旅行。

- -을/ㄹ래요　要～/要不要～？
  ① （詢問對方的意見）
  마침 제가 생각해 놓은 물건이 있는데 가 볼래요?
  剛好我有想好的東西，要不要去看看？

  ② （表示自己的意志）
  김치찌개를 먹을래요.
  （我）要吃泡菜鍋。

- -을/ㄹ 수 있다/없다　會～/不會～、可以～/不可以～、能～/不能～
  ① （表示能力）
  보고서를 빨리 쓸 수가 없습니다.
  沒辦法很快地寫報告。

  ② （表示可能性）
  형제슈퍼에서 살 수 있습니다.
  可以在兄弟超市買到。

  ③ （表示允許）
  버스도 이용할 수 있습니다.
  也可以搭乘公車。

- -(으)러　為了～（表示動作的目的）※只能搭配「가다/오다/다니다」這三個動詞
  ☞ -기 위해서　為了～
  저는 주말 아침에 사진을 찍으러 공원에 갑니다.
  我週末早上去公園拍照。

- -(으)려고　為了～（表示動作的目的）
  관리 사무소를 소개하려고…
  為了介紹管理委員會……

- -(으)려고 하다 打算~、想要~
  
  다른 고궁에도 가 보려고 합니다.
  
  我打算去看別的古宮。

- -(으)면 되다/안 되다 可以~/不可以~、行~/不行~
  
  ☞ -아/어/여도 되다 ~也可以
  
  지하철 2호선을 타고 가면 돼요.
  
  搭捷運2號線去就可以了。

- -(으)면서 -하다 一邊~一邊~
  
  편의점에서 아르바이트를 하면서 돈을 모으고 있습니다.
  
  在便利商店邊打工邊存錢。

- -자마자 一~就~
  
  저는 한국에 도착하자마자 명동에 갑니다.
  
  我一到韓國就去明洞。

- -지 그래요? (表示勸導對方)
  
  고기만 먹지 말고 야채도 좀 먹지 그래요?
  
  不要光吃肉,吃一點蔬菜怎麼樣?

- -지 말다 不~、不要~(表示禁止)
  
  화재가 발생했을 때는 절대 이용하지 마십시오.
  
  火災時切勿搭乘。

## (三) 형용사와 결합하는 문형
## 與形容詞結合的句型

- 있다 有~ ↔ 없다 沒有~
  
  주스가 없습니다.
  
  沒有果汁。

- **-아/어/여 보이다** 看起來～

  정말 맛있어 보이는데요.

  看起來真的好吃。

- **-아/어/여지다** 變成～

  고양이 간식을 주면서 익숙해져야 합니다.

  給貓零食而變得親近。

- **-아/어/여하다**（主詞：第1人稱→第3人稱）

  남자는 좋은 성적을 받고 기뻐합니다.（第1人稱「기쁘다」（形容詞）→ 第3人稱「기뻐하다」（動詞））

  男生得到好成績而高興。

## （四）동사/형용사와 결합하는 문형
## 　　　與動詞/形容詞結合的句型

- **동사/형용사 + -게**（當動詞或形容詞成為副詞）

  남자는 밥을 먹을 때 크게 소리를 냅니다.

  男生吃飯時發出很大的聲音。

- **추측**（表示推測）

|  | 과거 過去 | 현재 現在 | 미래 未來 |
|---|---|---|---|
| ① 동사 動詞 | -은/ㄴ 것 같다 | -는 것 같다 | -을/ㄹ 것 같다 |
| ② 형용사 形容詞 | -았/었/였을 것 같다 | -은/ㄴ 것 같다 | -을/ㄹ 것 같다 |

① 제가 보니까 선물을 잘 고르는 것 같아서요.

　我看你好像很會挑選禮物。

　그때는 공부가 재미있어서 성적도 잘 나온 것 같아요.

　那時候（我）覺得讀書很有趣，成績好像也還不錯。

② 저 수박이 맛있을 것 같아요.

　那個西瓜好像很好吃。

- **전제（表示前提）**

  ① 동사 + -는데

  수지 씨는 밖에서 산 지 오래 됐는데 힘들지 않아요?

  秀智小姐住外面很久了，不會累嗎？

  ② 형용사 + -은/ㄴ데

  배가 고픈데 너무 급하게 먹다가 체한 것입니다.

  肚子餓了，但吃得太急，噎住了。

- **감탄（表示感嘆）**

  ① 형용사 + -군요

  그렇군요.

  原來如此。

  ② 동사/형용사 + -네요

  이 집 고기가 너무 맛있네요.

  這家店的肉太好吃了。

- 知道（或不知道）前面動作或狀況如何進行

| | 과거 過去 | 현재 現在 | 미래 未來 |
|---|---|---|---|
| ① 동사 動詞 | -은/ㄴ지 알다/모르다 | -는지 알다/모르다 | -을/ㄹ지 알다/모르다 |
| ② 형용사 形容詞 | 았/었/였는지 알다/모르다 | -은/ㄴ지 알다/모르다 | -을/ㄹ지 알다/모르다 |

① 친구 문병을 가려고 하는데 무엇을 사야 할지 모르겠어요.

我要去探望朋友，但不知道要買什麼。

② 얼마나 편하고 좋은지 몰라요.

（我）覺得非常舒服又好。

- **동사/형용사**＋**-더라도**（表示雖然）

  불편하시더라도 이해해 주시기 바랍니다.

  不便之處敬請見諒。

- **동사/형용사**＋**-더라고요**（表示將自己經驗的事情轉述給別人）

  모르는 사람이 많더라고요.

  不知道的人很多。

- **동사/형용사**＋**-(으)면**（表示條件）

  어려운 일이 있으면 서로 도와야죠.

  如果有困難的事應該互相幫忙。

- **동사/형용사**＋**-(으)면 좋겠다** 希望～ ☞ -기를 바라다 希望～

  저는 외할머니가 저를 좋아하면 좋겠습니다.

  我希望外婆喜歡我。

- **동사/형용사**＋**-잖아요**（表示提醒對方）

  수지 씨는 지난 학기에 장학금을 받았잖아요.

  秀智小姐上個學期拿到獎學金了嘛。

- **동사/형용사**＋**-지요?**（表示確認）

  오늘이 어제보다 더 덥지요?

  今天比昨天更熱吧？

## （五）명사와 관계되는 문형 與名詞有關的句型

- **아무**＋**명사**＋**조사** '(이)나' 任何**명사**都～

  것 東西 → 아무거나

  데(곳) 地方 → 아무데나

  때 時間 → 아무때나

  사람 人 ※通常會省略「사람」（人）→ 아무나

  아무거나 입어도 좋을 것 같은데요.

隨便穿什麼都好。

- **명사**에 대해(서)＋**동사** 對於～、關於～

  한국의 인삼에 대해 자세히 알 수 있습니다.

  可以詳細了解韓國人蔘。

- **명사**에 대한＋**명사** 對於～、關於～

  이번에 내신 책이 한국의 식사 예절에 대한 것이지요?

  這次您寫了有關韓國用餐禮節的書嗎？

- 잘못＋**동사** ～錯

  소포를 잘못 보냈습니다.

  寄錯包裹了。

- **숫자와 관형사** 數字與冠形詞

| 숫자 數字 | 관형사 冠形詞 | 수량사 量詞 |
|---|---|---|
| 하나 | 한 | 개（個）<br>살（歲）<br>권（本）<br>병（瓶）<br>벌（套）<br>송이（朵）<br>사람/명（人）<br>분（位）<br>상자（箱子） |
| 둘 | 두 | |
| 셋 | 세 | |
| 넷 | 네 | |
| 다섯 | 다섯 | |
| 여섯 | 여섯 | |
| 일곱 | 일곱 | |
| 여덟 | 여덟 | |
| 아홉 | 아홉 | |
| 열 | 열 | |
| 스물 | 스무 | |

※純韓語的數字一、二、三、四、二十遇到量詞的時候，文字會有變化。

例）하나＋개(個) → 한 개　　一個

　　둘　＋개(個) → 두 개　　兩個

　　셋　＋개(個) → 세 개　　三個

　　넷　＋개(個) → 네 개　　四個

　　스물＋개(個) → 스무 개　　二十個

# (六) 동사/형용사/명사와 관계되는 문형
# 與動詞/形容詞/名詞有關的句型

- **인과 관계 因果關係**

  ① 동사/형용사＋-아/어/여서 ☞ 表示時間順序「-아/어/여서」
  저는 영어를 잘하고 싶어서 언어 교환 모임에 참가했습니다.
  我想要很會說英文，所以參加了語言交換聚會。

  ② 명사＋(이)라서 因為～、所以～
  우리 반은 초급반이라서 한국말을 잘하지 못합니다.
  因為我們班是初級班，所以都不太會說韓語。

  ③ 명사＋이어서/여서 ＝ 이다＋어서 因為～
  처음으로 가는 해외 여행이어서 정말 기대가 됩니다.
  因為是第一次去的海外旅行，真的期待。

  ④ 동사/형용사＋-기 때문이다 因為～
  고궁을 구경하면서 한국의 역사와 문화를 이해할 수 있기 때문입니다.
  因為一邊觀賞古宮，可以一邊了解韓國的歷史和文化。

  ⑤ 명사＋때문(에) 因為～
  이제 기숙사 때문에 고민을 하지 않아도 됩니다.
  從此後可以不用因為宿舍而苦惱了。

  ⑥ 동사/형용사＋-다니 居然～
  버스를 타고 서울 곳곳을 구경할 수 있다니 놀랐어요.
  居然搭公車可以到處逛首爾，真是太驚人了。

  ⑦ 동사/형용사＋-거든요（表示原因）
  편의점 커피도 맛이 괜찮거든요.
  因為便利商店的咖啡味道也不錯。

⑧ 명사 +(으)로 인해(서)　因為~、由於~

태풍으로 인해 고객님의 일정이 취소되었습니다.

由於颱風，顧客的行程被取消了。

- **목적　表示目的**

① 동사 +-기 위해(서)/위하여　為了~

고양이와 친해지기 위해서는 고양이 간식을 주면서 익숙해져야 합니다.

為了和貓變得親近，給貓零食而變得熟悉。

② 명사 + 을/를 위해(서)/위하여　為了~

입주민 여러분의 건강과 위생을 위해 정기적으로 하는 청소이므로…

為了各位居民的健康和衛生，而舉行定期清掃……

- **시간　時間**

① 동사/형용사 +-을/ㄹ 때　~時

밥을 먹을 때의 예절은 어렵고 복잡합니다.

用餐時的禮節既難又複雜。

② 명사 때　~時

다음 정기 음악회 때는 같이 가기로 해요.

下次定期音樂會時我們一起去吧。

- **선택　選擇**

① 동사/형용사 +-거나　~或~

전시물에 영향을 주거나 다른 사람의 관람을 방해할 수 있는…

會影響到展示品或妨礙他人觀賞的……

② 명사 +(이)나　~或~

이 카드는 지하철이나 전철을 탈 때만 사용할 수 있습니다.

這張卡只有在搭捷運或電鐵可以使用。

- **추측　推測**

① 동사 +-나 보다　好像~

운동 가시나 봐요.
好像去運動了。

② 형용사 +-은/ㄴ가 보다 好像~
평소 서울 관광에 대해 관심이 많은가 봐요.
（你）好像平常就對首爾觀光有興趣吧。

③ 명사인가 보다 好像~
저쪽에 걸려 있는 옷이 다 한복인가 봐요.
掛在那邊的衣服好像都是韓服。

- 도중 當中、途中
  ① 동사 +-는 중
  집에 가는 중에 온몸이 젖어 버렸습니다.
  回家的途中全身溼透了。

  ② 명사 중
  선생님이 수업 중에 질문을 할 때…
  老師上課中提問時……

# 附錄三　第三週模擬考試解答

## TOPIK I 第1回聽力模擬考試解答

1.②　2.④　3.③　4.③　5.①　　6.①　7.③　8.④　9.①　10.③
11.②　12.④　13.①　14.②　15.④　　16.②　17.④　18.①　19.③　20.①
21.④　22.②　23.③　24.①　25.②　　26.④　27.③　28.①　29.③　30.②

## TOPIK I 第1回閱讀模擬考試解答

31.④　32.③　33.②　34.④　35.①　　36.④　37.①　38.③　39.②　40.③
41.①　42.②　43.③　44.②　45.②　　46.①　47.④　48.②　49.④　50.②
51.①　52.④　53.②　54.④　55.③　　56.①　57.③　58.③　59.③　60.②
61.②　62.③　63.①　64.②　65.②　　66.①　67.②　68.④　69.①　70.④

## TOPIK I 第2回聽力模擬考試解答

1.③　2.①　3.①　4.④　5.③　　6.②　7.②　8.①　9.③　10.④
11.②　12.①　13.①　14.④　15.④　　16.①　17.②　18.③　19.②　20.②
21.④　22.③　23.①　24.④　25.②　　26.①　27.②　28.②　29.④　30.①

## TOPIK I 第2回閱讀模擬考試解答

31.①　32.②　33.③　34.④　35.③　　36.①　37.②　38.④　39.①　40.③
41.①　42.②　43.③　44.①　45.②　　46.④　47.③　48.②　49.④　50.①
51.③　52.①　53.④　54.③　55.②　　56.③　57.①　58.④　59.③　60.①
61.③　62.④　63.④　64.③　65.①　　66.①　67.②　68.④　69.④　70.②

國家圖書館出版品預行編目資料

4週完全征服 新韓檢TOPIK I 聽力・閱讀，一本搞定！／
玄柄勳著
--- 修訂初版 -- 臺北市：瑞蘭國際, 2025.04
384面；19×26公分 --（外語學習系列；144）
ISBN：978-626-7629-26-0（平裝）
1. CST：韓語　2. CST：能力測驗

803.289　　　　　　　　　　　　　　　　　　114002646

外語學習系列144
## 4週完全征服
## 新韓檢TOPIK I 聽力・閱讀，一本搞定！

作者｜玄柄勳
責任編輯｜潘治婷、王愿琦
校對｜玄柄勳、潘治婷、王愿琦

韓語錄音｜玄柄勳、鄭美善
錄音室｜采漾錄音製作有限公司
封面設計｜劉麗雪
版型設計、內文排版｜陳如琪
美術插畫｜KKDraw

瑞蘭國際出版

董事長｜張暖彗・社長兼總編輯｜王愿琦
**編輯部**
副總編輯｜葉仲芸・主編｜潘治婷・文字編輯｜劉欣平
設計部主任｜陳如琪
**業務部**
經理｜楊米琪・主任｜林湲洵・組長｜張毓庭

出版社｜瑞蘭國際有限公司・地址｜台北市大安區安和路一段104號7樓之1
電話｜(02)2700-4625・傳真｜(02)2700-4622・訂購專線｜(02)2700-4625
劃撥帳號｜19914152 瑞蘭國際有限公司
瑞蘭國際網路書城｜www.genki-japan.com.tw

法律顧問｜海灣國際法律事務所　呂錦峯律師

總經銷｜聯合發行股份有限公司・電話｜(02)2917-8022、2917-8042
傳真｜(02)2915-6275、2915-7212・印刷｜科億印刷股份有限公司
出版日期｜2025年04月二版1刷・定價｜550元・ISBN｜978-626-7629-26-0

◎ 版權所有・翻印必究
◎ 本書如有缺頁、破損、裝訂錯誤，請寄回本公司更換

PRINTED WITH SOY INK　本書採用環保大豆油墨印製